该著作由北京市教委高精尖学科建设项目专项资助

《中华戏曲剧本集萃》
编委会名单

主　　编　谢柏梁

副 主 编　陈建平　刘志梅　刘小梅　颜全毅　蔺文锐

参　　编　高潇倩　徐龙飞　赵锡淮　吴新苗

剧本整理　中国戏曲学院戏文系

　　　　　　2016级全体学生（共64名）

人物表编制与核对　戏文系2019、2020级研究生

　　　　　　　（姓名参见前言与各剧人物表）

中国戏曲学院戏文系教材

中华戏曲剧本集萃
宋元南戏卷

谢柏梁 主 编

中国戏剧出版社

图书在版编目（CIP）数据

中华戏曲剧本集萃. 宋元南戏卷 / 谢柏梁主编. --
北京：中国戏剧出版社，2020.9
ISBN 978-7-104-04953-1

Ⅰ. ①中… Ⅱ. ①谢… Ⅲ. ①南戏－剧本－作品集－
中国－宋元时期 Ⅳ. ①I237

中国版本图书馆CIP数据核字(2020)第094048号

中华戏曲剧本集萃 宋元南戏卷

责任编辑：王　恬
责任印制：冯志强

出版发行：	中国戏剧出版社
出 版 人：	樊国宾
社　　址：	北京市西城区天宁寺前街2号国家音乐产业基地L座
邮　　编：	100055
网　　址：	www.theatrebook.cn
电　　话：	010-63385980（总编室）
传　　真：	010-63383910（发行部）

读者服务：010-63387810
邮购地址：北京市西城区天宁寺前街2号国家音乐产业基地L座

印　　刷：	河北京平诚乾印刷有限公司
开　　本：	787mm×1092mm　1/16
印　　张：	30
字　　数：	390千字
版　　次：	2020年9月　北京第1版第1次印刷
书　　号：	ISBN 978-7-104-04953-1
定　　价：	188.00元

版权专有，违者必究；如有质量问题，请与出版社联系调换。

《中华戏曲剧本集萃》

（共12册）

序 言

谢柏梁

　　公元1917年是中国戏曲进入大学校园课程的元年。自从吴梅先生于该年在北京大学教授词曲课程以来，中国戏曲课程进入大学课堂，已经整整一个世纪了。

　　1985年，吴梅先生之嫡传弟子王起先生，在人民文学出版社出版了《中国戏曲选》（上中下）三册，供高等院校中文系的师生们学习中国戏曲史课程选用。但因为篇幅所限，这套教材大多数是戏曲作品中某些精彩部分的节选。

　　历史的车轮不停前行。正值戏曲课程进高校100周年后，由中国戏曲学院戏文系教师与学生们编纂的《中华戏曲剧本集萃》（12卷本），又将要以全剧展现、以西洋与现代剧本的格式，面貌一新地呈现在戏文系师生和社会上其他对戏曲感兴趣的读者面前。我作为王起先生的博士之一，也为戏曲教程的薪火传承尽了一份心力。

　　中国戏曲学院戏文系自从1980年成立伊始，已经走过了40个年头。作为全国乃至全球唯一从事戏曲创作、评论和研究的系科，本系在基本教材建设方面，已经逐渐形成一个序列。

在戏曲编剧概论与技法方面，本系不仅先后出版了谢柏梁、颜全毅、郝荫柏、胡叠、韩萌、陈云升等人的戏曲剧本集，还先后出版了周传家等编撰的《戏曲编剧概论》（中国美术出版社1991年版）、贯涌等编撰的《戏曲剧作教程》（文化艺术出版社2005年版）、郝荫柏《戏曲编剧教程》（文化艺术出版社2009年版）。

在戏曲史论方面，本系教师出版了高等教育出版社发行的教育部颁国家级教材《中国文学史》（袁行霈主编，明代戏曲部分由谢柏梁撰写）、《中国当代戏曲文学史》（谢柏梁），还集合了戏曲史论教研室的教师们，一起编写了《中国古代戏曲文学史》（高等教育出版社2020年版）。此外，本系还出版了颜全毅的《清代京剧文学史》（北京出版社2005年版）、吴新苗的《文本、舞台与戏曲史研究》（中国社会科学出版社2017年版）。

有感于戏曲文学系同学阅读戏曲剧本的实际需要，配合戏曲史教学和戏曲写作类课程，我们又集合了戏曲史教研室和部分2016级同学们的较大阵营，共同编撰了《中华戏曲剧本集萃》（四卷12本）。

本丛书拟将从宋元以来到20世纪末叶为止，大家一致公认较好的经典或者优秀的戏曲剧本收录进来，能够体现出中国戏曲文学走向的整体成果，也从一个方面对中国文学的发展路径予以了归纳与支撑。

《中华戏曲剧本集萃》丛书，拟分为四卷12册：

第一卷：宋元南戏卷（1册，刘小梅、蔺文锐、徐龙飞、高潇倩编选）

第二卷：元杂剧卷（5册，陈建平、刘志梅编选）

第三卷：明清传奇卷（5册，谢柏梁与研究生编选）

第四卷：近当代京剧卷（1册，颜全毅、谢柏梁编选）

之所以把京剧作为一个特殊版块，在近现代戏曲的百花园中专门分出来予以选编，是因为中国戏曲学院是京剧教育与研究的大本营，而京剧又借鉴了昆曲、汉剧和徽剧等各地剧种的长处，研究京剧经典，学好京剧写作，对于把握中国戏曲文学的发展，有其特殊重要的作用。

至于近现代戏曲中的地方戏卷，本系将另外申报项目，再行编写出版。因为近现代地方戏的剧本，在本院相对比较好找，所以这套剧本丛书主要的特点是厚古薄今，所选剧本的特色是具备经典意义和传播价值。随着《中国当代戏曲文学史》第三版的出版，配套的地方戏教材也将会提上议事日程。

《中华戏曲剧本集萃》是一部集中华戏曲剧本之精粹的丛书。该套丛书的出版，不仅弥补了中国戏曲教育史上到目前为止没有一部囊括全部中华戏曲剧本之精粹全本的剧本选集的空白，而且还为戏文系师生提供了便于教学的系列教材，为社会上爱好戏曲文学的人提供了一个较为完整的戏曲文学发展序列，更为将中国戏曲优秀剧本翻译介绍到全世界，拉出了一个基本的框架。

为了便于现代读者的剧本阅读，也为了向全世界翻译和介绍中国戏曲剧本的需要，本套丛书首次在古典剧本的出版历史上，采用了现代剧本体例的新式排印方法。传统剧本基本上是以角色行当为重，曲白科介都融为一个整体，根据曲牌、唱腔划分不同的段落。本套丛书将曲白分开，每位人物的说白与唱段都与人物姓名对位起来。

这一新的排版编印尝试，看似简单，实则不易。据老辈学者说，20世纪上半叶，有的学者曾经尝试过将古典戏曲剧本曲白不分，以及以行当代替人物的体例，参照西方剧本和现代话剧的办法，重新排印，当成大学的教材。但是这一工作虽有创意，却没有实施下去，流传下来。

作为中国唯一的戏曲高等学府和戏曲文学系，我们集整个戏曲史教研室十数人之力，再指导戏文系2016级的64位同学、17位研究生，大家群策群力，历时四年之久，对古典剧本做了大量的认知、分解、重排和对位工作。当然，由于剧本太多，参与人数也太多，尽管我们战战兢兢、如履薄冰地在努力,还是难免会有错讹之处,拜请各位方家及时指出,以便我们及时改正。

戏曲剧本,既是表演艺术赖以成立的一剧之本,又是中国文学和文学研究不可或分的重要组成部分,放在整个中国戏剧发展和中国文学艺术的进程背景下,去学习、研究和整体把握,也能够充分体现出戏曲作为中国人的精神财富之一,作为整个中华文明的的精彩华章之一,作为世界戏剧史和人类文化史不可或缺的戏曲宝藏之一,值得人们倍加珍视和持续审美。

对于同学乃至读者诸君而言,手捧这样一部《中华戏曲剧本集萃》,仿佛就是面对面地倾听古今才人们的心声。在有些时候,这些诉诸笔端的在有些时候,这些诉诸笔端的个人化审美体验,也许比在观众席上面对面地观看,更加细致、更加深刻、也更加完整一些,这种从容不迫的阅读体验,也许更能激发人们的想象,激荡人生的情感,直达人们的心底,从而产生对中国戏曲、中国文化乃至华夏文明的满怀敬意和无边的眷恋。

每一部戏曲剧本,其实就是每一位作家或是每一群才子们的情感抒发和精神诉求。因此,中华戏曲的剧本集萃,实际上就是中国知识分子们的集体审美的传达,美好情感的书写、爱国情怀的演绎和精神诉求的高扬。通过这样一部剧本集成,读者不仅可以看到中国一千多年来戏曲艺术的流变发展和中国人精神情感世界的次第展开,更可以看到中国知识分子自古以来肩负责任、勇毅前行的群体形象和广大民间艺术家们追求真、善、美的质朴、执着与持之以恒的美好愿望。哪怕理想与现实还有那么大的距离,也还要在戏曲文本和舞台呈现上,给人们以安慰、激励和持续不断的鼓舞。

我想,在中华民族再度崛起于世界民族之林的过程中,在民族自信、文化自觉、艺术自豪的过程中,这样一部戏曲剧本集萃的出版,使得中国戏曲文化的弦歌之声,始终伴随着文化崛起、民族复兴的千秋伟业，其高等院校教科书的性质、社会上戏曲艺术读本的功能，文化传播上作为译介出版之底本的历史意义和文化价值，也就不言而喻了。

从2017年本书编成，到2020年本书终于能够在专业的中国戏剧出版社付梓印行，也经历了许多的艰难历程。在北京市高精尖项目的支持下，本套丛书得以与师生和社会各界爱好戏曲的人士所分享，这正是莲花十二朵、碧叶相映红。天水茫茫处，感恩云雾中。

善哉，因缘际会、慧根巧果，但有善念，每多福音，本套新编戏曲剧本丛书，成为众手相扶的又一道文化景观，不亦说乎。

是为序。

2020年9月5日，写于中国戏曲学院

目录

1	序言
1	南戏概况
8	张协状元
177	宦门子弟错立身
203	小孙屠
255	琵琶记
437	附录

南戏概况

南戏是宋元明初南曲戏文的总称。南戏在长期的流传过程和文献记载中，又有南曲、戏文、院本、南曲戏文、南词传奇、永嘉杂剧、温州杂剧、鹘伶声嗽等不同叫法。因其主要用南曲演唱，为了区别于元代兴起的北杂剧，常简称之为南戏。南戏最初主要活跃在江浙一带，后来逐渐南上、北下，蔓延至全国，并一直延续到明代前期。南戏的发展历程从南宋开始，经历了南宋、元代和明前期。南宋时期的南戏确切地说为"永嘉杂剧"，元代则称"元南戏"，明前期则为"戏文"。

一、南戏产生的时间

南戏产生的时间，在史料中有两种记载：

一是北宋末年说。见明人祝允明（1461—1527）《猥谈》所记：

南戏出于宣和之后、南渡之际，谓之"温州杂剧"。余见旧牒，其时有赵闳夫榜禁，颇述名目，如《赵贞女蔡二郎》等，亦不甚多。

二是南宋光宗朝说。见明人徐渭（1521—1593）《南词叙录》所记：

南戏始于宋光宗朝，永嘉人所作《赵贞女》《王魁》二种实首之，故刘后村有"死后是非谁管得，满村听唱《蔡中郎》"之句。

两种说法，前后相差约70年，这一时期正是南戏由原始状态的村坊小戏向较为成熟的戏曲形式转化的阶段。村坊小戏的发生在前，比较成熟的剧本出现在后，这符合事物的发展规律。据此，综合上述两种说法可知：南戏约产生于北宋向南宋过渡之际，到南宋前期已经发展得较为成熟了。

二、南戏流行的地域

南宋戏文最初只是一种民间小戏，在宋朝皇室南迁后发展壮大起来。南戏最早出现于浙江南部的温州一带。建炎四年（1130年），宋高宗赵构为避金兵逃到温州（早称永嘉），并带来一批皇族、勋亲，甚至中央政权机关和太庙神主都曾一度迁至温州。温州政治、经济地位的提高使得民间艺人云集于此，演出活动兴盛。由开封逃难而来的流动艺人"路岐人"等带来了北宋丰富多彩的民间艺术。温州又是对外贸易的通商口岸，工商业经济繁荣；而且由于宋室南迁，人口骤增，市民阶层膨胀，文化娱乐需求高涨。温州还较为完好地保留了唐宋以来的滑稽说唱和歌舞表演等技艺。这些得天独厚的条件，不仅为南戏的诞生提供了充足的养分，也使得温州成为南戏最为发达的城市，并且南戏还因此被称为"永嘉杂剧"或"温州杂剧"。

南戏产生后，逐渐向周边辐射，向北流传到了杭州、苏州、大都等地，向南流布到了福州、泉州、漳州等地，向西传播到了江西的南丰、景德镇、鄱阳等地，成为一个足迹遍布大江南北的声腔剧种。

三、南戏的声腔

宋元时期，南戏在从产生到四处流播的过程中，结合各地的方言语调，形成了具有地域色彩的各种声腔，如温州腔、杭州腔等。

1. 温州腔

南戏最早产生于温州，它演唱所用自然应该是具有温州语言特色的腔调。徐渭《南词叙录》说：

其曲，则宋人词而益以里巷歌谣，不叶宫调，故士夫罕有留意者。

永嘉杂剧兴，则又即村坊小曲而为之，本无宫调，亦罕节奏。徒取其畸农，市女顺口可歌而已，谚所谓"随心令"者，即其技与？

这里的"里巷歌谣""村坊小曲"指的就是东南沿海一带的民间歌曲。具体而言，应是指南戏的诞生地温州的地方腔调。这也是南戏产生后最早形成的一种声腔，可称为"温州腔"。温州腔虽尚无文献可征，但南戏既然长期流行于温州，并被当地民众认可，只能是用当地人听得懂的腔调来演唱，称之为"温州腔"，当无不妥。今天的永嘉昆剧尚保留着温州南戏形成时的流风余韵。

2. 杭州腔

当南戏从温州北上，来到南宋的都城杭州，由于两地语音悬殊，它必须"改调歌之"，以适应当地的观众，于是逐渐形成了具有吴语方言特色的杭州腔。周德清《中原音韵·正语作词起例》云：

南宋都杭，吴兴与切邻，故其戏文如《乐昌分镜》等类，唱念呼吸，皆如约韵。

所谓"约韵"，是指"吴浙语"，其中当包括杭州话。这里指出，南宋杭州演出的戏文，其声韵都遵循沈约依据吴语方言所制的韵书《四声谱》，而不是采用温州的声腔演唱了。这种"皆如约韵"的戏文演出，当是被明代人称为"杭州腔"的一种南戏声腔。用吴语官话演唱的杭州腔，为以后海盐、余姚、昆山三腔的形成奠定了基础。

除了温州腔、杭州腔外，南戏在向江西、福建等地传播的过程中，与本地方言曲调结合，为后世弋阳腔、泉腔、潮腔的形成打下了基础。

四、南戏的演出体制

南戏的表演是在民间小戏的基础上，广泛吸收宋杂剧、诸宫调、唱赚、民间乐舞、武术、杂耍等各种表演伎艺综合而成的。正戏之前，一般先由副末预告剧情大意，后来逐渐固定为副末开场的程序；开场之后，男女主角最先上场，分别讲述各自的处境和心境，为后面故事的展开奠定基础；其他较为重要的配角在前几出也尽先登场。早期南戏人物的登场，随意性较大，没有固定的家门范式；但人物下场时，一般要念四句七言的下场诗，形式可以是独念、分念或合念。

由于敷演的故事通常较长，南戏在表演时，常使用双线或多线展开的手段，来处理复杂情节，并且在生、旦主线之外，经常穿插由净、末、丑充任的插科打诨的片段，用轻松热闹的场景来调剂气氛，不致让观众产生审美的疲乏。

元代南戏的音乐不再是自然状态，而是广泛地使用了南北合套和集曲，有着较为严整的结构，同时保持着自由灵活的特点，念白分韵文和散文体。元代南戏虽以文戏为主，不过在受到北杂剧以及其他技艺的影响下，唱、念、做、舞等表演手段也已趋于完善。

五、南戏的脚色行当

南戏在继承前代表演伎艺的基础上，脚色行当有了新的发展。从现存作品来看，宋元南戏的脚色行当主要分七种：生、旦、外、贴、净、末、丑。

其中，生和旦分别是男、女主角，一剧中通常由固定的演员充任。生，通常扮演青年书生；旦，通常扮演青年女子，生和旦都是以唱为主的正剧脚色。

外，为男女主角的配角，有外生（扮老年男子）、外旦（扮老年女子）等。

贴，是贴旦的简称，扮演剧中重要性仅次于女主角的女性正剧脚色。

净和末，类似于宋杂剧中的副净和副末，构成一对发乔打诨的喜剧脚色。

丑，大概源于民间小戏，是和净一样的花面脚色。

早期南戏中，净、末、丑常同台演出、插科打诨；到了后期，末的喜剧功能日益退化，逐渐演变为净、丑对戏，调剂冷热场子。

不同于元杂剧的单主角制，南戏是生、旦双主角制，且演出时各行脚色都可以演唱。但七行脚色的劳逸并不均匀，外、贴的戏份较少，而净、末、丑常一身多任，在不同场次要轮番扮演不同的人物。这些说明南戏的脚色体制尚有待完善。

六、南戏的剧本体制

南戏的剧本由"题目"和正文两部分构成。

题目由四句七言诗组成，用以介绍剧情，位于正文之前，类似于元杂剧剧末的题目正名。

正文分"出",出数不固定,短则十几出,长则几十出不等,出数多少由情节决定。正文第一出叫"副末开场"或"家门大意",由副末上场,向观众介绍剧情梗概或作者的创作意图;第二出开始才正式搬演故事;末一出往往是重要角色一起登场,事情得到完满解决,以团圆为收场之定格。

但现存《永乐大典》所收的三种戏文和清代陆贻典钞本《琵琶记》,都没有标"出"。真正标"出",是明代传奇成熟以后的事。今天看到的南戏剧本都标"出",是后人为阅读方便而加上的。

和元杂剧一样,南戏剧本的正文也由曲词、念白和动作提示构成。南戏的曲词在同一出中经常换韵。念白分散白和韵白:散白包括人物的对白和独白,韵白包括人物的上、下场诗和副末开场所念的诗、词。南戏剧本对表演动作的提示叫"介"。一场戏中,曲、白、介常交替使用,极为灵活。

较之元杂剧的"四折一楔子",南戏的剧本体制更具开放性和可变异性,这也是它能够不断改变自己、与时俱进的奥秘所在。

七、南戏的作品概况

南戏作品一般称为戏文,根据各种着录统计,约有三百种,其中属于宋元戏文的有二百多种。

最初的永嘉杂剧有约于南宋光宗时代永嘉人创作的《赵贞女》《王魁》。南戏壮大后,迅速向四面八方流传,名声也愈加强大,甚至连首都临安都盛行起来,文人士子们都为之撰写剧目。元代刘一清的《钱塘遗事》载,当时的太学生黄可道所编写的戏文《王焕》曾盛演于临安。在发展壮大的过程中,永嘉杂剧在温州、杭州等地都有专门的民间书会组织编写剧本,著名的《张协状元》是温州的"九山书会"创造的。永嘉杂剧曾产生了大量的作品,不过都失传了,有记载的剧目有:《赵贞女蔡二郎》《王魁负桂英》《乐昌公主破镜重圆》《张协状元》等。其中,《张协状元》《宦门子弟错立身》《小孙屠》三种为《永乐大典》所收,保留了原本面貌,是目前所知最早的南戏剧本。《张协状元》代表了南宋时期永嘉杂剧的最高成就。

元灭南宋后,北杂剧的南进使得南戏受到了严重冲击而萎靡不振,不过冲击过后南戏又蓬勃发展起来,并盖过了北杂剧的气势,这一时期,南戏的风头如日中天,出现了"四大南戏":《荆钗记》《刘知远白兔记》《拜月亭记》和《杀狗记》。《琵琶记》有出自元本的清代陆贻典抄本,《白兔记》有接近元本的明代成化(1465—1487)刊本,《金钗记》有明代宣德写本,这些较多保留了宋元南戏的旧貌。其他的都只有明代刊本或改本,已经失去了宋元面貌。这些作品中可以确认为宋代作品的只有《张协状元》,其他作品大约都是元人所作。元代南戏区别于"以小戏为主"的永嘉杂剧,元代南戏以编演大戏为主,其思想力度和艺术的表现力都远远超出了永嘉杂剧。从题材方面来看,永嘉杂剧以家庭婚变题材居多,元南戏虽较侧重家庭婚姻方面,但战争题材与神仙道化题材都占有较重的分量,婚姻家庭方面的有《琵琶记》《荆钗记》,战争方面的有《拜月亭记》等。元代南戏的广泛题材和它特有的深度体现了元代社会各阶层的生存状况,有着相当高的审美价值。

宋元南戏剧本从不同角度反映当时的社会生活,表达百姓的情感和愿望。或反映婚姻爱情和家庭伦理,或歌颂爱国英雄、赞美历史人物,或反映社会动乱、揭露现实黑暗。这些作品的风格以质朴自然著称。徐渭《南词叙录》赞其"句句本色,无今人时文气",王国维《宋元戏曲史》说:"元南戏之佳处,亦一言以蔽之,曰自然而已矣。"总的来看,从宋到元,由于文人的逐渐加入,南戏的面貌越来越精致。元末明初高明的《琵琶记》就是宋元南戏发展成熟的代表作。《琵琶记》受到明太祖朱元璋的重视,要求天下的富贵人都看这部戏,可见南戏的影响之大。

张协状元

提要：《张协状元》写北宋时书生张协从成都赴京赶考，途经五鸡山时遭强盗打劫抢去盘缠，受了重伤，居住破庙的王贫女救了他的性命，养好他的伤，同他结了婚，还剪下头发送给李大婆，换来银两作盘费，让张协重新赴京赶考。张协考中状元。贫女寻夫至京，张协嫌贫女"貌陋身卑，家贫世薄"，不肯相认，将贫女打出官邸。后来张协离京赴任，又过五鸡山，正在那里采茶的贫女斥责他忘恩负义，张协恼羞成怒，拔剑砍伤贫女。贫女昏倒后被路过的大官王德用所救，收为义女。最后二人重圆。

赏析：距今大约800年之久的南戏《张协状元》，为《永乐大典戏文三种》之一。见于名录的238本南戏大量亡佚，仅有16本留存至今，其中一些本子还被明人改得面目全非。因此，《张协状元》被公认为宋代戏文惟一存世的样本，是迄今所发现的最早、保存最完整的古代戏曲剧本，是研究中国古代戏曲的重要史料，被誉为"中国第一戏"和"戏曲活化石"。

明代戏曲家沈璟曾经集南戏中的婚变戏名写了《书生负心》散套：

"书生负心，叔文玩月，谋害兰英。张叶身荣，将贫女顿忘初恩。无情，李勉把韩妻鞭死，王魁负倡女亡身。叹古今，欢喜冤家，继着莺燕争春。"这里提到的《陈叔文三负心》《张协状元》《李勉负心》《王魁》《欢喜冤家》《诈妮子》六部南戏，都是书生负心主题的婚变戏。可见"状元婚变"戏是宋元南戏最流行的戏曲题材。贫寒落魄的书生，一旦状元及第、摆脱困境，就抛弃了原来患难的贫贱之妻，婚姻有很强的功利性。《张协状元》张协与贫女结姻，也带有这样的功利目的。张协是在上京应试途中，遭强人打劫抢去盘缠，又身受重伤，无法继续上京城应试，为了摆脱眼前的困境，才主动向贫女求婚，惟恐贫女不允，还许诺若是应试及第，一定带贫女到京城，共享富贵。但张协对贫女本无爱情可言，将与贫女的结合看作是不得已的权宜之计："张协本意无心娶你，在穷途身自不由己，况天寒举目又无亲，乱与伊家相娶""自家不因灾祸，谁肯近旁你每！正是情知不是伴，事急且相随。"张协发迹变泰之后，抛弃贫女是必然。果然张协状元及第后，不仅不接贫女来京城，还拒不相认千里迢迢来京城寻夫的贫女，甚至斥责贫女"貌陋身卑，家贫世薄，不晓萍蘩之礼，岂谐箕帚之婚！吾乃贵豪，汝名贫女，敢来冒渎，称是我妻！"张协薄义寡情的嘴脸令人十分愤慨。

南戏这些普遍流行的"负心戏"中，状元往往不仅抛弃糟糠之妻，还残忍地迫害发妻。如《王魁》里王魁高中后一封休书逼死桂英，《赵贞女蔡二郎》里蔡伯喈马踏上京寻夫的赵五娘，《三负心陈叔文》里的陈叔文把曾资助过他的兰英推落江里淹死，《李勉负心》里的李勉用鞭子打死了前妻韩氏。在这些戏里，负心的书生最终被严厉地惩罚，如蔡伯喈被暴雷震死，王魁、陈叔文被鬼魂索去性命。《张协状元》与同时期的负心戏略不同的是，张协中状元后，没有停妻再娶，而是拒绝了枢密使王德用的招赘，历经波折后，最终与王贫女夫妻团圆。两人的二度结合达成了形式的团圆，但掩盖不住实质的凄惨：张协追求的是功名利禄，贫女向往的是真挚感情"遇到一个意中人，共作结发，夫妻偕老"，形同陌路的夫妻只会同床异梦，贫女得到了形式上的团聚，付出的却是一生幸福的代价。这个形式上的大团圆也令人沉思。

《张协状元》作为"戏曲活化石"，完整地保存了南戏的真实面貌。戏曲理论家张庚先生说："剧本的出现标志着各种艺术手段开始统一在一个目的之下，为表现共同的内容服务""产生第一个剧本的就是我们中国最早的一个剧种叫做南戏。"《张协状元》提供了早期戏曲表演形式，无论剧本创作、结构安排、曲调组织、表现手段，还是角色分工、服饰化妆、乐器手具，都留存在这部"活化石"里。

《张协状元》在舞台上展现了完整丰富的人生故事，这与宋杂剧所切取的人生片段相比，是巨大的进步。南戏剧本一般都为长篇，一场戏为一出，以角色的上下场作为划分的依据，每出可长可短，一本戏可长达五十多出，短则为二三十出。《张协状元》场次多，全剧达五十三出，是南戏中体制宏大、情节曲折的剧本（永乐大典戏文三种之间均未界断，不分出，无圈点，钱南扬校注本把三种戏文明确分开，每种戏文根据内容和演出情况分为若干出，如《张协状元》五十三出，《宦门子弟错立身》十四出，《小孙屠》二十一出）。《张协状元》所涉及的社会生活，包括科举应试、官场生活、游园赏花、彩楼选夫，民间洗麻采桑、植秧插稻、织布织绢及社会风俗人情如神庙烧香、社火祭祀等，为我们展现出一幅幅生动的南宋社会风情画卷。

《张协状元》具有完整独立的长篇演出结构。比如有"题目""副末开场""上下场"等固定格式。在第一出之前，有四句七言诗，概述和介绍剧情大意，这四句七言诗便是题目。题目与正戏演出无关，它是写在招子上，作广告用的。第一出在正戏开演之前，先由副末登场，念诵两首词文吸引观众，交代演出宗旨和剧情大意，并同后台将出场的脚色互相问答，以引出正戏。这种形式在元代以后固定下来，成为南戏的固定体例。除第一出副末开场外，其余每出结尾一般都有四句七言诗，叫下场诗。《张协状元》还成功运用双线手段处理复杂的情节内容，剧中以张协和王贫女婚变纠葛为主线，采用对照手法安排情节，开后来传奇作品以生、旦为主线而各领一条线索的剧情结构方式的先河。当然《张协状元》里的线索设置也不尽合理，场景琐碎，拖沓冗长，带有早期南戏的民间风格。

《张协状元》保留着从说唱过渡到戏文进入由演员扮演角色的戏剧性演出的痕迹。开场以"诸宫调"形式介绍剧情，说到书生遇难，才将说唱变为戏文，进入戏剧性演出。该剧由五名演员分饰生旦净末丑，除了书生张协由一人表演，其他演员都身担多个角色，最多的扮演十二个角色。其中净、末、丑的插科打诨，对愉悦观众和调节气氛起到重要作用。《张协状元》全部用的是南曲，保留了许多古剧曲牌。保留着完整的"诸宫调"的说唱艺术形式和民歌的朴素风格，曲文质直浅近，具有浓郁的民间文学气息。

"《张协状元》的戏剧体制，标志着南宋中期的'永嘉杂剧'已经不是'村坊小伎'，而是角色行当大体齐全，艺术手段多样，各种艺术成分获得初步综合并基本形成流动的舞台时空观念的较为成熟的戏曲艺术形式。"

张协状元

题目：

张秀才应举往长安　王贫女古庙受饥寒
呆小二村口调风月　莽强人大闹五鸡山

人物表：

张　　协　　生扮演，成都人，赴京赶考，途经五鸡山时遭强盗打劫受伤，被贫女所救。后考中状元，赴任途中砍伤王贫女。后与贫女重修旧好。

王贫女　　旦扮演，孤儿，搭救张协并与之成婚，资助他进京赶考。后遭张协抛弃、砍伤。投水后为王德用所救，收为义女，改名王胜花，后与张协重归于好。

李大公　　末扮演，乐善好施，玉成张协与贫女的婚事。

李大婆　　净扮演，李大公之妻。

小　　二　　丑扮演，李大公与李大婆之子。

王德用　　外扮演，北宋枢密使，撮合张协与自己的义女王胜花完婚。

王胜花　　贴扮演，王德用之女。

神　　　　净扮演

判　官　　末扮演

版本出处：钱南扬校注，《永乐大典戏文三种校注》中华书
　　　　　局，1979年10月。
校 对 人：辛晨曦

第一出

〔李大公上。

李大公　（白）【水调歌头】
　　　　韶华催白发，光影改朱容。
　　　　人生浮世，浑如萍梗逐西东。
　　　　陌上争红斗紫，窗外莺啼燕语，花落满庭空。
　　　　世态只如此，何用苦匆匆。
　　　　但咱们，虽宦裔，总皆通。
　　　　弹丝品竹，那堪咏月与嘲风。
　　　　苦会插科使砌，何吝搽灰抹土，歌笑满堂中。
　　　　一似长江千尺浪，别是一家风。
　　（白）【满庭芳】
　　　　暂息喧哗，略停笑语，试看别样门庭。
　　　　教坊格范，绯绿可全声。
　　　　酬酢词源诨砌，听谈论四座皆惊。
　　　　浑不比，乍生后学，谩自逞虚名。
　　　　《状元张协传》，前回曾演，汝辈搬成。
　　　　这番书会，要夺魁名。
　　　　占断东瓯盛事，诸宫调唱出来因。
　　　　厮罗响，贤门雅静，仔细说教听。

（唱）【凤时春】

　　张协诗书遍历，

　　因故乡功名未遂。

　　欲占春闱登科举，

　　暂别爹娘，独自离乡里。

看的，世上万般俱下品，思量惟有读书高。若论张协，家住西川成都府，兀谁不识此人，兀谁不敬重此人。真个此人朝经暮史，昼览夜习，口不绝吟，手不停披。正是：炼药炉中无宿火，读书窗下有残灯。忽一日，堂前启覆爹妈："今年大比之年，你儿欲待上朝应举。觅些盘费之资，前路支用。"爹娘不听这句话，万事俱休；才听此一句话，托地两行泪下。孩儿道："十载学成文武艺，今年货与帝王家。欲改换门闾，报答双亲，何须下泪！"

（唱）【小重山】

　　前时一梦断人肠，教我暗思量。

　　平日不曾为宦旅，忧患怎生当？

孩儿覆爹妈："自古道：一更思；二更想；三更是梦。大凡情性不拘，梦幻非实；大抵死生由命，富贵在天；何苦忧虑！"爹娘见儿苦苦要去，不免与他数两金银，以作盘费。再三叮嘱孩儿道："未晚先投宿，鸡鸣始过关。逢桥须下马，有渡莫争先。"孩儿领爹娘慈旨，目即离去。

（唱）【浪淘沙】

　　迤逦离乡关。

　　回首望家，白云直下把泪偷弹。

　　极目荒郊无旅店，

　　只听得流水潺潺。

话休絮烦。那一日正行之次，自觉心儿里闷。在家春不知耕，秋不知收，真个娇你你也。每日诗书为伴侣，笔砚作生涯。在路平地尚可，那堪顿着一座高山，名做五鸡山。怎见得山高？巍巍侵碧汉，望望入青天。鸿鹄飞不过，猿穴怕扳缘。棱棱层层，奈人行鸟道。駒駒鮚鮚，为藤柱须尖。人皆平地上，我独出云颠。虽然未赴瑶池宴，也教人道散神仙。野猿啼子，远闻得咽咽呜呜。落叶辞柯，近睹得扑扑簌簌。前无旅店，后无人家。

（唱）【犯思园】

　　刮地朔风柳絮飘，

　　山高无旅店，景萧条。

　　蹉跎何处过今宵？

　　思量只恁地，路迢遥。

道犹未了，只见怪风淅淅，芦叶飘飘；野鸟惊呼，山猿争叫。只见一个猛兽，金睛闪闪，犹如两颗铜铃；锦体斑斓，好若半团霞绮。一副牙如排利刃，十双爪密布钢钩。跳出林浪之中，直奔草径之上。唬得张协三魂不附体，七魄渐离身，仆然倒地。霎时间只听得鞋履响，脚步鸣。张协抬头一看，不是猛兽，是个人。如何打扮？虎皮磕脑虎皮袍，两眼光辉志气豪。"使留下来金珠饶你命，你还不肯不相饶。"

（强人介）

（唱）【绕池游】

　　张协拜启："念是读书辈，往长安拟欲应举。

　　些少裹足，路途里欲得支费，望周全不须劫去。"

强人不管他说。怒从心上起，恶向胆边生。左手捽住张协头梢，右手扯住一把光霍霍冷飕飕鼠尾样刀，翻过刀背，去张协左肋上劈，右肋上打。打得他大痛无声，夺去查果金珠。那张协性分如何？慈鸦共喜鹊同枝，吉凶事全然未保。似恁唱说诸宫调，何如把此话文敷演。后行脚色，力齐鼓儿，饶个撺掇，末泥色饶个踏场。
〔下。

第二出

〔张协上。

张　协　讹未。

（众喏）

张　协　劳得谢送道呵！

众　　　相烦那子弟！

张　协　后行子弟，饶个（唱）【烛影摇红】断送。

（众动乐器）（生踏场数调）

张　协　（白）【望江南】

多忔戏，本事实风骚。

使拍超烘非乐事，筑球打弹谩徒劳，设意品笙箫。

谙诨砌，酬酢仗歌谣。

出入须还诗断送，中间惟有笑偏饶，教看众乐陶陶。

适来听得一派乐声，不知谁家调弄？

众　　　（唱）【烛影摇红】

张　协　暂藉轧色。

众　　　有。

张　协　罢！学个张状元似像。

众	谢了！
张　协	画堂悄最堪宴乐，绣帘垂隔断春风。
	波滟滟杯行泛绿，夜深深烛影摇戏。
	（众应）
张　协	（唱）【烛影摇红】

烛影摇红，最宜浮浪多忔戏。

精奇古怪事堪观，编撰于中美。

真个梨园院体，论诙谐除师怎比？

九山书会，近目翻腾，别是风味。

一个若抹土搽灰，趋枪出没人皆喜。

况兼满坐尽明公，曾见从来底。

此段新奇差异，更词源移宫换羽。

大家雅静，人眼难瞒，与我分个令利。

祖来张协居西川，数年书卷鸡窗前。

有意皇朝辅明主，风云末际何恹恹。

一寸笔头烂今古，时复壁上飞云烟。

功名富贵人之欲，信知万事由苍天。

张协夜来一梦不祥，试寻几个朋友扣它则个。

〔末净嚛呾出。

净	（有介白）拜揖！
末	一出来便开放大口。尊兄先行。
张　协	仁兄先行。
净	契兄先行。
张　协 末	（同）依次而行。
张　协	嗳！休讶男儿未际时，困龙必有到天期。十年窗下无人问，一举成名天下知。小子乱谈。

末	嗳!
净	尊兄也嗳。
末	可知,是件人之所欲。嗳,这嗳却与贪字不同。嗳!
净	又嗳。
末	也得。诗书未必困男儿,饱学应须折桂枝。一举首登龙虎榜,十年身到凤凰池。小子乱谈。
净	尊兄开谈了。
末	乱道。
净	尊兄也开谈了。
张协	乱道。
净	小子正是潭,正是潭。
末	到来这里打杖鼓。
净	嘤!
末	吃得多少,便饱了。
净	昨夜灯前正读书。
末	奇哉!
净	读书直读到鸡鸣。
末	一夜睡不着。
净	外面啰唣。
末	莫是报捷来?
净	不是。外面啰唣开门看。
末	见甚底?
净	老鼠拖个驮猫儿。
末	只见猫儿拖老鼠。
净	老鼠拖猫儿。

(三合)

(末争)

净		（笑）韵脚难押，胡乱便了。
末		杜工部后代。
张	协	尊兄高经？
净		小子诗赋。
末		默记得一部《韵略》
净		《韵略》有甚难，一东，二冬。
末		三和四？
净		三文酱，四文葱。
末		那得是市卖帐？
张	协	卑人夜来俄得一梦。
净		小子最快说梦，又会解梦。
末		不知尊兄梦见甚底？
张	协	夜来梦见两山之间，俄逢一虎。伤却左肱，又伤外股。似虎又如人，如人又似虎。
净		惜乎尊兄正梦之间独自了。
末		如何？
净		若与子路同行，一拳一踢。（打末着介）
末		我却不是大虫，你也不是子路。
净		这梦小子员不得。
末		法糊消食药。
净		见说府衙前有个员梦先生，只是请他过来，问他仔细。
张	协	尊兄说得是。
净		明朝请过李巡来。
张	协	造物何常困秀才。
末		万事不由人计较。
合		算来都是命安排。
		〔末、净下。

张　协	（唱）【粉蝶儿】

徐步花衢，

只得回家，

扣双亲看如何底。

〔外作公出接。

李大公	草堂中，听得鞋履响，是孩儿来至。你读书莫学，浪儿们一辈。
张　协	爹爹，共维万福！
李大公	读书破万卷，下笔如有神。道亨则匡济天下，道不亨则独善一身。汝朝经暮史，昼读夜习，然后可言其命。时日未至，曲珠无系蚁之能；运限通时，直钩有取鱼之望。
张　协	（唱）【千秋岁】

论诗书，

缓视微吟处，

真个得趣。

李大公	（唱）黄榜将传，欲待我儿荣耀门闾。
张　协	（唱）儿特启：今欲去。未得取，爹慈旨。
合	（唱）愿得身康健，待明年那时，喝道状元归。
李大公	（唱）【同前】

我闻伊，夜来得一梦，你便说个详细。

张　协	（唱）两山之间，被一飞虎擒追。
李大公	（唱）人之梦，不足信。且一面，装行李。
合	（唱）愿得身荣贵，管桃花浪暖，一跃云衢。
李大公	孩儿，康节先生说得好："断以决疑不可缓。"当断不断，反受其乱。我却说与你妈妈，教逼逻些行李裹足之资。你交副末底取员梦先生来员梦看。
张　协	大人说得极是，这个谓之决疑。

李大公	孩儿要去莫蹉跎。
张　协	梦若奇哉喜更多。
李大公	遇饮酒时须饮酒。
合	得高歌处且高歌。

〔并下。

第三出

〔王贫女上。

王贫女　（唱）【大圣乐】

村落无人要厮笑，

这愁闷有谁知道。

闲来徐步，桑麻径里，独自烦恼。

（唱）【叨叨令】

贫则虽贫，每恁地娇，这两眉儿扫。

有时暗忆妾爹娘，珠泪堕润湿芳容，甚人知道？

妾又无人要。

兼自执卓做人，除非是苦怀抱。

妾又无倚靠。

付分缘与人缉麻，夜间独自，宿在古庙。

（唱）【同前】

几番焦躁，命直不好，埋冤知是几宵。

受千般愁闷，万种寂寥，虚度奴年少。

每甘分粗衣布裙，寻思另般格调。

若要奴家好，

　　　　遇得一个意中人，共作结发，夫妻偕老。
古庙荒芜怕见归，
几番独自泪双垂。
黄河尚有澄清日，
岂可人无得运时。
〔下。

第四出

〔末上。

末	南人不梦驼，北人不梦象。若论夜间底梦，皆从自己心生。那张介元教请过员梦先生。兀底一间小屋，四扇旧门。青布帘大写着"员梦如神"，纸招子特书个"听声揣骨"。且待男女叫一声：先生在？
丑	谁谁？
末	有少事相烦歇子。
丑	惭愧！二十四个月日，没一人上门。
末	又道千家货。
丑	（出）僧见佛住，把火烧香。
末	先生拜揖！
丑	无礼！君子还是合婚、选日、揣骨、听声、打瓦、钻龟、发课、算命？
末	又道不曾学得本事。那张介元特遣男女请先生员一梦。
丑	成都府自家唤作每对手。
末	怎地了不去争交？

丑	相随一道去盘街。
末	如何?
丑	两年脚不曾出门。
末	恰好是二十四个月日。
丑	(喝唱)陈听声,浑家赛。
末	待我说你。
丑	权请六文做减价卖。
末	你也忒减。
丑	员梦人呼我做陆地仙,几番说中人喝彩!
末	先生少待,男女请出那解元来。兀底鞋履响,早来。

〔张协上。

张协	(唱)【西地锦】
	见说道会听声,冠朝野达帝城。
	佳名是则闻久矣,有一梦说与听。
丑	(觑末)丈夫拜揖!
末	开放死眼,介元在这里!
丑	在哪里?(有介)
末	不枉做陈听声。
张协	卑人要员一梦。
丑	未说员梦,先饶一个听声。
张协	也好。
丑	门下其声甚清,其韵又美。先世以来,不属人类。
张协末	(同)是甚事物?
丑	别人不说,你元居乌衣国中,前生是燕。
末	把人作何看待!
丑	两句卦象说得好。

张　协　　如何说？

丑　　　　先世如何不是燕，如何唱出绕梁声？

末　　　　且打交你尘簌簌。一道与男女揣个骨看。

丑　　　　你要揣骨？

末　　　　相烦先生。

丑　　　　（捻末手）好一副骨头！

末　　　　是何看待？

丑　　　　主门下不是正房生。

末　　　　是庶出？

丑　　　　不是庶出。

末　　　　如何？

丑　　　　你个爹和娘数千年浑没孩儿，千方百计觅得你归来养。

末　　　　奇哉！如何见得？

丑　　　　莫怪说！你个骨是乞骨。

末　　　　且打你那骷髅！

丑　　　　今番员梦。门下几岁？

张　协　　十八岁。

丑　　　　四十八岁？

末　　　　只愿度众生。十八岁。

丑　　　　甚莫时？

张　协　　子时。

丑　　　　子时是三更，正有贼。

末　　　　防着你！

丑　　　　君子还得甚梦？

张　协　　（唱）【同前】

　　　　　　梦时节却未四更，此身两山上行。

　　　　　　瞥见个人如虎类，被它伤却股肱。

丑　　　　（唱）【川鲍老】
　　　　　　　君在两山，两山成出字。
末　　　　两个山是出字。
丑　　　　（连唱）遇一人假虎衣。
　　　　　　　白虎算来，只在西方旺，
　　　　　　　西方却是川地。
　　　　　　　君出去向北尽得，不免有些，跌扑脓血疾。
　　　　　　　千里外豹变，一时掀焰，归来贺喜。
末　　　　（唱）【同前】
　　　　　　　从来见说，见说君员梦，果不知似恁底奇。
张　协　　（唱）张协离家，一千里外，无央厄免得致疑。
丑　　　　（唱）先凶后吉，身在清霄外，君休虑。
末　　　　（唱）（喏）也员男女一梦，续得谢伊。
丑　　　　你也要员梦，还是梦见甚底？
末　　　　夜来梦见一条蛇儿，都是龙的头角。
丑　　　　奇哉！蛇身龙头，唤作蛇入龙窠格。来，来，你把我个绦当龙头，这个当龙尾，仰着头，开着脚。
末　　　　如何？
丑　　　　廊绷！
末　　　　草葬过！
丑　　　　有四句卦象说得好。
末　　　　愿闻。
丑　　　　道是蛇梦成龙莫等闲，不平安处也平安。
末　　　　惭愧！
丑　　　　如今却在青草内，忽日成龙也未难。辣，辣，辣！
末　　　　青霄有路。
张　协　　谢荷先生！

丑	员梦钱。
末	六文。
丑	听声钱。
末	又要,也支六文。
丑	揣骨钱。
末	也与你六文。
丑	看命、合婚、选日。
末	你住休!
张　协	得访先生意始通。
丑	今朝员梦遇明公。
末	世间多少迷途者。
合	一指咸归大道中。

〔并下。

第五出

〔李大公上。

李大公　（唱）【行香子】

　　　欲改门闾,须教孩儿,除非是攻着诗书。

〔李大婆上。

李大婆　（接唱）门儿咫尺,不出多时。

　　　为孩儿,欲出去,泪偷垂。

嗷,叫副末底过来。

〔李大公出。

末　　触来勿与竞,事过心清凉。未做得事,先自"嗷"将来,

	只莫管它便了。
	（末背李大婆立）
李大婆	噢，莫管它，莫管它，（扯末耳）你说谁？
李大公	不曾说甚底。
	（李大婆有介）
李大公	妈妈，为何恁地发怒？
末	县君每常恁地。
李大婆	孩儿要出路，又是我苦，你道焦躁不焦躁！
末	教我如何？
李大婆	叫与我叫过孩儿来。
末	休，休！是非终日有，不听自然无。
李大婆	不听自然无，家中没闷婆。
末	你也忒吵！
	〔下。
	〔张协上。
张　协	（唱）【武陵春】
	独离西川无伴侣，一路想凄惶。
李大婆	（接唱）今日孩儿乍离娘，
李大公	（合唱）一心在我儿行。
李大婆	（白）野鸟同林宿，天明各自飞。孩儿去则犹闲，且是无人照管我门户。这老乞儿只会吃饭，偷我钱去布施念佛。那一个是人！
李大公	布施，布施，休问落处。
李大婆	学生！
张　协	孩儿拜辞。
李大婆	孩儿你去了，有人少我钱时，教谁去讨？
李大公	善哉，善哉！

李大婆	学你只会吃死饭。
张　协	妈妈息怒。
李大婆	叫副末底过来。
	（李大公拖雨伞上）
李大公	五里单牌，十里双堠，只凭这些子。
李大婆	叫轻放，怕跌折了！
李大公	说话一似当门犬。
李大婆	（哭）孩儿你去，有人少我课钱，千万与娘下状论。
李大公	孩儿要拣好时出去，只管闲说。
李大公	（唱）【犯樱桃花】
	孩儿去矣，间或传消息。
合	（唱）莫教两头，顿成萦系。大家将息。取试了即便归。
李大公	（唱）每日焚香祷告，惟愿我孩儿，得遂平生志。
合	（唱）但愿此去，名标金榜，折取月中桂。
李大婆	孩儿你去，千万有好全带花，
张　协	全带花。
李大婆	似门前樟树样大底，买一朵归来，与娘插在肩头上。
李大公	你好辛苦！
张　协	（唱）【同前】
	张协去矣，怕路里无支费。
李大公 李大婆	（合唱）爹娘与你，许多金珠。你莫将容易，怕人欺我儿。
张　协	（唱）谢得爹娘慈旨，须是每日里，祷告天和地。（合同前）
李大婆	孩儿，有好掉箧似扁担样大底，买一个归来，把与娘带。
李大公	怎地带？
李大婆	（唱）【同前】
	孩儿去矣，妈妈忧忆你。

合	（唱）须还是驮家，自能将息。
	两下休忧虑，频频寄书归。
李大婆	（唱）只被当直薷恼，日夜骂着伊。
李大公	（唱）你好没巴臂。（合同前）
李大公	（唱）【同前】
	早请去离，又要寻宿处。
李大婆	（唱）腌臢打脊，罔两当直！
	着得随它去，路上偷饭吃。
李大公	（唱）这梦得说破，查裹与琴书，雨具牢收记。（合同前）
张　协	孩儿拜辞爹娘便行。
李大公	将息！孩儿。
李大婆	末好去，叫妹妹出来拜辞哥哥。
李大公	苦！一日又不说。
李大婆	你去叫她出来。
李大公	月是会。叫小娘子出来拜辞解元。
	〔丑走出。
丑	（唱）【同前】
	哥哥去也，妹妹来辞你。
	京都有甚，土宜则剧。
	买些归家里，妹妹须待归。
	哥哥，狗胆梳儿，花朵鞋面头须。
李大公	休要闲理会。（合同前）
丑	亚哥，亚哥，狗胆梳千万买归，头须千万买归，亚哥。
李大公	称你娇脸儿。
丑	亚哥，有好膏药买一个归。
张　协	作甚用？
丑	与妹妹贴个龟脑驼背。

李大公	再生个华佗。
李大婆	都送作城外去。
李大公	试毕孩儿及早归。
丑	哥哥须记买头须。
李大婆	愿儿一举登科日。
合	正是双亲未老时。

第六出

〔王贫女上。

王贫女　（唱）【风马儿】

父母俱亡许多时，知它受几多灾危！

独自一身依古庙，花朝月夜，多是泪偷垂。

奴家幼失怙怙，又没弟兄。远亲房族更无一人，诸姊妹又绝一个。祖无世业，全没衣装。白日三餐，勤苦村庄机织；黄昏一觉，足弯跧古庙荒芜。天色又寒，雪儿欲下。一盏明灯照神道，买油骨自少三文。

（唱）【借黄花】

奴家命恁穷，此身无所用。

织绢更缉麻，得人知重。

感得，诸天打供，又遭遇李大公。

柴米有时无，教小二频赍送。

今夜起朔风，苦也，如何忍冻！

〔荷大公出。

荷大公　（唱）【同前】

荒村景寂寥，地僻人行少。

公公教唤你们，特来古庙。

王贫女	（唱）万福！君来则甚？想必是来路杳。
荷大公	（唱）东畔李大公，有少事欲厮央靠。

特遣我们来，你明日须早到。

王贫女	谢荷大公！奴还不得大公厮提携，如何过得一个时辰。

奴家知了：不是装绵，便是织绢。明早奴家自来。

荷大公	娘子，

懒惰为人只见贫，

勤苦强似去求人。

王贫女	晓得了。贫居闹市无相问。
荷大公	富在深山有远亲。

〔并下。

第七出

〔张协挑查裹出。

张 协	（唱）【望远行】

乡关渐远，剑阁峥嵘巅险。

不惯行程，愁闷怎消遣！

时听峭壁猿啼，何日得临帝辇？

步云衢称人心愿。

诗书饱学经岁时，此来指望登云梯。

草履行缠被泥土，遥观剑阁山巍巍。

嘉江有渡波浩渺，芦花簇簇风凄凄。

独立沙头见梢子，村庄破晓忽鸡啼。

〔下。

第八出

〔丑扮作强人出。

丑匪徒　但自家不务农桑，不忻砍伐。嫌杀拽犁使耙，懒能负重担轻。又要赌钱，专欣吃酒。别无运智，风高时放火烧山；欲逞难容，月黑夜偷牛过水。贩私盐，卖私茶，是我时常道业；剥人牛，杀人犬，是我日逐营生。一条扁担，敌得塞幕里官兵；一柄朴刀，敢杀当巡底弓手。假使官程担仗，结队火劫了均分；纵饶挑贩客家，独自个担来做己有。没道路放七五只猎犬，生擒底是麋鹿猱獐；有采时捉一两个大虫，且落得做袍搭脑。林浪里假装做猛兽，山径上潜等着客人。今日天寒，图个大帐。懦弱底与它几下刀背，顽猾底与它一顿铁查。十头罗刹不相饶，八臂哪吒浑不怕。教你会使天上无穷计，难免目前眼下忧。

〔丑匪徒下。

〔末扮作客出。

末　客　（唱）【生查子】

　　　　重重叠叠山，渺渺茫茫水。

　　　　行货已赍排，独自难区处。

但小客肩担五十秤，背负五十斤。通得诸路乡谈，辨得川广行货。冲烟披雾，不辞千里之迢遥；带雨冒风，何惜此身之跋涉。欲经过五鸡山上，小客独自不敢向前，等待官程，不然车仗，厮赶过去。正是养家千百口，只恐独自失便宜。

〔净作客出。

净 客　喂！客长，相待过岭歇子。喂！

末 客　喂！客长。

（净末相喂）

末 客　甚人？远观不审，近观分明。谁？

净 客　（喏）不相见多时。

末 客　我们不认得你。

净 客　不认得我！一番成都府提刑衙前打卖金驼驼底。

末 客　是了，我略记得丰姿。

净 客　我是甚么人？我是客家，行南走北有声价人。他来卖金驼驼与我。

末 客　我们约莫记得，客长到被他打。

净 客　你说错了。

末 客　客长在下头，他在上头打拳。

净 客　他都我不着打，我在下面两拳如飞。（有介）

末 客　你如何叫？

净 客　我不叫！甚年会叫？

末 客　怎地不叫？

净 客　大痛无声，都叫不出。

末 客　依然吃拳踢。

净 客　叵耐卖金驼驼底走来抱我腰，被他把一拳。（打末脑）

末 客　是我。

净 客　他打我一拳，被我闪过，踢了一脚。

末 客　鬼乱一和！

净 客　我是谁！

末　客	有眼不识泰山。如今要过五鸡山，怕有剪径底劫掠人，厮赶去。
净　客	好，好，好。你撞着我是你有采！客长是哪里人？
末　客	是梓州人。客长仙乡哪里？
净　客	我是浙东路处州人。相搥相打，刺枪使棒，天下有名人！
末　客	惭愧，拖带一道行。
净　客	你命快，撞着我一道行。
净　客	（唱）【复襄阳】

　　　　　一步又一步，一步又一步。

　　　　　檐儿担不起，怎赶得程路？

　　　　　气力全无，汗出悄如雨。

　　　　　尚有三千里，怎生行路！

末　客	挨也！我上又不得，下又不得。且歇一歇了，去坐地。
末　客	（唱）【复襄阳】

　　　　　一步远一步，一步远一步。

　　　　　你与我同出路，也被人欺负。

　　　　　遇着强人，你们怎区处？

　　　　　把担杖钱和本，便与它将去。

净　客	我物事到强人来劫去，你自放心！我使几路棒与你看。
末　客	愿闻。
净　客	（净使棒介）这个山上棒，这个山下棒，这个船上棒，这个水底棒。这个你吃底。
末　客	甚棒？
净　客	地，地头棒。
末　客	甚罪过！
净　客	棒来与它使棒，枪来与它刺枪。有路上枪，马上枪，海船上枪。如何使棒？有南棒，南北棒；有大开门，有小开

		门。贼若来时，我便关了门。
末　客		且是稳当。
净　客		棒，更有山东棒，有草棒。我是徽州婺源县祠山广德军枪棒部署，四山五岳刺枪使棒有名人。
末　客		只怕你说得一大丈。
净　客		我怕谁！

〔丑匪徒走出。

丑匪徒	（唱）唯！不得要去。
末　客	尉迟问着单雄信。
净　客	来！你唤作劫贼。
末　客	莫要道着。
丑匪徒	（叫）林浪里五十个大汉，不得出来，我独自一个奈何它！
末　客	好一对儿。
净　客	你要对付谁？
丑匪徒	对付你！你来抵敌我。
净　客	你来劫我物事。
末　客	我也知得。
丑匪徒	你要好时，留下金珠买路，我便饶你去。
净　客	你抵得我一条棒过时，便把与你去。
丑匪徒	莫要走！
净　客	我不走。一个来我不怕你！
丑匪徒	两个来我也不怕你！
净　客	三个来我也不怕你！
丑匪徒	四个来我也不怕你！
净　客	五个来我也不怕你！
末　客	都说得一合。
净　客	要打是便打。

丑匪徒　　这里狭，且打短棒。

　　　　　（净丑呆立）

末　客　　客长怎地不动？惭愧，我且担担走了。

丑匪徒　　猜你哪里去。

末　客　　却又会说叫。

丑匪徒　　我思量枪法。

净　客　　我思量棒法。

末　客　　了得！孙子。

　　　　　（净丑打）（有介）

净　客　　（倒）告壮士，乞条性命！

　　　　　（丑匪徒打）

末　客　　（告）乞留性命！

丑匪徒　　你也胆大！它要来抵敌我！我把你担杖去，略略地高声，我便杀了你！经过此山者，分明是你灾。从前做过事，没兴一齐来。

　　　　　〔丑匪徒下。

　　　　　（净客在地唤）

末　客　　客长，你相误！

净　客　　挨也！相救。

末　客　　好！你说一和，大开门都使不得！

净　客　　我只会使雷棒。

末　客　　又骨自说。苦！两人查裹都把去了。

净　客　　查裹由闲，可惜一条短棒。

末　客　　随身之宝。你且起来。

净　客　　（唱）【福州歌】

　　　　　　　伊夺担去，我底行货，都是川里买来底。
　　　　　　　我妻我儿，家里望消息。

合		（唱）雪儿又飞，今夜两人在哪里睡！
末	客	（唱）【福州歌】
		他来打你，你不肯和顺，好言告他去。
		使枪使棒，一心逞雄威。
合		（唱）担儿把去，今夜两人在哪里睡！
净	客	（唱）【福州歌】
		朔风又起，担儿里，纸被袄儿尽劫去。
		手儿脚儿，浑身悄如水。
合		（唱）雪儿又飞，今夜两人在哪里睡！
末	客	（唱）【福州歌】
		你莫打渠，苦必苦，厮打你每早先输。
		你腰我腰，没钱又无米。
合		（唱）担儿把去，今夜两个在哪里睡！
末	客	（白）下山转去休。
净	客	上山去。
末	客	上山做甚么？
净	客	没担空手人最好上山。
末	客	却来打诨。下山去。
净	客	下山也好。
末	客	如何？
净	客	下山去借一条棒，更相打一合。
末	客	你使不得。
净	客	愿你长做小喽啰，
		自有傍人奈汝何！
末	客	百草怕霜霜怕日，
		恶人自有恶人磨。
		〔并下。

第九出

〔张协上。

张　协　（唱）【七娘子】

　　　　朔风四野云垂地，
　　　　向长空六花飞坠。
　　　　独上高山，全无力气，
　　　　奔名奔利直如是。

　　一阵风来一阵沙，千山万里没人家。可怜回首乡关路，极目阴阴天一涯。上山下山山复上，古木森森迷叠嶂。山阴经月雪难消，恰值今宵雪又降。前山高处有人烟，喜得今宵一夜眠。苦也更无存宿处，此身寄在阿谁边。

　　（唱）【普天乐】

　　　　张协告苍天，怜孤苦。
　　　　从小里蒙严父，教六艺通文通武，直欲更换门户。
　　　　今应举天欲暮，大雪纷纷登山路，两头望更无宿处。
　　　　今夜若在此山，莫教协此身，遭遇狼虎。

〔丑扮作强人出，伏在地上。

张　协　怪风一阵，有如裂帛之声。唯，猛兽业畜，不得无礼！吾无害虎心，虎有伤人意。

丑匪徒　（丑起身）唯，汉子，吾乃一方壮士，此处强人。便是官程，不放它下山；若是车仗，岂容它空过。汝生得貌如秀士，料想不是客家。我且饶你一下铁挝，留金珠买路！

张　协　（叫）壮士：

（唱）【凉草虫】

　　　　姓张名协，是川里居。

　　　　本是读书辈，应着科举。有些路途费，我日逐要支。

　　　　望怜念心全取，饶张协，裹足一路来去。

丑匪徒　　理会得飞蛾投火，送过死来！林浪里五十个大汉，休得要出来。

张　协　　苦，苦！

丑匪徒　　这是甚底？

张　协　　是刀。

丑匪徒　　这是甚底？

张　协　　是查。

丑匪徒　　这底？

张　协　　是棒。

丑匪徒　　看你要那个吃？

张　协　　（唱）【胡捣练】

　　　　张协有些子，盘费钱，怕一路欲支遣。

　　　　家又远，望周全，望周全。

（唱）【胡捣练】

　　　　莫将去，念身上寒，况兼又无旅店。

　　　　时运蹇，望君今，善眼相看！

丑匪徒　　你到软顽，剥了衣裳！

张　协　　告壮士，善眼相看，天色又寒。

丑匪徒　　金珠与我，万事俱休。稍稍稽迟，一查打杀了你！

张　协　　（唱）【胡捣练】

　　　　金珠有些子，做盘缠，返西川。

　　　　若要平分，把一半与，望周全！

丑匪徒　　一半回过一壁打。

（张协倒）

丑匪徒　　一半金珠便放行，此山唤作万人坑。
　　　　　阎王注定三更死，不许留人到四更。
〔丑匪徒下。
〔末扮作土地上。

土　地　（唱）【临江仙】
　　　　　裂帛一声人叫唤，强人打倒公侯。
　　　　　当山土地泪双流。
　　　　　张解元，不合在它烟焰里，
　　　　　争敢不低头！

　　　　张解元醒！

张　协　（唱）【糖多令】
　　　　　劫去我盘缠，皮肉打恁穿。
　　　　　一身如水没些绵。
　　　　　今夜更无存宿处，
　　　　　我拼一命赴黄泉！

土　地　（唱）【油核桃】
　　　　　君今勉强起，试听呵：
　　　　　独自怎生经过此，成灾祸？

张　协　（唱）我怎知初托大，两查一击浑身破。
　　　　　今宵大雪寒杀我。

合　　　（唱）命寒时乖撞着它，冤家要觱如何觱？

张　协　（唱）【油核桃】
　　　　　今忽逢老者，下山呵。
　　　　　宅居那里周全歇，宿一夜。

土　地　（唱）问我时须说破，当山土地吾亲做。
　　　　　怜伊现身说些介话。（合同前）

土　地　（唱）【油核桃】
　　　　　　　今君转下山，有一家。
　　　　　　　朱门两扇屋虽破，是鸳鸯瓦。

张　协　（唱）又怎知它着我？
　　　　　　　谢得尊神呵周全我，今宵免得心肠挂。（合同前）

张　协　（唱）【油核桃】
　　　　　　　只得扶病起，下山呵。
　　　　　　　尊神恁说协心下，略托大。

土　地　（唱）草系门君解破，靠歇须有人温顾。
　　　　　　　不消虑及道如何过。（合同前）

土　地　（白）唯，面来底甚人？
　　　　（张协转身看）

土　地　见子灾危扶取君，依然足下起祥云。
　　　　从空伸出拿云手，提起天罗地网人。
　　　　〔土地下。

张　协　感得圣道去也！
　　　　只得山根试叩门，
　　　　满空飞雪正纷纷。
　　　　洛阳无限花如锦，
　　　　待我来时不遇春。
　　　　〔张协下。

第十出

〔净扮作神出。

神 （唱）【出队子】

　　特降祥云，为强人劫那路人。
　　路人是张协有佳名，桂籍之中有姓名。
　　今宵定没宿处来叩门。

吾住五鸡山下，远近俱闻声价。显圣八百余年，三度有些纸钱来烧化。专管虎豹豺狼，又掌豆麦禾稼。鸡气味知它如何？猪羊肉那曾系挂。祭吾时多是豆粽糍糕，阴空里一个乡霸。似泥神又似生神，唱得曲说得些话。张协运蹇被贼来惊咤，当山土地无奈何，借此之处与它宿过一夜。贫女回来必不容它，凭小圣说教希咤。吾殿下善恶判官，显一员到吾部下。

〔末作判官出。

判官 （唱）【五方鬼】

　　呼喝一声，悄如雷鸣。
　　听得原来，是吾尊神。
　　未知说着缘底事，召语直恁恶狰狞。
　　有何事殢人惊？

神 （唱）【五方鬼】

　　五鸡山下，有一强人。
　　把张协尽劫，更没分文。
　　又打一查皮肉破，此人有一举登科分，科汝辈怎

		安稳！
判　官	告尊神，如何商量？
神	移我供床与它打睡。
判　官	又道锦被堆。
神	教它与贫女睡，极弗稳便。
判　官	也骨自晓人事。
神	纸炉里又腌臜，它来供床下睡。小神思量：外面门破弗好看，叫小鬼来，你两个权化作两片门。
判　官	如何做门？
神	且叫小鬼来商量。
判　官	小鬼在？疾速过来！

〔丑扮作小鬼出。

小　鬼	（唱）【同前】
	吾是值日，小鬼甲头。
	也弗识肉，也弗识酒。
判　官	（唱）唯，汝口应是没量斗。
	它吃了甚么？
神	（连唱）满殿里个个都是口臭。
判　官	（唱）告你莫说自家丑。
神	状元张协，因被贼劫。忽到此来，我心怏怏！外面门儿，破得跷蹊。差你变作，不得稽迟！
小　鬼	独自只作得一片门，那一片教谁做？
神	判官在左汝在右，各家缚了一只手。有人到此忽叩门，两人不得要开口。
判　官	好似呆底。
小　鬼	告尊神，做殿门由闲，只怕人掇去做东司门。
判　官	甚般熏头。

神	来依贫女,缚住庙门。开时要响,闭时要迷。稍稍有违,各人十下铁槌!
小　鬼	单是铁槌,又着打钉。
判　官	钉杀了你!
神	演一番看。

（末丑做门）（有介）

〔张协出。

张　协　（唱）【五供养】

　　五鸡山下,更没人知我行藏。

　　衣裳剥去,露痕伤。

　　雪儿又下,朱户闭景物惭惶。

　　来古庙试开取,投宿又何妨。

（又唱）（同前）尊神恁试听：念是成都府里才人。

　　张协径往宸京,取功名。

　　经过此山,强人把我金珠都劫尽。

　　又被伤皮肉欲投眠,是故特特启朱门。

神	（唱）【同前】
	张丈我最灵。
判　官	会话如何不灵!
张　协	（揍）谢得尊神,特显聪明!
小　鬼	朱门两扇,开了又还肩。
判　官	门如何便会作声?
神	张丈,你胡乱去供床下睡一宵。
张　协	（接唱）谢得尊神!
张　协	幸然解得庙门开,痛苦饥寒塞满怀。
	今夜闭门屋里坐,应没祸从天上来。

〔张协下。

小　　鬼	你道无事，我道祸从天上来。
神	低声！门也会说话。
小　　鬼	低声！神也会唱曲。
判　　官	两个都合着口！
小　　鬼	两个和你，莫是三人？
判　　官	必有我师。
神	怕贫女归来，才说话贫女便惊了。若还转去李大公家，又成利害！都与我闭口深藏舌，安身处处牢。
判　　官	贫女归还雅静着。
神	拄了门，待贫女归来自敲嬉。
判　　官	低言！
小　　鬼	都低声！

〔王贫女上。

王贫女　（唱）【新水令】

　　朔风凛冽云垂地，见长空六花飞坠。

　　踏雪归来也，仗一点灯儿，伴岑寂。

作事不取知，必定没前程。甚人来擅开我庙门？今日不是牙盘日，里头都拄了。（叫）开门！（打小鬼背）

小　　鬼	蓬，蓬，蓬！
判　　官	恰好打着二更。
王贫女	开门！（重打小鬼背）
小　　鬼	换手打那一边也得！
判　　官	合口！

王贫女　（唱）【江儿水】

　　甚人入奴庙里，把门到拄？

| 小　　鬼 | 弗大过拄。 |
| 判　　官 | 想你夫主倒拄。 |

王贫女　　（连唱）教奴独立在雪儿里，
　　　　　　　　　渐渐朔风似刀割体，
　　　　　　　　　浑身如脱在那江儿水。
　　　　　　　　　甚人来投此处？
　　　　　　　　　早早开门，莫教奴家立地。
　　　　（王贫女打小鬼背叫）开门，开门！
　　　　（小鬼唤声）

判　官　　如何甚地响？
小　鬼　　门唤腔。
　　　　〔张协上。
张　协　　（唱）【同前】
　　　　　　　　　路人无眠也，投此处宿。
　　　　　　　　　开门怕风透了人难睡。
　　　　（移挂门开）

小　鬼　　泓！
判　官　　又来。
小　鬼　　（揍）此是劫贼劫它去。
判　官　　不干你事！
小　鬼　　道我是门神也不知。
张　协　　（凑）衣裳剥尽身如水。
神　　　　判官和着小鬼，收拾威光，且来此处立地。
判　官　　都由你。
小　鬼　　大王晓事，外面寒冷，教来里面立地。
判　官　　不似暖阁。
王贫女　　告尊神：奴家要问它仔细，望收拾威光。
神　　　　上头便不要我在它面前立地。
判　官　　且尊重歇子。

小　鬼	今夜弓人一边使竹拄，一边大拳槌。
判　官	强似去争交。
神	两片门儿入庙堂。
小　鬼	问它仔细不相妨。
判　官	劝君自扫门前雪。
合	休管他人屋上霜。

〔判官、神、小鬼下。

王贫女　（唱）【捣练子】

　　君还是，往何方？

　　不知怎地有痕伤？见着伊妾断肠。

张　协　（唱）【锁南枝】

　　张协本，是秀才，成都府人因乡荐。

　　贵裹足欲往宸京，奈何程途远。

王贫女　（唱）莫是登，此处山，号五鸡，被人骗？

张　协　（唱）【同样换头】

　　因登此山上，强人衣虎皮。

　　把协劫掠薄贼，一查打得皮肉，破损鲜血满。

　　今到此，忽遇伊。未审谁，想怜念！

王贫女　（唱）【同前】

　　奴家世，本富室，只因水火家不易。

　　年幼间父母俱亡，又没兄和弟。

　　居此庙，五七年。又遇君，恁狼狈。

张　协　（唱）【同前换头】

　　平日在家里，须读古圣书。

　　这般雪儿才下，多是饮着羊羔，浅浅斟绿蚁。

　　或赋诗，或探梅。又怎知，这滋味！

王贫女　（唱）【同前】

君还是，往何方？
不知怎地有痕伤？见着伊妾断肠。

	君休要，举那时，目前是物不如意。
	衣又没被席全无，尽出不得已。
	君口食，奴自供。
	要睡时，先自睡。
张　协	（唱）【同前换头】
	张协且安置，明朝定未起。
	遍身虚浮赤肿，今夜纸炉里弯跧，躲它风雨至。
王贫女	（唱）奴进君，些子粥；更与君，旧纸被。
张　协	衣食全无眼下忧，
	谁知今日祸临头！
王贫女	愁人莫向愁人说。
合	说与愁人辗转愁。
	〔并下。

第十一出

〔末作李大公出。

李大公	（唱）【豆叶黄】
	瑞雪纷纷，便觉丰登。
	感得吾皇，一人有庆。

〔净作李大婆。

李大婆	（接唱）亚公，早晨烧香谢神明，
	惟愿两口儿夫妻，头白牙黄免得短宁。
李大公	"命"字，末没一个是。
李大婆	亚公，我住五鸡山下七八十年，见了几家成败。不知我

	屋里长长亢大麦饭，长长吃大芋羹。
李大公	又道珍馐百味。我且问你：你见谁家成败？
李大婆	且如那贫女，屋里姓王，唤作王有钱。只因父母丧亡，水火盗贼，害了家计。如今只留得个女孩儿，在古庙中做种。你个老贼，全不知惭羞！
李大公	你有甚惭愧？
李大婆	我屋里也有钱。
李大公	你又几钱！
李大婆	我如何没钱？我前日卖一个猪，又卖三只鸡，又卖八斤芋，一篮大荸荠。
李大公	是你有钱，珠子王员外！
李大婆	可知！我屋里有钱，屋外有田，屋后有园，屋傍有船，屋上有天。
李大公	巧算。
李大婆	手里有拳。
李大公	我有模样儿。你适来说贫女则甚？
李大婆	（唱）【忒忒令】 每常问缉麻做布，那贫女赶得些功夫。 几日来雪下，你全不相顾。 叫小二来送：一瓶酒，一方米，一块豆腐。
李大公	莫与她，莫与她。
李大婆	老畜生，你怎地了不得！
李大公	我怕她吃了口腥臭。
李大婆	肚饥米做饭，渴把腐煮羹，寒便吃酒，哪得会口腥臭！
李大公	我也知得了。你叫小二过来。
李大婆	（叫）小二，小二！

〔丑作小二出。

小　二	（唱）【同前】
	你闲时叫小二便走。
李大公	如何？
小　二	（连唱）今日是事却都休。
李大公	你好会懒！
小　二	（连唱）嫩鸡一只，一瓶浊酒。
	我也不买油，不担水，不讨菜，也不去看牛。
李大公	（白）休，休，你今日也不须吃饭！
小　二	不容我吃饭，我自去煮芋粥吃。
李大婆	孩儿，也把一碗与娘。
李大公	这一对不亏了口。
李大公 李大婆	（合唱）【同前】
	大雪下浑身都似冰，
	我双双底早寻思贫女。
	有时央靠，她缉麻苎。
	有些豆腐，些儿酒，些儿米，教孩儿送与。
小　二	（白）送与个贫女贱人，我不去。
李大公 李大婆	（合）你骂她则甚？
小　二	我怪她！
李大公 李大婆	（合）因甚怪她？
小　二	我一番见她在庙前立地，我便问她：贫女姐姐，你又怎地孤孤单单，我恁地白白净净底……
李大公	只是嘴乌。
小　二	你不然胡乱嫁与我。那个丫头倒骂我，欺我是小孩儿。

李大公	明年恰好四十岁。
小　二	四十一岁。
李大公	我知得了。
李大婆	也好,也好。它若有这一项,我自与孩儿讨个新妇。
李大公	甚物事?
李大婆	它须未打得滴水。
李大公	你且与我斟酌。
李大婆	孩儿,看娘面,送与她。
小　二	我只是不去。
李大公	亚婆,我有道礼。你只说道:改日娘自讨与你做老婆,她便担去。
李大婆	说得是。(叫)孩儿,你且送与她,改日娘做衣服打扮你,自讨与你做老婆。
小　二	亚娘,定定与小二讨做老婆。
李大公	不嫁你田庄。
李大婆	来,来。我去讨米和酒并豆腐,断送你去。
小　二	我得老婆便去。
李大公	且是快当。你去再三传语表娘心。
小　二	只怕前村雪又深。
李大婆	此雪应须还得下。
合	果然胜似岳阳金。

〔并下。

第十二出

〔张协上。

张　协　（唱）【酷相思】
　　　　　父母家乡知几里，怎知道儿狼狈！

〔王贫女上。

王贫女　（接唱）早听得君家长吁气，亦带累奴垂泪。

张　协　（唱）【狮子序】
　　　　　张协恨时未至，居家出路，长是不利。

王贫女　（唱）不在疏狂惟在自守己，看造物何如。

张　协　（唱）张协只仗托诗书。

王贫女　（唱）奴家惟凭针指。

合　　　（唱）逆来顺受，须有通时。

王贫女　（唱）【同前换头】
　　　　　愚意：谁无祸当自遣，将息身上，没事商议。

张　协　（唱）眼下里衣单又值雪，况肚中饥馁。

王贫女　（唱）粥食奴旦夕供些。

张　协　（唱）衣裳身上蓝缕。

合　　　（唱）胡乱度日，别有区处。

张　协　（唱）【同前换头】
　　　　　听启：自来不识恁底，平日我衣冠济济。

王贫女　（唱）没奈何风云际会时，应是胜如今日。

张　协　（唱）没盘缠怎生得去？

王贫女　（唱）休烦恼须待时至。

合	（唱）常言道好事，不在忙里。
王贫女	（唱）【同前换头】
	奴觑：着君家貌美，须有个荷衣着体。
张　协	（唱）深谢得娘子怎地说，却又怎忘恩义。
王贫女	（唱）奴供备粝食粗衣。
张　协	（唱）协感戴此心此意。
合	（唱）前生料得，曾共结会。
王贫女	甚人来？

〔丑作小二挑担出。

小　二	（唱）【字字双】
	一石两石米和谷，也一担担。
	两桶三桶臭物事，也一担担。
	四把五把大枥柴，也一担担。
	豆腐一头酒一头，也一担担。
王贫女	小二哥，大雪下，你来则甚？
小　二	（唱）【双劝酒】
	阿爹阿娘，教我传语：
	些儿酒米，担来与你。
	要时你便留住，不要我便将去。
王贫女	甚感大公大婆：见这般雪儿下，教你送来与我。我如何不要！
小　二	（放下）贫女姐喏！
王贫女	小二哥，解元在此，着个拜揖。
	（小二揖）
张　协	小哥是谁家令嗣？
小　二	小哥？我是大哥，今年四十一岁了！
王贫女	这是李大公令嗣。

小　二	贫女姐，这贫哥哪里住？
王贫女	小二哥，莫恁地说。
张　协	娘子，张协身上疼，且入里面去。
王贫女	解元，你去西廊，胡乱吃些子饭了，睡休。
小　二	两人说话恁和同，正是天生穷合穷。
张　协	今日得君提掇起，免教身在污泥中。

〔张协下。

小　二	这贫哥是谁？
王贫女	小二哥，他是好人，莫要伤触他。
小　二	你叫做贫女，他叫做贫哥。
王贫女	他是秀才，因过五鸡山，被强人劫了，如今特来我庙中安下。一来雪儿正下，二来身上查痕未好，好时自来叫取大公大婆。
小　二	我有些好事向你说。（笑）
王贫女	小二哥，有甚事？
小　二	我有……（笑）
王贫女	（笑）且说。

（小二有介）

王贫女	有甚事，如何不说？
小　二	（笑）我要说，又怕你打我。
王贫女	我不打你，你自说。
小　二	我便说。
王贫女	你说。
小　二	我爹和娘要教你与我做老婆。
王贫女	教你来与我……？
小　二	教你来与我做老婆。
王贫女	（唾）打脊！不晓事底呆子，来伤触人。打个贫胎！（打

小二)

小　二	（叫）好也！保甲，打老公！老婆打老公！
王贫女	作怪！我嫁你！看牛骨自不中，三分像人，七分像鬼。
小　二	我像鬼！鬼头发须红。
王贫女	口边乳腥未断，头上胎发犹存，倒来出言道语。
小　二	（唾）丫头儿胎发恁地长，你没我屋中，自饿杀了你！
王贫女	我去说与你爹娘。
小　二	（扯王贫女）莫去说，饶我！老婆。
王贫女	你却又惊。

〔末扮作小二父（李大公）上。

李大公　剑诛无义汉，金赠有恩人。我教孩儿送些物事来，怎地不见归，自在这里厮吵，如何！

王贫女　（唱）【朱奴儿】

　　　　奴感谢公婆恁地，大雪下托物来相惠。
　　　　又感哥哥冒雪至，出言语话忒无知。
　　　　你只道，没这样儿。怎敢要与奴为夫婿！

李大公　小娘子！

（唱）【同前】

　　　　适来他不担那酒米，
　　　　我婆遂撩拨他说与，改日娘行与你娶贫女。
　　　　他欢喜冒雪担至。你莫道，没这样儿。
　　　　苦欺他道没张志！

小　二　（白）爹爹，他欺我，我说与你。

王贫女　你说甚底？

小　二　（唱）【同前】

　　　　我适来担至庙前，见一个苦胎与她厮缠。
　　　　口里唱个囉嗹啰嗹，把小二便来薄贱。

		你只道，没这样儿。甚人做得人宅眷？
李大公	（白）回光返照歇子。（叫）娘子，这是甚人？
王贫女	雪还不下，大公怜处也自知了。成都府有一秀才，欲往京城赴试。到这五鸡山，被贼打一铁查，劫了罄尽。身上没衣，口中没食，疮痕没药医，归去没盘缠，夜间又无被盖，庙里又难安歇。恰才问他仔细，令嗣送酒米来。
小 二	个丫头到官司，直是会供状。我便是着响个。
李大公	你只是没道理。孩儿，你先归去。
小 二	我归去说与亚娘，不要你做老婆。
李大公	她不烦恼。
小 二	你莫欺我，第一会读《蒙求》，第二会看水牛。
李大公	照管吃跌。
小 二	自有钓鱼处，不在浅滩头。
		〔下。
王贫女	（叫）张解元，大公在此，扶痛出来相叫则个。
		〔张协上。
张 协	（唱）【夏云峰】
		展愁眉，舒病眼，勉强徐步廊西。
王贫女	（唱）张丈秀才且与，大公施礼。
李大公	（唱）久闻清德，不探知，不及前诣。
张 协	（唱）正夺雪，张协在病中，那值逆旅。
李大公	（唱）【贺筵开】
		老夫年老脚衰，近日不出外，故不探知。
王贫女	（唱）那更雨雪，纷纷恁作威，此处不曾得暂离。
张 协	（唱）张协因被狂人劫，打一查长泪垂。
王贫女 李大公	（合唱）君想是少些个衣，自觉寒多形恁底。

张　协	（唱）【同前】
	娘行老丈恁底言语，先世曾结会，似亲故知。
王贫女	（唱）我公休与婆知，种些善基，有旧底衣服把赠与。
李大公	（唱）兀底老汉有粗道服，赠君家须着取。
张　协 王贫女	（合唱）深感谢我公恁底！且得遮却血污衣。
李大公	（白）老汉然虽是个村肐落里人，稍通得些个人事。平日里终不成跪拜底与它一贯，唱喏底与它五百，没这般话头。只是架上没你衣，我衣；怀中没你钱，我钱。
张　协	足知公公大度。
王贫女	奴家在此庙中，将傍六七年，不得公公叫唤，谁来管你！
张　协	谢荷公公！张协人非土木，必有报谢之期。
李大公	老汉且归。
	衣裳着取抵寒威。
王贫女	不靠公公又靠谁！
张　协	万事到头终有报。
合	只争来速与来迟。
	〔并下。

第十三出

〔贴扮作王胜花出。

王胜花	（唱）【金钱子】
	桃杏仪容，不觉又年荂岁。
	画堂中随它伴侣，听这别院笙歌，管弦声沸。

蓦忽心闲，小楼东栏杆镇倚。

（又唱）【赏宫花序】
　　胜花女，四时中，心下没事萦系。
　　除非上苑随趁，度芳菲欢会。
　　思之，论梳妆和针指，怎晓得！
　　仗托云鬟粉面，使婢随侍。
　　临鸾照时，那饰容都是它辈承直。

（唱）【同前换头】
　　白日，笑语长是，乐春台则剧。
　　情和富豪家，人中最贵最第一。
　　感得，吾皇时召，身赴瑶池。
　　春去夏月芰荷，香镇拂鼻。
　　小舟时泛，知菱歌游戏。

（唱）【前同换头】
　　秋至，采楼高，龙山笋月正辉。
　　宴着红裙，终夜一任眠迟。
　　冬季赏雪，胆瓶簪梅数枝。
　　暖阁团坐，饮羊羔风味。
　　须知富贵，自然娇艳，有不搽红粉也相宜。

自古道：荆人不贵玉，蛟人不贵珠。出乎富贵之家，皆不知此身之乐。奴家爹爹王德用，身为宰执，名号黑王。妈妈两国夫人刘氏，知它享了多少荣华，受了多少富贵。

家父当朝号赫王，
几番宣唤也宫妆。
莫教转面一回顾，
真个三十六宫无粉光。

〔下。

第十四出

〔张协上。

张　协　（唱）【薄媚令】
　　　　　愁多怨极，历尽万千滋味。
　　　　　幸几日身安免虑。

〔王贫女上。

王贫女　（接唱）听得旁来，无事使奴暗喜。

合　　　（唱）又值那雪晴雨霁。

张　协　（唱）【红衫儿】
　　　　　独步廊西魂欲断，自觉孤凄，奈眼前尽成怨忆。

王贫女　此处村僻荒羌，那人烟最稀。早晚奴独坐独行，□①便过得。

张　协　（唱）【同前换头】
　　　　　才到黄昏至，虎啸猿啼起。
　　　　　论娘行恁娇媚，何不嫁个良婿？

王贫女　孰敢痴迷！貌丑犹过一壁，奈身无寸缕。况兼亲戚俱无，谁来管你？

张　协　（唱）【同前换头】
　　　　　算来张协病，相将渐效可。
　　　　　虽然恁地，归犹未得。
　　　　　娘子无夫协无归，好共成比翼。

---

① 此处缺失一个字。

      饱学在肚里，异日风去际，

      身定到凤凰池，一举登科，强在庙里。

      带汝归到吾乡，真个好哩！

王贫女　　（唱）【同前换头】

      你好不度己！

      你好忒容易！

      这言语甚张志？

      还嫁汝好孬人疑，惹人非。

      奴似水澈底澄清，没纤毫点翳。

      请君目即出门，休在这里！

〔下。

〔末扮作李大公出。

李大公　　（唱）【赚】

      我且问伊：进人以礼、退人以礼。

〔净王大婆出。

李大婆　　（唱）我贫女，缘何揾泪疾走出去？

张　协　　（唱）告婆知：念协归乡犹未得，她又无夫协独自底。

      我着言语扣它，它揾着泪，将人骂詈。

李大公　　（唱）【同前】

      我婆扯住！

李大婆　　（唱）秀才说话蹊蹊，不要时，我做个说合底？

      请她归，着些言语说化伊。

李大公　　我婆要与你说作一对儿。

张　协　　仗托公公做主意。

李大婆　　（叫王贫女出）且休要怒起，你归来说个仔细。

王贫女　　听奴咨启：

    （唱）【金莲子】

	庙门闭，个开留此处。
	你没话计，我周全你。
	好不傍道理！
李大公 李大婆	（合唱）蓦忽地恁说，他便漾出去。
张　协	（唱）【同前换头】
	卑人此住无所倚，幸然娘子没夫婿。
李大公 李大婆	你说得是。我公婆看时，精神恁磊落，一对好夫妻。
王贫女	（唱）【醉太平】
	明日恁地，神前拜跪。
	神还许妾嫁君时，觅一个圣杯。
张　协	（唱）娘行恁说有些儿意。
李大公	（唱）不消得我每为媒主。
李大婆	（唱）公公，你出个猪头祭土地。
合	（唱）有缘时贺喜。
李大公	（唱）【尾声】
	只此一言是的实。
李大婆	（唱）婆婆劝你休走智。
张　协	（唱）我异日风云际会时。
李大婆	明日公公办些福物，（笑）婆婆办一张口儿。（笑）
李大公	只会噇相。你笑甚底？
李大婆	做媒须着办几面笑。
李大公	你也忒笑。
李大婆	莫怪说：
	好对夫妻只是穷，
	媒人尽在不言中。

张　协　　有缘千里能相会，
合　　　　无缘对面不相逢。
　　　　　〔并下

第十五出

〔外妆夫人出。

夫　人　　（唱）【女冠子】
　　　　　位迁极品，簪缨势象板派。
　　　　　家传诗礼，门排朱紫。
　　　　　更兼亲戚，尽皆豪迈。
　　　　　当朝为宰执，一女笄年，未及婚嫁。
　　　　　这些儿愁闷，镇在心头，无缘可解。

　　　　　（又唱）【鹤冲天】
　　　　　沉吟一和，猛省孩儿事未员。
　　　　　袅娜巧身材，桃腮和杏脸。
　　　　　每日把珠翠若神女貌，玉女面。
　　　　　百事尽皆能，试看它能写染，强一京好宅眷。

　　　　　（唱）【同前】
　　　　　年当笄岁，感得吾皇数次宣。
　　　　　着个好姻缘，除非是状元。
　　　　　若招驸马也不辱貌，不偏绾，荣耀两俱全。
　　　　　试看今岁里，必有个好姻眷。

我底女孩儿，它爹爹是当朝宰执，妈妈是两国夫人，终不成不求得一个好姻缘。

除非嫁个读书人,
不问簪缨不问贫。
但愿五湖风月在,
不愁无处下丝纶。
〔下。

第十六出

〔净扮作神出。

神　　（唱）【剔银灯】
吾血食一方却最灵,百余岁都说我感应。
年年祭户,见没节病。
献四五碟芝麻糖饼,
一陌两陌纸钱,如何会通灵显圣。

作善降之百祥,作不善降之百殃。吾闻张协乃清朝举子,帝国相儒。欲要贫女做结发夫妻。（笑）有小圣底万事俱休,没小圣底我日多年。五鸡山上一个大王,划地与人做鸭,倒叫作鸭精大王。

〔末做李大公出。

李大公　（唱）【大影戏】
今日设个几案,（喏）些儿事要相干。

神　　相干,莫是空口来问我?

李大公　且听下文:
（唱）靠歇子有个猪头至。

神　　（笑指判官白）饿老雅喜欢!

	（唱）斟些酒食须教满。
李大公	（唱）怕张协贫女讨校杯。是它夫妻，是它姻缘，千万宛转。
神	（唱）有猪头，看猪面看狗面。

〔丑扮小二出。

小 二	（唱）【缕缕金】
	亚爹不曾见，一个大猪头。
	移时还祭了，我便抢将走。
李大公	（唱）靠歇两个成亲后，须要吃酒。
神	尊神等候许多时，如何恁生□①？
李大公	你好急性！请解元和娘子出来。
神	斟酒！
李大公	且未好。

〔张协上。

张 协	（唱）【思园春】
	你要休时我未休。
神	（唱）早来吾殿下吃猪头。

〔王贫女出。

王贫女	（唱）灵杯不许后，教我怎生留！
张 协	（唱）漾人葫芦水上游，葫芦儿沉后我共伊休。
神	你与小圣都一般，又弗是饱，又弗是暖。
李大公	门里有君子。解元和娘子，敬神如神在，听老汉请神。
小 二	亚爹，我泻酒。
李大公	且未好，待我请神了。
神	胡乱早泻酒。
李大公	合着口。

---

① 此处缺失一个字。

小　二	亚爹早请神，我要肉吃！
李大公	不亏了口。我那神道威！
	（神睁眼作威）
小　二	怎比马明王？
李大公	（喏）香烟才起。
神	酒泻在盏里。
李大公	小二听得？
小　二	神要斟酒。
神	（应）
李大公	香烟馥郁。
神	盏中欠块肉。
小　二	偷吃一半。
李大公	如何？小二。
小　二	神道不吃肥个。
神	（唱）肥个我不嫌，精个我最欣。
	从头至脚板，件件味都甜。
李大公	我个神道灵。
神	可知道灵！
李大公	庙祝甚年会肥？
	（神偷酒肉、有介）
李大公	请解元祷祝。
张　协	（唱）【菊花新】
	灵神听启：成都府住，奈张协自幼攻书。
	因往宸京，路途里被劫取。
	有裹足之费，尽劫将去，
	一查打倒，冒瑞雪投入神祠里。
	睡不稳，牵惹无限不如意。

忽逢贫女又没夫，协无妻，见欲成姻契。

献神绿蚁。

李大公　　下马当风，酒当初献。小二泻酒。

小　二　　泻酒了。

李大公　　未曾泻，如何说泻酒了？你直恁不志诚！

（打丑介）

小　二　　亚爹，我泻酒了。

李大公　　低声！再泻酒。

（小二哭）

李大公　　甚声颡！

神　　　　没肉。

（小二应）

李大公　　没肉也应。

（小二泻酒）（神又偷吃）

李大公　　请娘子祷祝。

王贫女　　（唱）【后衮】

妾身年少里，父母俱倾弃，

在神庙六七年长独睡。

论云说雨，怎晓得，这言语？

偶遇他张协，要为夫婿。

神还灵异，赐照杯许妾同连理。

若不是匆匆分散无终始。

不知如何？但默默意如痴。

更满斟一盏，献神绿蚁。

李大公　　一盏既斟，酒当亚献。酒又不泻，打这罔两！

小　二　　亚爹，酒泻了，你莫打。我口边不湿，毕竟是神吃了。这回主张看。

李大公	也好。你更泻酒。
小　二	（唱）【歇拍】
	哽咽无言泪暗试，泻酒时又没人吃。
	鹦鹉杯深，渐迤逦，断涓滴。

（神偷酒）

李大公	（捉唱）见得神灵异，两头都是。
神	殷勤来献，谢你们三献都不吃。
李大公	犹骨不吃。
神	（揍）张协是贫女姻缘，皆宿契，今生重会。向绣幄，效鱼水。许绾同心结，永谐连理。
张　协	（合唱）【终衮】
王贫女	似鸾凤和鸣，相应青云际。
	效鹣鹣比翼，鸳鸯双双戏。
	相怜相爱，拼尽老，与偎随。
	待把伊，托在心儿里。
李大公	（唱）神歌鬼舞，况我们村落皆欢喜，愿厮守终久于飞。
合	（唱）身赴月宫折桂枝，已两两同欢会，这些滋味美。
神	两个已成姻眷。
李大公	是也。
神	土地宜归后殿。
李大公	大王回云也。
神	我去讨那夫人。
李大公	则甚底？
神	各自排个筵席。
李大公	又要吃。
神	三献，三献，酒肉不曾见面。
李大公	只说吃底。

〔神下。

小　二	我去切肉来。
李大公	我讨你娘来。
张　协 王贫女	（合）谢得全取两成双。
小　二	我讨盘来你讨娘。
李大公	今日欢娱嫌夜短。
合	闲时寂寞恨更长。

〔李大公、小二下。

王贫女　（唱）【添字赛红娘】
　　　　先来是奴心儿里闷，蓦撞见伊。
　　　　姻缘怎知，君家共成连理枝，共成鸾凤飞。

合　　　（唱）愿得百岁镇同谐，浑不暂离。

张　协　（唱）【同前】
　　　　荣辱算来是前生定，只得守己。
　　　　儒冠未必将人误，我直恁底，误我百年亏。

合　　　（唱）愿得一跃过龙门，荣归故里。

王贫女　（唱）【同前】
　　　　贫穷困苦谁知道，双眉暂舒。
　　　　君须异日，休得要忘却奴厚期，忘却来庙里。

合　　　（唱）愿得相看镇长恁，如鱼似水。

张　协　（唱）【同前】
　　　　诗书礼乐曾谙历，我敢负伊！
　　　　伊家放心，不须要虑及辜我妻，虑及辜负伊。

合　　　（唱）愿得前意镇如初，团圆到底。

张　协
王贫女　相烦李大公！兀底早来。

小　二	（出唱）【赛红娘】
	先来小生心儿闷，见贫女又嫁。

〔末李大公出。

李大公	（接唱）三分似人，休得要言语诈。
小　二	（唱）靠歌吃教醉醺醺，我方才骂它。
李大公	你骂它，照管我打你！
张　协	大婆来否？
李大公	大婆来了。
王贫女	大婆赤脚来。

〔李大婆挈鞋出。

李大婆	（唱）【同前】
	先来是我脚儿小，步三寸莲。
李大公	一尺三寸。
李大婆	（揍）（唱）一个水穴，阔三尺横在庙前。
李大公	（白）是有一个水穴。
李大婆	（揍）（唱）被我脱下绣鞋儿，自作渡船。
李大公	教谁来撑住你？
李大婆	着了鞋，顶礼神道万福！
张　协	凡事仰赖婆婆主盟，周全我夫妻两口。
李大婆	贺喜，拜拜！
王贫女	谢得公公、婆婆！
小　二	我自归去！
李大公	怎地归去？
小　二	叵耐它添两字也得。
张　协	甚字？
小　二	谢得公公、婆婆、哥哥，多少是好。
李大公	你好生受！

李大婆	亚公，今日庆暖酒，也不问清，也不问浊，坐须要凳，盘须要桌。
李大公	这里有甚凳桌？
李大婆	特特唤做庆暖，如何无凳桌！叫小二来，它做桌。
李大公	也好。
李大婆	孩儿，想你好似……
小　二	好似甚么？好似个新郎。
李大公	甚般敛道！你好似一只桌子。
小　二	我是人，教我做桌子。
李大婆	我讨果子与你吃。
李大公	我讨酒与你吃。
小　二	我做。
李大公	慷慨！
小　二	吃酒便讨酒来。
李大公	可知。
小　二	吃肉便讨肉来。
李大公	可知。
小　二	我才叫你，便是我肚饥。
李大公	我知了，只管盼咐你做桌。

（小二吊身）

张　协	公公，去哪里讨桌来了？
小　二	是我做。
李大公	你低声！

（安盘在小二背上，李大婆执杯，王贫女执瓶，小二偷吃，有介）

| 张　协 | （唱）【排歌】 |

张协谢，公婆至！感叠叠蒙周庇。

王贫女	（唱）从年少得济惠，到今日成姻契。
小 二	亚爹。
李大公	且与我低声！
小 二	肚饿腰又疼！
李大公	赠几贴风药与你吃。
李大婆	（揍）（唱）五百年前，已曾注记，我今日来揎掇你。
	（小二又偷吃）
李大公 李大婆	（合唱）劝君一盏莫辞推，愿你夫妻谐百岁。
王贫女	到口。
	（接唱）奴家劝，婆绿蚁。也折个醺醺醉。
张 协	（唱）协多谢，蒙赐惠，怎忘得恩和义。
李大公	（唱）【同前】
	两口从今日，自当爱惜，诗书自当记得。
李大婆	（唱）你对夫妻，且恁底奇，哉对夫妻直恁底。
李大公	知己知彼。
小 二	（接唱）做桌度，腰屈又头低。有酒把一盏，与桌子吃。
李大公	你低声！
王贫女	（唱）【红绣鞋】
	小二在何处说话？
小 二	（唱）在桌下。
李大婆	（唱）婆婆讨桌来看，甚希奓！
	（小二起身）
李大婆	（问）桌哪里去了？
小 二	（接唱）告我娘那桌子，人借去了。
李大公	（问）借去做甚么？
小 二	（接唱）做功果，道洁净，使着它。

李大公	哪些个洁净！
张　协	
王贫女	（合唱）【刮鼓令】
	今夜尽欢。
李大婆	（唱）我吃酒须教满。
小　二	（唱）我每吃得十来碗，敢一扫吃尽盘。
李大公	（唱）娘儿两个忒热乱。
张　协	
王贫女	（合唱）一村只有君过门。
合	（唱）前生已结今生分。
	通宵里饮芳樽，通宵里饮芳樽。
张　协	
王贫女	谢荷公婆，又成聒扰！
李大公	
李大婆	（合）且圆安乐，胡乱度日。
张　协	相看几日去京华。
李大婆	未好寻思漾了它。
李大公	休恋故乡生处好。
合	受恩深处便为安。
	〔并下。

第十七出

〔外扮作王德用出。

王德用 （唱）【风入松】

　　东风习习破宫桃，残雪才消。
　　柳芽窣地拖金色。

〔后王胜花出。

王胜花 （接唱）余深沉庭院萧条。
　　迤逦烧灯过后，园林一景如描。

王德用 （唱）【祝英台近】
　　画堂深，人悄悄，
　　春入杏花梢。
　　膏雨弄晴，蝶粉蜂黄，
　　相傍养花时候。

王胜花 （唱）碧藻，翠荇水底牵风，鱼游池沼。
合 （唱）画栏边，来往游人嬉笑。

王德用 （唱）【同前换头】
　　时到，粉墙低，曲径窈，一段景偏好。
　　小院邃亭，一蔟神仙，珠翠镇相围绕。

王胜花 （唱）听道，卖花声过桥西，奇葩争巧。
合 （唱）乱莺啼，迁着乔林声闹。

王德用 （唱）【同前换头】
　　清晓，侍婢不惜千金，
　　相呼斗百草。

		遗珥坠簪，
合	（唱）	蓦着千秋，不禁笑语声高。
王胜花	（唱）	夭桃，遍开浑若烧空，雏禽时叫。
		睹景处，觉得奴心烦恼。
王德用	（唱）	【同前换头】
		失笑，我女休得闲愁，宽取汝怀抱。
		好事怎匆？今岁贤良，须是选个年少。
王胜花	（唱）	焦躁，此心非为求亲，容奴咨告：
合	（唱）	为伤取，容光将老。
王德用		男便当婚，女便当嫁。今年却是春选之年，妈妈与你选个有才有貌底官人，共成姻契。
王胜花		深感妈妈！
王德用		只图才学有佳名。
王胜花		不择贫寒事便成。
王德用		尤限朱门生饿莩。
合		几多白屋出公卿。
		〔并下。

第十八出

〔张协出。

张　协	（唱）	【水调歌头】
		读书破万卷，下笔如有神。
		前程事业，岂期中路惹灾迍。
		近日须谐贫女，未是吾儒活计，依旧困其身。

　　　　　　　　争如投上国，赴举夺魁名。
　　　　〔王贫女出。

王贫女　（唱）【荷叶铺水面】
　　　　　才郎到此处时，
　　　　　奴家正生怜念心。
　　　　　雪若晴，君家定着出庙门。

合　　（唱）谁知先世，已曾结定。
　　　　　恁困穷，何时免得日系萦。

张　协　（唱）【同前】
　　　　　张协到感我妻，同谐已约百岁期。
　　　　　因此间，不惹上国夺桂枝。

合　　（唱）身荣那时，也争得气。
　　　　　没裹足，如何便得身会起？

王贫女　（唱）【孝顺歌】
　　　　　怨愁闷，又遇君，思之两口直恁贫。
　　　　　君家又无人，奴家又无亲，全没救兵。
　　　　　去则依然，奴还孤冷。

合　　（唱）怎得盘缠，盘缠到得宸京。

张　协　（唱）【同前换头】
　　　　　协今去也，何时遂此情？
　　　　　亦欲耀家庭，亦欲要身荣。
　　　　　亦欲愿你，愿你时来，大得一命。

合　　（唱）共乐欢谐，欢谐共乐平生。

王贫女　（唱）【同前】
　　　　　奴只得，往庙前，
　　　　　借取大公些个典。
　　　　　与奴做盘缠，又欲买些绢，妆些旧绵。

	又恐春寒，衣衫不办。
	办与衣衫，一路免得身寒。
张　协	（唱）【同前换头】
	望娘子借与，娘子便去说。
	前途怕钱欠，中途怕钱悭，钱谁与添？
	更望娘行，多方宛转。
合	（唱）宛转些添，回来自当偿还。
王贫女	大树之下，草不沾霜。奴家求庇于李大公大婆，庄家有甚出豁？
张　协	还借得些子典，多则济事，少则不济事。
王贫女	奴晓得。李大婆每常问忱要头发做头髢，只怕我家割舍不得。若去顶上团团剪些儿子与它，看奴家要几钱，不到不得。
张　协	如此却好。
王贫女	庄家本性自来悭。
张　协	不算盘缠要往还。
王贫女	信道上山擒虎易。
合	方知开口告人难。
	〔并下。

第十九出

〔李大公上。

李大公　久雨初晴陇麦肥，大公新洗白麻衣，
　　　　梧桐角响炊烟起，桑柘芽长戴胜飞。

老夫闻得那张解元漾了诨家，要去赴试。是和不是，问取我婆则个。

〔李大婆上。

李大婆　　（唱）【麻婆子】

二月春光好，秧针细细抽。

有时移步出田头，

蝌蚪儿无数水中游。

婆婆傍前捞一碗，急忙去买油。

李大公　　买油作甚么用？

李大婆　　买三十钱麻油，把蝌蚪儿煎了，吃大麦饭。

李大公　　且是恶心！

李大婆　　恶心便吃白梅。

李大公　　能吃能解。婆婆，你知件事？那张解元要去赴试。

李大婆　　贫女终不成也去。

李大公　　它如何去得？兀底早来。

〔王贫女上。

王贫女　　（唱）【尹令】

它命又合孤令，

奴家又合孤令。

方得二月安静，

教奴又成愁闷。

李大公
李大婆　　（合唱）闻伊丈夫，今直欲到帝京。

李大公　　（唱）【同前】

它又更没活路，

你又更没亲故，

盘缠怎生区处？

（李大婆面看别处）

（李大公抽转）

李大公	你也转来厮觑。
王贫女	如今去时，没裹足怎对付？
李大婆	（唱）【同前】

    欲去在伊两个，

    不去在伊两个。

    说与我每一和，

    又说与我公一和。

李大公 李大婆	（合唱）如今来，只得又靠我婆。
李大婆	它说靠我尤闲，你也说靠我。
李大公	不似像底交椅。
王贫女	河狭水紧，人急计生。张解元是读书人，既得婆婆周全，望所赐周全。
	求人须求大丈夫。
李大公	济人须济急时无。
李大婆	（李大婆笑）你问一切人：我擦胭抹粉，着裙系衫，我是大丈夫？怕那老畜生有钱！
李大公	人来投人，鸟来投林。你有甚钱，把些子借它。
李大婆	明人不做暗事，你要得几钱？
王贫女	要得百来贯钱。
李大婆	苦！和你爹娘七代都卖与。
李大公	胡乱搜寻，看得几钱，把借它。那张解元还得个绿衫上身时，终不成忘了贫女。
王贫女	贫女终不成忘了大公大婆。
李大婆	亚公，你去措置十贯五贯借它。

李大公	说得是。
李大婆	不是我自夸,我那箱里真个强。你个老畜生……
李大公	便是我没。
王贫女	(唱)【添字尹令】

> 奴家拜告,听取奴家道:
> 得婆周庇,
> 直欲靠婆到老。
> 张协要好,
> 出路宜及早。

众　人	归来后称怀抱,除非异时,归古庙挂绿袍。
李大婆	(唱)【同前】

> 婆婆有宝,
> 不与公公道。

李大公	(白)不知底。
李大婆	(接唱)公公知道,应是问婆借了。
李大公	莫是夜明珠?
王贫女	(接唱)婆婆借与,托取公公保。(合同前)
李大公	(唱)【同前】

> 长安古道,
> 盘费知多少。
> 婆婆早与,它便起程又早。

王贫女	(唱)今朝倚靠,非外来相扰。(合同前)
王贫女	世间成人者少。婆婆有甚物借些子,还解得三五贯钱相添出去。
李大婆	婆婆只有两领物事。
李大公	莫是番罗道服?
李大婆	(唾)你有!

王贫女	大婆,莫是革子衣裳?
李大婆	(唾)它屋里有。
李大公	只亏了我。不是番罗、革子,便大绫。
	(李大婆唾)
李大公	甚底?你便说。
李大婆	我嫁你许多时,身边别无物事,只有两领两领……
李大公	甚底?
李大婆	水牛皮。
李大公	只好鞔鼓。
李大婆	也好做鞋。
李大公	可知。
王贫女	奴家见婆说多时,闲来割舍不得,而今剪一捻头发在此,怕婆要做头髻。若得些钱,便十分好。
李大婆	好好!我正要。只是颜色不好。
李大公	颜色恁地黑了。
李大婆	不干,红色。
李大公	你要妆鬼。
李大婆	婆婆与你三五两白金,后去做得好时,便还我。你与我讨半盏儿酒来。
李大公	好好,我也着得些个。
	(李大婆学)
王贫女	谢得公婆!
李大婆	(李大婆执酒器)(唱)【添字尹令】

　　一杯杜酒,
　　感你把头发剪。
　　婆婆头髻,
　　看得许多价添。

王贫女	（唱）程途怕远，只要钱支遣。
李大公 李大婆	（合唱）伊归去定说与，我公婆望它，今年去做状元。
王贫女	（王贫女斟酒）谢李公婆，非不知感！ （唱）【同前】 　　奴家量浅， 　　一盏桃花脸。 　　前生姻眷， 　　结得我婆底缘。
李大婆	（唱）婆婆懒出，不得来相饯。（合同前）
王贫女	谢荷公婆妾且归。
李大婆	明朝依旧守孤帏。
李大公	夫妻本是同林鸟。
众　人	大限来时各自飞。
	〔并下。

第二十出

〔张协上。

| 张　协 | （发怒）叵耐杀人可恕，无礼难容！贫女那贱人，十人打底九人没下！自家不因灾祸，谁肯近傍你每。正是：情知不是伴，事急且相随。从早上出去，整日不见归来。不道我每要出路。莫管，寻条柴棒在这里，去教你虽无韩信难，也有屈原愁。 |

〔王贫女上。

王贫女 （唱）【懒画眉】

早辰临鸾此情伤，

我不为爹来不为娘，

头发剪了终须再长。

使奴心恺怏，

不是奴家又谁管你行？

张　协 唯，贱人！行不动裙，笑不露唇，这是妇女体态。休整日价去，脸儿又红，哪里去吃酒来？打那贱人！

（张协打王贫女）

王贫女 屈！丈夫，有天可表，有神可鉴。待我自说。

张　协 你快说！若不直说，从今日打至明日。

王贫女 （唱）【狮子序】

你忒急性，且听我言：

你出路日子在眼前，

我一夜思之怕没盘缠，

往大公家急忙去借典。

婆婆也没金，也没典，亦没钱。

我每把头发便来剪，

得些钱，

苦把杯酒来相劝。

张　协 （唱）【同前】

没瞒过我，实是你灾。

隐僻处直是会打乖，

谁头发剪落便有人买？

这双眼人说你最呆。

如今哪得钱？哪得银？焉得酒？

你说不实是少怪。

把庙门闭，勘问你何处归来。

（张协打王贫女）

王贫女　　（唱）【临江仙】
　　　　　　一堂神道你须知：
　　　　　　我门非别底，你不是男儿！

（张协打王贫女）

王贫女　　（叫）李大公！叫李大公相救！

张　协　　叫甚么李大公！

李大公　　（出）读万卷书，知千古事。解元，你两人撕吵则甚？

张　协　　张协淹留在此，出自我公周庇，非不知感！叵耐贱人知张协要出去，特地出去一日不归来。

李大公　　便去？

张　协　　张协要去便去，又无行李。初为功名，造物略赐周全得协，协终不成忘了公公婆婆。我今日见它整日出去，吃得脸儿酒归来。我且问你，哪里去来？

王贫女　　（唱）【柰子花】
　　　　　　公公，我婆婆说要头髻，
　　　　　　奴不得只剪下些儿。
　　　　　　婆婆喜欢，教斟绿蚁。
　　　　　　没巴臂便来打起，
　　　　　　想是，奴家害了你家计。

李大公　　（唱）【同前】
　　　　　　婆婆八年忔要头髻，
　　　　　　才瞥见一地欢喜。
　　　　　　银和酒是家里底，
　　　　　　休闲争休得怄气。
　　　　　　听启：你哪个害了家计？

张　协	（唱）【同前】
	卑人欲往京畿，
	从早间等到今时。
	妇人爱酒贪欢喜，
	终久后又成何济？
	想起，这妇人害了我家计。

（王贫女出科介）

张　协	原来如此。公公恁地说，几乎错认了定盘星。
王贫女	丈夫，汝是图功名底人，莫便恁地做作。
李大公	休闲说。我婆再三传语，不及相送。
张　协	张协顷刻且来拜辞。
李大公	不须得。
张　协	荆妇凡百仰懒邻庇。稍获寸进，自当修谢。
李大公	惶恐！
王贫女	去时奴又长思忆。
张　协	欲寄音书山路僻。
李大公	我每眼望捷旌旗。
众　人	大家耳听好消息。

〔李大公下。

王贫女	（唱）【醉落魄】
	冤家做作好直恁，把心不定。
张　协	（唱）张协去心不安稳，不见归来，寻你那脸节病。
王贫女	（唱）【四换头】
	初入我庙门，你不曾发这般嗔。
	今日里既定，把奴家直恁地轻。
张　协	（唱）伊不说一日价不见您，从早晨间只管价等。

张　协 王贫女	（合唱）水一似清，月一似明，怒若发时恶气便生。
王贫女	（唱）知是君家，直恁地去得紧，奴不卖这发，君须去不成。
张　协	（唱）此行必是好佳谶。
王贫女	（唱）遂功名，莫来迤来反面没前程。
张　协	（唱）神须听协语：会辜恩我辜汝恩？
王贫女	（唱）君须记那时。
张　协 王贫女	（合唱）在纸炉中血污衣。
张　协	（唱）你莫学王魁薄幸种，把下书人打离听。
张　协 王贫女	（合唱）这般样人，这般样心。我时闻传耗音。
张　协	（唱）我们去后，伊自行料不到动春心。
王贫女	（唱）月黑夜昏，江奴一度惺惺，几年在孤庙冷清清。
张　协 王贫女	（合唱）又还今夜覆单衾，依旧泪盈盈。

〔李大公上。

李大公	（唱）【赚】 　　婆子方知，知道君家往帝京。 　　农事冗，特来此处送君行。

〔李大婆上。

李大婆	（接唱）你须听：本不欲只管相亲近，有一事相烦靠禅君。 　　打从湖州过，镜儿买面与婆搭粉。
李大公	（唱）好不思忖！
张　协 王贫女	（合唱）【同前换头】 　　我婆且自宽心，张协为人恁底村，

　　　　　　　婆要镜，没时岂敢上婆门。

李大婆　　（唱）拜辞君，我和伊今夜有人相请，隔岸村庄祭土神。
李大公　　只为吃。
李大婆　　（连唱）你道婆婆，怎地了脚头紧。
李大公　　（唱）好不安分！
　　　　　〔李大公、李大婆下。
王贫女　　（唱）【绛罗裙】
　　　　　　　君今去时奴阿好闷。
　　　　　　　有些钱，怎知奴便揍来助恁。
张　协　　（唱）落得一个瘦损阿好闷。
张　协
王贫女　　（合唱）各家把这泪偷揾。
张　协　　（唱）一回上心阿好闷，感伊有许多村价至诚。
王贫女　　（唱）你不分奴皂白阿好闷。
张　协
王贫女　　（合唱）兀底须有神明。
王贫女　　（唱）【呼唤子】
　　　　　　　坚心耐烦等，
　　　　　　　须有日见情人。
　　　　　　　奴待见得情人了，
　　　　　　　依然讲旧情。
张　协　　（唱）眼下阿好闷，直欲到宸京。
王贫女　　（唱）只恐我夫荣贵也，嫌奴身畔贫。
张　协　　（唱）【尾声】
　　　　　　　这般人活短命！
张　协
王贫女　　（合唱）举头三尺有神明。两两分飞阿好闷。

张　协	今夜枕头都是泪。
王贫女	望君此去登高第。
张　协	马前喝道状元来。
张　协 王贫女	（合）这回好个风流婿。

〔张协、王贫女下。

第二十一出

〔堂后官上。

堂后官　职迁一品，名号黑王。身居八位之尊，班立群僚之上。画堂静悄，华屋森严。绣帘垂隔春风，宝阶香远没人迹。公相升厅，着个祗候。

〔王德用上。

王德用　（唱）【斗黑麻】

帝德广过尧，喜会太平。

我是清朝，第一大臣。

净所为，直是英俊。

论梗直，最怕人，好底酸醋，吃得五瓶。

下官王德用，官至枢密使相，黑王名字，谁人不知？别无儿男，只有一女，小字胜花。年方及笄，未曾嫁聘。今年是国家大比之年，意下欲招一个状元为东床，不知姻缘若何？待夫人出来，与它商议则个。左右，将坐物来！

堂后官　覆相公，画堂又远，书院又远，讨来不迭。

王德用　　（唱）快讨来！
堂后官　　相公最忍耐得事。
王德用　　我近日不会忍耐。（王德用拽堂后官倒）没交椅，且把你做交椅。（王德用坐堂后官背，手下叫）莫要叫！昔日冯丞相行至后花园入那容膝庵中，敢恁地打坐三五日，我不坐得一日一夜？
堂后官　　呆了我。
王德用　　堂后官。
（堂后官喏）
王德用　　你如今要我周全你？
堂后官　　乞赐相公周全！
王德用　　五贯十贯，也唤做周全。
堂后官　　却是。
王德用　　儒释道三教中都有周全。你做秀才，便教你做官人，算起来你做不得。
堂后官　　如何？
王德用　　秀才家须看读书，识之乎者也，裹高桶头巾，着皮靴，劈劈朴朴。你不会，却做不得。
堂后官　　是做不得。
王德用　　你做道士，便做知宫，算起来你做不得。
堂后官　　如何做不得？
王德用　　道士家须寻真访道，飞符走篆。
堂后官　　是做不得。
王德用　　你做和尚，便做长老，住持大禅刹。算来你也做不得长老，你只做得常僧。
堂后官　　如何比得常僧？
王德用　　不是常僧，如何在这里学礼拜？

堂后官	你教我怎地。
	（堂后官起身，王德用撅）
堂后官	这回饶个大跌大。
王德用	来，来，与我请过夫人与胜花小娘子出来。
堂后官	领钧旨。转阶头便升厅上，屏风后回廊深杳，画堂前帘幕低垂。着个小心，专当祗候。
王德用	你也行入里面去传语，只在这里立地。
堂后官	教我做哪里去！

〔王夫人上。

王夫人	（唱）【粉蝶儿】
	庭院深深，春色恼人天气。

〔王胜花上。

王胜花	（接唱）向幽闺更无情味。步芳堤，游上苑，便贪游戏。
王德用	（唱）我孩儿听取，亚爹说你。
	孩儿，你有罪过！
王胜花	告爹爹，孩儿没罪过。
王德用	你没罪过？前日把亚爹袄子上许多饿虱都烫杀了。
堂后官	从来不度己。
王德用	（唱）【驻马听】
	伊看我孩儿，似这月里嫦娥到强似它。
	亚爹孩儿全没，老来惟凭着，你们一个。
王夫人 王胜花	（合唱）未知爹爹那雅意要如何？早言一句说交破。
王德用	（唱）你休得误人呵，莫教我女青春过。
王夫人	（唱）【同前】
	儿恁娇痴，须要个读书人为女婿。
	我家里公侯累代，小可底苍生，怎为姻契！

王德用	（唱）五百名中有多少好才人，我女拣个一般美。
王夫人	（唱）爹爹甚言语，若非是状元怎成匹配。
王胜花	（唱）【同前】
	朱紫骈骈，不若荷衣一状元。
	况兼奴家是豪贵，若非高甲，怎生攀美！
王夫人	（唱）我王择贤毕竟是今年，与我儿选个福非浅。
众　人	（唱）出得几多钱，招捉那状元为姻眷。
堂后官	覆相公：共得几钱，招捉驸马！
王德用	与它豁汤钱十万贯。
	（堂后官应）
王德用	下马钱十万贯。
	（堂后官应）
王德用	荡风钱、接鞭钱、游街钱，各十万贯。
堂后官	覆相公：许多钱哪里支？
王德用	城隍庙里支。
堂后官	却是纸钱。
王德用	来，你今年选个小小富贵。看状元年纪未满三十者，将我胜花娘子招为东床女婿。
堂后官	领钧旨。
王德用	正是：读书何用觅良媒，书中有女颜如玉。
堂后官	莫是"有女"？
王德用	是。
堂后官	奉饶一个拨手。
王胜花	爹爹，
	年纪相当不到无。
王夫人	有才莫问是寒儒。
王德用	文章士谒文章士。

众　　人　　　大丈夫投大丈夫。

〔众人下。

第二十二出

〔张协上。

张　　协　　（唱）【女冠子】
　　　　　　　　那日是淹离古庙，
　　　　　　　　步莎径柳堤多少。
　　　　　　　　见乔林芳树上雏莺叫，
　　　　　　　　酒旗挂杏花梢。
　　　　　　　　风餐水宿，怕暮嫌晓。
　　　　　　　　寻思自觉心焦躁，
　　　　　　　　漫回首家山途路遥。
　　　　　　　　杜鹃，你休得叫过通宵！

（白）【水调歌头】一心离故里，只影欲朝天。
　　　　　　半途遭难，岂期贫女又留连。
　　　　　　长记彩衣堂上，临别双亲嘱付，细想是良言。
　　　　　　教逢桥须下马，遇夜莫行船。
　　　　　　近日来，离古庙，意悬悬。
　　　　　　爹娘又虑，料它贫女泪涟涟，
　　　　　　是事一齐瞥样，挑取被包雨具，度领涉长川。
　　　　正是：雁飞不到处，人被利名牵。

〔张协下。

第二十三出

〔王贫女上。

王贫女 （唱）【福清歌】

　　自离故乡，
　　寻思断肠，
　　两个月得共鸾凰。
　　许多时守空房，
　　到如今依旧恁，
　　似我不嫁郎。
　　燕衔泥，寻旧垒骨自成双。

村南村北梧桐角，山后山前白菜花。这般天气，情人不见。神思又不忺，钱又没撩丁，米又没半升，只得往大公家去，缉麻绩苎，胡乱讨些饭吃。苦！苦！欲买春衣典夏衣，待成衣着又过时。恰才撰得春衫着，是处山头叫子规。

（又唱）【虞美人】

　　缉麻绩苎攻针指，亦是不得已。
　　时常眼泪不曾干，只恐别郎容易见郎难。

（李大婆在戏房作犬吠）

〔李大婆上。

李大婆 小二，去洋头看，怕有人来偷鸡！（李大婆作鸡叫）小二短命都不见。（李大婆呼）鸡走！（叫）苦！张小娘子。

王贫女 大婆万福！不见婆婆七八日。

李大婆 你怎地不来我家？

〔李大公上。

李大公　古人道得好：命里合吃粥，煮饭忘了漉。一世恁地孤孤单单，嫁得个人，不及两月，又出去了。

李大婆　它也相将到。你眼如何恁地肿？

王贫女　自张解元出去之后，真个桃花脸上汪汪泪，拭尽千行及万行。

李大婆　便是，我亚公有时出去干事，五朝七日不见归来。我在屋里心烦，浑身都燥痒了。你张解元出去，浑身燥痒否？

李大公　好皂角煎丸。

王贫女　哪得这话！奴身只是眼泪出。

李大婆　我亚公在屋里，我便无事。

王贫女　如何无事？

李大婆　它在屋里，夜夜烧汤与我洗疥癞，便不痒。

李大公　打着痒处

王贫女　（唱）【上马踢】

　　眉儿那曾开，
　　花儿不忺带。
　　寻思泪满腮，
　　这些缘分乖。
　　才与同谐，
　　蓦忽成妨碍。

李大公
李大婆　（合唱）我每等来，它做得官时，我两口也得它拖带。

李大婆　（唱）【同前】

　　婆婆暗自喜，得你嫁夫婿。
　　图他此去时，早攀月桂枝。
　　金冠霞帔，有分妆束你。我称孺人，

（李大婆指李大公）	我底公公，定着呼做保人。
李大公	我如何呼做保人？
李大婆	你公是挨风，爹是仆射，你如何不是保人？
李大公	又道三代相门。
李大公	（唱）【同前】

不是我自夸，它自定及第。
着鞭衣锦归，便是荣贵时。

李大婆	（唱）我做婆婆，你做当直底。
李大公	又占有好底。
李大公 李大婆	（合唱）那时价喜，买炷明香，大家答谢天地。
王贫女	怕它一举登科未见归。
李大公	你安心定志数归期。
李大婆	黄河尚有澄清日。
众　人	岂有人无得运时。

〔众人下。

第二十四出

〔张协上。

张　协	（唱）【望吾乡】

家住西川，回首泪暗垂。
中途怎知人劫去，娶它贫女是不得已。
幸然脱此处，都城在，眼下里，尽总是繁华地。
家贫未是贫，路贫愁杀人。遭逢毒害手，去住不由身。

寻思雪中路，无眠扣庙门。得它贫女顾，不免议姻亲。宿食图温饱，诗书暂溺沦。重登京阙路，盘费几辛勤。到得龙城里，身心一处新。钓鳌施大手，敢助圣明君。

〔张协同年、华禄子上。

张协同年 华禄子	（合唱）【窣地锦裆】 　　青云有志作儒流。 　　灯下翩翩知几秋。 　　若得一举占鳌头， 　　方表诗书勤乃有。
张　协	拜揖！
华禄子	拜揖！尊兄高姓？
张　协	小子姓张。
华禄子	是弓边长，是立下早？
张　协	却是弓边长。
华禄子	弓边长，尉迟敬德器械。
张协同年	单雄信见你胆寒。
张　协	尊兄盛表？
华禄子	子禄。
张协同年	只好着着名纸。
华禄子	子禄因前番不弟，改作禄子。
张协同年	甚年得你两角峥嵘？
张　协	高姓？
华禄子	姓华。便唤做华禄子。
张协同年	华禄子，只会污人门户。
华禄子	尊兄讨行馆了未？
张　协	未讨。

华禄子	同途相识，一道共店安泊。
张协同年	有采近大贵。
张　协	尊兄行馆在哪里？
华禄子	只在前面茶坊里。尊兄在楼上，禄子在楼下。
张协同年	才说话便分高低。
华禄子	尊兄若会欠赁钱，方可与禄子做朋友。
张协同年	是结朋须胜己。
华禄子	此处龙床。廊下若江中之水，非一源之流。这里便是行馆。
张　协	奇哉！
张协同年	尊兄，你看茶坊济楚，楼上宽疏。门前有食店酒楼，来壁有浴堂米铺，才出门前便是试院，要闹却是棚栏，左壁厢角奴鸳鸯楼，右壁厢散妓花柳市。此处安泊，尽自不妨。
张　协	谢荷诸公！乍然抵此，未及请礼。
华禄子	惶恐！惶恐！自家赁这般店，得便宜处有四。
张　协	请数看。
华禄子	第一，官司奈何自家不得。
张　协	如何？
华禄子	一万年只唤作穷秀才。
张协同年	它杀不如自杀。
华禄子	第二，蚊虫咬，虱咬，都奈何自家不得。
张协同年	如何？
华禄子	禄子一身都是顽皮。
张协同年	又道香肌似玉。
华禄子	第三，肚饿奈何自家不得。
张　协	如何？
张协同年	想必出路打敖惯了。

华禄子	不是。小子忍饿得法。才肚饿时，紧缚了腰，一番腰紧，便嗳一嗳。嗳！
张协同年	又道酒肉皮袋。
华禄子	第四，店主人奈何自家不得。
张协同年	如何？
华禄子	秀才家怕甚店主人！

〔店婆上。

店　婆	好也！好也！店主人奈何你不得，也须有店主婆。少我房钱不还！（店婆擒华禄子）我奈何你不得！（店婆打华禄子，有介）
华禄子	饶我！店主婆！大娘子！
张协同年	有许多称呼。
店　婆	少我三十个房钱。
华禄子	只二十九个。

（店婆、华禄子争）

张协同年	少你几钱？
店　婆	三十个。
华禄子	二十九个。
张协同年	尊兄住得几时？
华禄子	小子方住一月。
张协同年	那一月是大是小？
华禄子	是大。
张协同年	却是三十个。
店　婆	你讨房钱还我！
华禄子	你来劫我！
张协同年	嫂嫂住休！不看我面，也看这官人面，须它是引至。
张　协	娘子宁耐！

店　婆	赖我房钱！
华禄子	它劫我钱！
店　婆	（唱）【麻郎】
	打脊庵簪赖秀！
华禄子	（唱）打脊庵簪赖狗！
张协同年	（唱）两个不须动手。
张　协	（唱）各请住休得要应口。
店　婆	（唱）贼猕猴！
华禄子	（唱）雌猕猴！
张　协 张协同年	（合唱）看我面一齐住休。
华禄子	（唱）【同前】
	我只是不还赁钱。
店　婆	（唱）赶出去桥亭上眠。
张　协	（唱）看取同人劝您。
张协同年	（唱）休要出言恁偏。
华禄子	（唱）你弄拳！
店　婆	（唱）我弄拳？
张　协 张协同年	（合唱）看口休得要斗煎。
店　婆	（唱）【同前】
	少我那房钱到嗔。
华禄子	（唱）骂得我教人怎忍。
张协同年	（唱）你两个八两半斤。
张　协	（唱）好一对人客和主人。
张协同年	（唱）我去论！
华禄子	（唱）我去论！

张　协	（合唱）大都来能欠几文。
张协同年	
华禄子	（唱）【同前】
	要你须着这秀才。
店　婆	（唱）我着它伊休要来。
张协同年	（唱）你两个贫胎苦胎。
张　协	（唱）没紧要休得要系怀。
店　婆	（唱）我讨柴！
华禄子	（唱）我讨柴！
张　协	（合唱）要撕打只得请退。
张协同年	
店　婆	解元万福！只在媳妇家安歇。
张协同年	却又荒。
华禄子	不干尊兄事。在这里安歇几日，便入试院。
张协同年	两个早发过。
张　协	些子房钱忍耐休。
张协同年	秀才相骂殢人羞。
华禄子	我近来学得乌龟法。
众　人	得缩头时且缩头。

〔众人下。

第二十五出

〔王夫人上。

王夫人　（唱）【探春令】
　　　　　三年一度选英贤，
　　　　　论学业非浅。

〔王胜花上。

王胜花　（接唱）又未知，谁氏登鳌首？甚日满奴心愿？

王胜花　妈妈万福！

王夫人　孩儿，见鞍思马，睹物思人，今年乃大比之年，不招个状元为附马，更待几时！（王夫人叫）堂后官过来。

〔堂后官上。

堂后官　朝为田舍郎，暮登天子堂。自古及今，知它见了几个状元？喏！覆夫人、娘子，有甚懿旨？

王夫人　几载学成文武艺，今年货与帝王家。我意下欲趁取个胜花小娘子，正年娇痴，好求匹配。不知相公曾有钧旨，分付你排办采楼，招纳附马也。

堂后官　（唱）【神仗儿】
　　　　　欲待取覆，欲待取覆：
　　　　　昨蒙钧旨，非不整肃，采楼如法价结束。

众　人　（唱）秀才明日赴阙，侣争着天禄。
　　　　　只未知甚题目？甚题目？

王夫人　（唱）【滴漏子】
　　　　　豪家贵戚浑无数。

众　人	（唱）定必欲嫁状元。
王胜花	（唱）奴家分福前生定。
众　人	（唱）嫁一个应少年。
堂后官	（唱）姻缘姻缘，心坚管教石也穿。
众　人	（唱）马前马前，合人情度鞭。
王夫人	（唱）【同前】
	前日不须看入院。
众　人	（唱）看游街看执鞭。
王胜花	（唱）红楼数里帘儿卷。
众　人	（唱）定应是看状元。
	近年近年，多应是状元都少年。
	马前马前，合人情度鞭。
张　协	脱却白襕身挂绿。
王胜花	姻缘相合奴家福。
堂后官	那时一子受皇恩，
众　人	正是满家食天禄。

〔众人下。

第二十六出

〔王贫女上。

王贫女　（唱）【黄莺儿】
　　一去更无音耗，
　　使双双孤令。
　　未知甚日挂绿袍？

　　　　　　使奴家称心。
　　　　　　它恁地我英俊，
　　　　　　定必占魁名。
　　　　　　早得个人往江陵，
　　　　　　问及第是甚人？
　　　〔小二上。
小　二　　（唱）【吴小四】
　　　　　　一个大贫胎，
　　　　　　称秀才。
　　　　　　教我阿娘来做媒，
　　　　　　一去京城更不回。
　　　　　　算它老婆真是呆，
　　　　　　指望平地一声雷。
王贫女　　小二哥。
　　　　（小二呆应）
王贫女　　小二哥，你唱甚底？
小　二　　我弗会唱。
王贫女　　我们道有耳朵，你更唱与我听。
小　二　　你（小二笑）也有耳朵，我唱。你莫道是我做。别人做十段，我只记得两段。
王贫女　　你唱我听。
小　二　　（唱）【吴小四】
　　　　　　一个大贫胎，称秀才。
王贫女　　这句便说张解元。
小　二　　（连唱）教我阿娘来做媒，
王贫女　　分明你做了。
小　二　　（连唱）一去京城更不回。算它老婆真是呆。

（白）道你等它是呆。

（唱）指望平地一声雷。

（小二笑）

王贫女 （唱）【同前】

自从去京，

奴泪镇零。

难禁离别情，

日夜我寻思没耗音。

我们怎知你笑人，

唱支曲教奴仔细听。

小 二 我弗做，是我书院中双老哥做。又有一段。

王贫女 你更唱。

小 二 （唱）【同前】

两相底逢，

穷合穷。

一去不见踪，

脚踏浮萍手拿空。

劝你莫图它做老公，

它毕竟是个鬼头风。

王贫女 （唱）【同前】

自从嫁它，

奴办至诚，

不成它负心。

一举登科有姓名，

果然负奴绝耗音，

万水千山奴也去寻。

王贫女 小二哥，你几时去江陵府纳税？

小　二	小二便去。怕知县点追，才点着定吃十五大棒。
王贫女	休闲说。你去街上有登科记，买一本归。
小　二	江陵府也有登科记卖？
王贫女	可知。
小　二	我见应须自买归。
王贫女	登科且免泪珠垂。
小　二	十年窗下无人问。
王贫女	一举成名天下知。

〔小二、王贫女下。

第二十七出

〔王夫人上。

| 王夫人 | （唱）【卜算子】
　　百尺彩楼高，
　　十里人挨闹。 |

〔王胜花上。

王胜花	（接唱）状元今日欲游街。
王夫人 王胜花	（合唱）一段风光好。
王夫人	孩儿，人无率尔，事无偶然。我闻得今年状元是西川人，不知是姓甚名谁？叫过堂后官，问它则个。（王夫人叫）堂后官过来。

〔堂后官上。

| 堂后官 | 一封天子诏，四海状元心。覆夫人：男女生长京华，三年 |

一度，五岁却是两番，每见着状元，都不似今年底聪慧。见说那状元祖居西蜀，家住成都！三岁上读得书，五岁上属得对；文过李杜，才并二程；敛儿魁伟，精神磊落；搦管行云似电，面君对答如流。一面旗不写着甚人，天下状元张协。

王胜花　　（唱）【福马郎】

　　　　　　知道是成都一秀才，五百名中占，天下魁。

　　　　　　今日里，定游街。

众　人　　（合唱）十里小红楼，人争看喝道状元来。

王胜花　　（唱）【同前】

　　　　　　公相当朝何用媒，

　　　　　　仗托我丝鞭，去选大才。

　　　　　　当筵宴，早安排。

众　人　　（唱）凝望彩楼高，帘儿卷等取状元来。

堂后官　　（唱）【同前】

　　　　　　旗帜交加乐器催，快子行如电，簇着大魁。

　　　　　　接鞭后，劝三杯。

众　人　　（唱）管取洞房开，姮娥貌捧拥状元来。

王夫人　　（白）我与胜花小娘子登百尺彩楼，你祗候状元来，教相公亲递丝鞭多少好。

堂后官　　自古及今，是府眷揭起采楼，刺起丝鞭，才不接，明日相公别作道理。

王夫人　　也说得是。我女今番嫁状元。

堂后官　　马前喝道刺丝鞭。

王胜花　　时人莫讶登科早。

众　人　　月里姮娥爱少年。

　　　　　〔王夫人、王胜花下。

堂后官	状元何用觅良媒，书中有女颜如玉。赫王相公胜花小娘子招状元为驸马，正唤作少女少郎，情色相当。状元兀底早来。

〔张协扮状元上。

张　协	（唱）【卜算子】

　　张协受皇恩，乍着荷衣绿。

　　回首爹娘万里遥，料已沾天禄。

引领群仙上紫微，云间相逐步相随。桃花已透三层浪，桂子高攀第一枝。阆苑更无前去马，杏园惟有后题诗。男儿志气当如此，满袖馨香天下知。

〔王胜花执鞭上。

王胜花	（唱）【同前】

　　嘈杂欢声沸，捧拥风流婿。

　　果与奴家有宿缘，接取丝鞭去。

堂后官	（唱）【大圣乐】

　　采楼高处有娇姝，赫王府求女婿。

张　协	（笑唱）翔鸾尽有梧桐树，又何苦殢高枝。
王胜花	（唱）念奴爹行三世簪缨裔，如今与望英贤停玉辔。
堂后官	（唱）最风流处，似神仙误入，蓬壶影里。
张　协	（唱）【同前】

　　求名我不在求妻，

　　欢谐事心未喜。

　　豪家谩把丝鞭刺，

　　甚娇媚又入人意。

王胜花	（唱）料想君家多是不曾娶，君且接取丝鞭又妨甚底！
堂后官	（唱）似相嫌弃，五百年未知道，缘分何如？

〔王夫人上。

王夫人	（唱）【同前】
	我儿又得要痴迷，夫妻事前定矣。
堂后官	（唱）何须苦把丝鞭刺，且说与相公知。
张　协	（唱）是则无妻我身自不由己，须有爹妈在家乡尤未知。
众　人	（唱）且游街去，五百年注定，不在一时。
堂后官	（白）画堂禀及相公知。
张　协	不为求妻只为名。
王胜花	且自与人无旧分。
张　协 王胜花	（合）非干人与我无情。

〔王夫人、王胜花下。

〔王德用上。

王德用	请！请！
堂后官	赫王相公请状元相见。
王德用	请状元卸了幞头，只带个羞帽。
堂后官	错了！卸了羞帽，只裹幞头。
王德用	不只带羞帽，且来学个钟馗捉小鬼。
堂后官	与我魆地里休说。
王德用	拜揖！
张　协	即日共惟……
王德用	即日恭惟，愿我捉得一片牛皮。一半鞔鼓，一半做鞋儿。
堂后官	做鞋儿则甚底？
王德用	两文扑一纳。
堂后官	只做一文道路。
张　协	即日共惟，先生公相……
王德用	先生公相，愿我捉得一个和尚。下截把来洗麸，上一截把来擂酱。

堂后官	相公尊重。
张　协	即日共惟，先生公相，钧候万福！
王德用	钧候万福，愿我捉得一盏粉，一锭墨。把墨来画乌嘴，把粉去门上画个白鹿。
堂后官	好不尊重！（堂后官揖）擦！

（王德用应）

| 堂后官 | 要你开甚口！ |
| 张　协 | （唱）【十五郎】 |

　　　　　　张协托在洪福，

　　　　　　今叨冒身挂绿。

| 王德用 | 念女子生得绝妙，似我样肌莹玉。 |
| 堂后官 | 哪些个？ |

　　　　（接唱）采楼下已刺丝鞭，状元又此心不足。

| 王德用 | 敢欺人弗要我孩儿，它无分你无福。 |
| 张　协 | （唱）【同前】 |

　　　　　　张协家住在西川，随爹妈心意转。

王德用	（唱）看我女如花娇面，嫁不得一状元！
堂后官	（唱）这般事两家情愿，又何须定却丝鞭？
王德用	（唱）料贫胎不是我因缘，不筵宴请逐便。
王德用	（白）丝鞭不接忒相欺。
张　协	只为求名不为妻。
王德用	误我洞房花烛夜。
众　人	从教金榜挂名时。

〔张协下。

王德用	叵耐你道是状元了，我女千金之体，嫁你个穷个穷……
堂后官	听得不好看。
王德用	叵耐我不把女孩儿嫁与他。

堂后官	他也不要。
王德用	我不把女孩儿嫁他。才裹幞头，出东华门外，多是多年阶级。
堂后官	只难为上下。
王德用	我弗把
堂后官	（合）女孩儿嫁他。
王德用	才系腰带，出东华门外，便是乌稍蛇。
堂后官	说话好毒。
王德用	（唱）【江头送别】
	才及第，才及第，我女便嫁你。
	张家府，王家府，怎不知是？
	忒作怪不接丝鞭去，想它都跷蹊。
堂后官	（唱）【同前】
	姻缘事，姻缘事，五百年注已。
	他不肯，他不肯，怕没别底。
王德用	怕没别底，须不是状元。
堂后官	钧旨得是。
王德用	（揍）他们既然相欺负，夫人请出来商议。
堂后官	夫人和胜花小娘子早来。
	〔王夫人上。
王夫人	（唱）【金蕉叶】
	脱白挂绿，苦不肯共成眷属。
	〔王胜花上。
王胜花	（接唱）蓦忽地思量，簌是奴没分福。
王德用	作怪！作怪！杀人可恕，无礼难容。
王夫人	相公，他怎地不接丝鞭？
王德用	德泽洽，则四夷可使如一家；猜忌多，则骨肉不免成仇敌。

　　　　　　　它明分欺负下官！

王夫人　　（唱）【斗虼麻】

　　　　　　　几年东床，要纳状元。

　　　　　　　怎知道新来底，被他弃嫌？

　　　　　　　不肯与，接丝鞭。

　　　　　　　使孩儿，泪涟涟。

合　　　　（唱）因缘恁悭，致使福缘分浅。枉教姮娥，谩爱少年。

王胜花　　（唱）【同前】

　　　　　　　自古道东床，女婿有万千。

　　　　　　　怎知它一举，便做着状元。

　　　　　　　奴只道，永团圆。

　　　　　　　必来接，那丝鞭。（合同前）

王德用　　（唱）【同前】

　　　　　　　你不是初来，莫要度鞭。

　　　　　　　我妆做孩儿，敛袂傍前。

堂后官　　（唱）莫咫尺，有神仙？

王德用　　（唱）不接鞭，且一拳。（合同前）

堂后官　　（唱）【同前】

　　　　　　　五百位官员，何可向前？

　　　　　　　又何苦特骨底，要嫁状元？

王德用　　（唱）伊着我，此心坚。石头须，定教它穿。（合同前）

王德用　　孩儿且放心着，它那里去受差遣，爹爹乞判此一州，不到不对付得张协。

王夫人　　我儿休要意沉吟。

王德用　　这段姻缘抵万金。

王胜花　　好似和钩吞却线。

众　人　　刺人肠肚系人心。

〔众人下。

第二十八出

〔小商人上。

小商人　　卖《登科记》，卖《登科记》。

（唱）【花儿】

　　　　三文买着状元，

　　　　五百姓名及州县。

　　　　两本直你六文钱，

　　　　要千本交五贯文。

见之不取，思之千里。只道张协做状元，不知榜眼探花是哪里人，买一本看。（小商人叫）卖《登科记》！

〔李大公上。（不确定是不是李大公）

李大公　　买《登科记》。
小商人　　洋口小店那里买。
李大公　　这里卖？
小商人　　那里。
李大公　　回过头。

（小商人转）

李大公　　三打不回头，状元哪里人？姓甚名谁？
小商人　　姓成，名都府。
李大公　　住在哪里？
小商人　　住在张州协县。
李大公　　你胡说！莫是成都府人，姓张名协？

小商人	正是了。
李大公	得我力气。第二名?
小商人	周子快。
李大公	水涨船行速。第三名?
小商人	表得梦。
李大公	你也揣骨。
小商人	把三文来,我要赶脚头。
李大公	踢得好气球。
小商人	(叫)登科买记!登科买记!

〔小二上。

小 二	赶买记。
李大公	这条路且认得熟。
小商人	村蛮汉,买甚底?
李大公	你且未好去。
小 二	买记。
李大公	买记?
小 二	(小二气喘)我是乡下人,都说不出。
李大公	哑儿得梦。
小 二	我有个无缘老婆,有个老公去赴试,寄我三文买个科记。
小商人	买《登科记》?
小 二	买《登科记》,忘了个"登"。
李大公	借条蜡烛来。
小 二	买登记。
李大公	登科记。
小 二	(小二笑)又忘个"科"。
李大公	失路狗儿。
小 二	把一本走。

小商人	把钱还我。
小 二	钱还你了。
小商人	钱还我!
小 二	记把还我!

（小商人、小二相唾，有介）

李大公	你两个住休。
小商人	买我一本，不还我钱!
小 二	把我钱，不还我记!
李大公	两个要如何! 你也不须出钱，你也不须把登科记，我赠你一本，善眼相看，各家开去休。
小商人	白干骗了我三文。
小 二	保正衙前下状!
小商人	归去看牛休!
小 二	见我打扮便欺负。
李大公	两个半斤八两。各家归去不须嗔。
小商人	亏心折尽平生福。
小 二	行短天教一世贫。

〔众人下。

第二十九出

〔王夫人上。

王夫人　　（唱）【抟山子】

天不从人这些愿，使子母悬悬。

〔王胜花上。

王胜花	（出接唱）谁信道不接丝鞭，
	毕竟是非奴姻眷。
王夫人母女	（合）这些儿分福，
	早番作忧怨。
王夫人	（唱）【醉太平】
	从来我意，镇有心，便欲求伊姻契。
	谁知到此，情一似凤孤鸾只。
	嗟吁，伤怀谩留得那丝鞭，职筵向画堂空备。
王胜花	（唱）料奴容貌，不入那人，眼目些儿。
王夫人	（唱）【同前换头】
	伤悲，孩儿泪眼，是怎生揾了，还又重滴。
王胜花	（唱）红楼数里，不道有人戚戚。
	思之，它门道读得数行书，始及第把人嫌弃。
王夫人母女	（唱）算来叵耐，除非睡着，忘得霎时。
王夫人	（唱）【同前换头】
	终日，搧搧搦搦，莫飏杀我，如醉如痴。
王胜花	（唱）楼头那日，不相逢怎有这场忧忆？
	无绪，相思做得病成也，这一命拚归泉世。
王夫人母女	（合唱）被它欺负，含羞忍耻，是甚活计！
王夫人	（唱）【同前换头】
	爹意，必欲与伊，报它张协，今日仇隙。
王胜花	（唱）奴今自觉，心如絮饭又那曾吃得。
	心事，除非我自知，镇魆地泪垂。
王夫人	不接丝鞭亲可休。
王胜花	这场叵耐殢人羞。
王夫人	眼含四海三江泪。
王夫人母女	腹纳乾坤天地愁。

〔并下。

第三十出

〔王贫女上。

王贫女 （唱）【山坡里羊】

知它你是及第？知它你是不第？

知它在上国？知它归来未？

镇使奴终日泪暗垂。

莫非不第了羞归乡里？

又恐嫌奴贫穷恁地。

别也别来断信息，断信息。

〔李大婆上。

李大婆 （唱）【同前】

阿公也恁欢喜，阿波也恁欢喜。

我阿儿归报，与娘行知会。

小二出江陵干事归，道娘行交情买登科记。

且说张郎做状元，特也特来拜贺喜，拜贺喜。

王贫女 （合掌）惭愧，罪过婆婆！

〔李大公上。

李大公 山到岳根低，水到大海浅，天下有多少读书人，惟我张解元做状元，也难得。

王贫女 公公万福！未知是也不是？

李大公 娘子，贺喜！

李大婆 我小二才归，那畜生骨自看了。亏我眼识人。

李大公	辨宝者不贫。
王贫女	（王贫女看记）张协做状元，又是成都府人。
李大婆	我当初分付买镜归，今番十面也有。
张　协	要实多则甚？
李大婆	（唱）【哭妓婆】

　　　　　　　得两面镜儿，我每好笑。

　　　　　　　双手把了，时时来照。

　　　　　　　左手照了右手又照，右手照了左手又照。

李大公	淡妆浓妆也不好。
王贫女	教小二哥来，待问它仔细。
李大公	娘子问它则甚？
李大婆	小二便做东村店头去。
王贫女	买甚底？
李大婆	买五百钱粉，五百钱胭脂，怕张状元寄镜来。
李大公	你也买忒多。
李大婆	忒多！我搽个搽了，光光搽，光光搽。
李大公	离不得一个饶钹。
王贫女	公公婆婆，便是奴家父母一般，方敢说这话：那张解元未有信之前，奴家便有此念。还及第，奴竟往京都讨他，看如何？怕他两行真个泪，一片脱空心。恐怕他自去接了别人丝鞭，不然归乡里去。奴家一点气如何！
李大婆	也说得是。
李大公	去则尤闲，只怕没钱作盘缠。
王贫女	（唱）【沉醉东风】

　　　　　　　与张协相别往帝都，

　　　　　　　我没公婆后有谁相顾。

　　　　　　　它既然挂绿，立见豪富。

李大公	（唱）你不去后谩留此处。
众　人	（唱）爹娘又无，弟兄又无。
	不如上国，追寻着丈夫。
李大婆	（唱）【同前】
	你不曾着那道途，
	怕一路后怎熬得寒暑？
	是没裹足，婆婆相助。
王贫女	（唱）妾归来后断不敢有负。
众　人	（唱）囊箧又无，故人又无。
	不如上国，追寻丈夫。
李大公	（唱）【同前】
	不留伊是它不要汝，
	你须是早寻着归路。
	你不早省，教伊孤苦。
李大婆	（唱）敢直恁底负她贫女。
众　人	（唱）箱儿又无，笼儿又无。
	不如上国，追寻丈夫。
李大婆	幸得儿夫做状元。
李大公	愿你寻见莫埋冤。
王贫女	马蝗叮住鹭丝脚。
众　人	你上天时我上天。

〔众下。

第三十一出

〔张协上。

张　协　（唱）【似娘儿】
　　　　张协感皇恩，折桂枝平步青云。
　　　　望断乡关家山远，修书倩取，专人预先，通报双亲。
养子不教父之过，有书不学子之愚。
一朝名字挂金榜，此身端若无价珠。
书中果有黄金屋，书中果有千钟粟。
书中果有福如山，书中果有女如玉。
马前喝道状元来，正如林中选大才。
跳过禹门三尺浪，俄然平地一声雷。
〔张协下。

第三十二出

〔王夫人上。

王夫人　（唱）【卖花声】
　　　　那日红楼数里，要纳夫婿，
　　　　谁知道苦相嫌弃？
〔丫环扶王胜花上。

王胜花　（唱）孩儿饮气，尽日没情没绪。

		阿娘怎知，恹恹害自觉着体。
丫　环	覆夫人：胜花娘子病得利害，服药一似水泼石中，汤浇雪上。似病非病，如醉如痴。气长长价吁，泪泠泠价落。饭又不吃，睡又不着。扶将出来，消遣那情怀歇子。（王胜花作病人立）
王夫人	孩儿，你且放下心，依妈妈劝则个。
王胜花	（唱）【雁过沙】

那一日过丝鞭，
道十分是好姻缘。
前遮后拥一少年，
绿袍掩映桃花脸，
把奴家只苦成抛闪。

王胜花	（低声唱）被人笑嫁不得一状元。
众　人	（唱）被人笑嫁不得一状元。
王夫人	（唱）【同前】

大凡事是姻缘，
我孩儿莫忧煎。
侯门相府知有万千，
读书人怕没为姻眷，
料它每福缘浅。

王胜花	（低声唱）被人笑嫁不得一状元。
众　人	（唱）被人笑嫁不得一状元。
丫　环	（唱）【同前】

请娘子看看，
请娘子笑一面。
休得要两眉蹙远山，
吃些个饭食浑莫管，

	好姻缘怕没为方便。
王胜花	（低声唱）被人笑嫁不得一状元。
众　人	（唱）被人笑嫁不得一状元。
	〔王德用上。
王德用	（唱）【同前】
	孩儿你休要泪涟涟，
	我与你报仇冤，
	终不怕它一状元！
	张协授梓州为金判。
王胜花	（唱）苦！听爹爹恁说肠欲断，
	被人笑嫁不得一状元，
	被人笑嫁不得一状元。
	（王胜花叫倒，丫环扶）
王德用	苦！孩儿。快把火艾丸灸脚后跟。
王夫人	扶入闺房看我儿。
王德用	急忙须早去求医。
丫　环	入门休问荣枯事。
众　人	观看容颜便得知。
	〔丫环扶王胜花下。
王夫人	相公，你莫说张协受梓州金判，带累我女孩儿。
王德用	不干我事。教堂后官请个名医，讨些药与它吃。
王夫人	相公，医没一个敢措手。
丫　环	（走出）天有不测风云，人有旦夕祸福。覆夫人：那胜花娘子，才过屏风，脚儿又软；方归绣阁，手儿便伸。瞑秋波一似定志真仙，敛双眉一似捧心西子。松口气微微似喘，喉咙里瀼瀼有痰。紧闭牙关，都不省人事。
王夫人	我孩儿如何？

王德用	要救须是及早。
丫　环	青龙神共白虎同行。
众　人	吉凶事全然未保。

〔众人下。

〔堂后官上。

| 堂后官 | 看底，莫道水性从来无定准，这头方了那头圆，那胜花娘子一意要嫁状元，那张状元心下好不活落。赫王相公是当朝宰相，娘子有些不周，你道如何？怕你贪观天上中秋月，失却盘中照殿珠。 |

〔王德用上。

| 王德用 | 堂后官。 |

（堂后官喏）

王德用	我胜花娘子不济事了！（王德用哭介）
堂后官	相公且宽心。
王德用	讨交椅来。我孩儿三魂离素体，七魄别阳台。你一面与我干办。
堂后官	领钧旨。
王德用	（唱）【台州歌】

亚奴，是人道相公女子好做妇，

弗比小人子女穷合穷。

我个胜花娘子生得白蓬蓬，

一个头髻长长似盘龙。

巧小身材子，常着个好千红。

东华门外傍在小楼东，

当初只道个状元迎出似喜相逢，

刺起丝鞭两不管，谁知道状元似鬼头风。

日日吵得亚爹耳朵聋，

　　　　　　两三日饭也不吃一口,谁知你今日死了一场空。
　　　　（王德用气咽喉倒）
堂后官　（堂后官救）相公咽倒,快讨些冷水来!（叫）相公,相公,胜花娘子省了!
王德用　省了! 离哩连。
堂后官　唱得快活。
王德用　莫管我的女孩儿,为你争些不见了性命。
堂后官　大凡寿夭也是天命,不敢说甚年渭水断桥。
王德用　我明日上表,乞判梓州,直待报它仇隙。
堂后官　相公要判梓州,这事尽得。
王德用　吾得吾皇赐梓州,
　　　　我每必欲报冤仇。
堂后官　状元异日重相见,
　　　　应是它羞我不羞。
〔王德用、堂后官下。

第三十三出

〔神上。
神　　（唱）【五方神】
　　　　庇一方,为神道,
　　　　镇焦躁。
　　　　要好空口休祷告,
　　　　非酒非肉莫抛照。
神　　（白）【望江南】

　　　　　　　　吾显圣，八百有余年。

　　　　　　　　每岁村公称作主，曾与贫女做场虔，

　　　　　　　　又喜又埋冤。

　　　　　　　　张协去，今已夺魁元。

　　　　　　　　薄幸冤家成间阻，痴心女子望团圆。

　　　　　　　　小圣不能言。

　　　　　〔李大公上。

李大公　　（唱）【乌夜啼】

　　　　　　　　听得你鸡鸣起。

　　　　　〔王贫女上。

王贫女　　（接唱）扑簌簌泪两下。

李大公　　（唱）你郎今挂绿在京华。

王贫女　　（唱）音书断，没成虚假。

李大公
王贫女　　（合唱）不免辞庙去，京里试寻他。

神　　　　唯，贫女，你高门不求，低门不就。嫁个张协，惹一场臭。

李大公　　跌在沟渠里。

　　　　　　（唱）【五方神】

　　　　　　　　告尊神：今贫女，上国去。

王贫女　　（唱）怕他张协相抛弃，望圣手遮拦奴到京里。

神　　　　（唱）【亭前柳】

　　　　　　　　张协自到京都，

　　　　　　　　及第也没音书。

　　　　　　　　何须得问神道，已成虚。

王贫女　　（唱）告神奴今只得去。

众　人　　（唱）近日来，怕迤逦见人疏。

王贫女　　（唱）【同前】

	他还是把奴辜，
	实是记不得苦。
	到京里果不管，
	下死工夫。
神	（唱）下梢头有团圆日。
王贫女	（唱）既为官，怕迤逦向人疏。
李大公	（唱）【同前】
	神道念他孤，
	平昔未惯出路。
	今日里辞庙去，望相扶。
神	（唱）见他莫十分出言语。
众　人	（唱）怒伊时，怕迤逦向人疏。
神	（白）汝去由闲，我个庙里，谁与我关门闭户。
李大公	他不是孙敬。
王贫女	乍别公公将息！奴家拜辞婆婆已毕。
神	不须去，我便是亚婆。
李大公	休说破。
神	唯，梁园虽好，非汝久恋之乡。
王贫女	谢得尊神！
神	若不容留急便回。
李大公	久留惟恐惹迍灾
王贫女	白云本是无心物。
众　人	又被清风引出来。

〔并下。

第三十四出

〔张协领手下上。

张　协　（唱）【青玉案】
　　　　　绿袍乍着皇恩重，
　　　　　对答如流圣颜动。
　　　　　谩接丝鞭成何用？
　　　　　思之贫女，要成鸾凤。
　　　　　近日浑如梦。

寒窗苦志知几秋，忽登桂籍魁鳌头。已表平生丈夫志，身名端与居金瓯。楼头有女颜如玉，自度此生悭分福。不如归去奉双亲，侍奉双亲食天禄。当头莫有人吏？

〔张协手下上。

张协手下　国正天心顺，官清民自安。覆相公：有何台旨？

张　协　吾今受梓州金判，路远不消通书，走马上任。与我分付厅前人从：还有官员往来，尽自不妨。还有村夫并妇人，不得放入，须密地前来通报。如犯约束，重行治罪。

张协手下　领台旨。

张　协　仕宦但垂访，无心惹外非。

张协手下　世情看冷暖，人面逐高低。

〔张协、张协手下下。

第三十五出

〔门子甲、门子乙上。

门子甲乙　（唱）【赵皮鞋】

　　　　状元真大才，
　　　　衙门面向两扇开。
　　　　你还不曾会读书，
　　　　苍生还相见，休要来。

门子甲　慈不主兵，义不主财。状元台旨：除是朝士官员，你便通报。其次村里汉、外方人及妇女，莫容它来。

门子乙　晓得了。还是卖珠婆、牙婆、看生婆，不要它来。

门子甲　怕伤触了别人。

门子乙　我最没面目，爹来也不相识。

〔王贫女上。

王贫女　（唱）【喜迁莺】

　　　　喜到宸京，涉山川万般愁闷。
　　　　儿夫见免萦奴方寸，未知是何处深藏见在身？
　　　　遍寻觅，浑不见故人。

王贫女　万福！借问些小事。

门子甲　娘子有甚事，但说不妨。

王贫女　新及第状元何处安歇？

门子甲　兀底便是行衙里。问那门子便知端的。

王贫女　万福！

门子乙　且是假夫人。

王贫女	闻新及第状元在此安歇。
门子乙	便是。如今呼作府公。来作甚么？是讨珠钱？
门子甲	待她自说。
王贫女	奴家特来见状元。
门子乙	要见状元，便着紫衫，我便传名纸。
王贫女	奴家是妇人。
门子乙	妇人如何不扎脚？
门子甲	你须看她上面。
门子乙	又看上头上面。
门子甲	养熟狗儿。
门子乙	（唱）【赵皮鞋】

　　　　状元是谁敢覆，

　　　　连他发怒直是毒。

　　　　你还欲要见他时，

　　　　如法底高叫："奴万福！"

王贫女	奴家万福！万福！

（张协在戏房里）

张　协	（唱）甚么妇女直入厅前？门子当头何不止约！
门子乙	领台旨。你听得否？快去！快去！
王贫女	容奴取禀状元，奴非别人。
门子乙	你说教我知。
王贫女	（唱）【五更传】

　　　　这状元，是奴夫婿，

　　　　奴是他亲娶妻。

　　　　才得两个月余日，

　　　　苦相别特来京里。

　　　　买登科记，试看时，

　　　　　　是奴夫及第。
　　　　　　不辞路远来相寻觅，
　　　　　　你不知，便教我出去。
门子乙　　说得好孤凄！
门子甲　　（唱）【赵皮鞋】
　　　　　　我的状元分付它：
　　　　　　官员相见便没奈何。
　　　　　　还是妇女庄家到厅下，
　　　　　　十三小杖，把门子打。
门子乙　　出去！出去！
王贫女　　奴家是状元浑家
门子乙　　慢行，慢行，怕头上珠牌脱下来。
门子甲　　又道路无拾遗。
张　协　　（张协在戏房里）（唱）甚人啰唣？何不打出去！
王贫女　　状元，奴不是别人，是五鸡山上贫女。
门子乙　　贫女是乞婆，打个乞婆！
门子甲　　休要靠索性。
王贫女　　（唱）【五更传】
　　　　　　我丈夫，张协是。
门子乙　　道着我本官台讳。
王贫女　　（连唱）在路途值雪正飞，
　　　　　　盘缠被劫得没分文，
　　　　　　打一查血沥沥底。
　　　　　　没投奔，在庙中，弯跧睡。
　　　　　　我医你救你得成人，
　　　　　　你及第，
　　　　　　便没恩没义。

〔张协上。

张　协　　官不容针，私通车马。教你莫去胡乱放人入来，又放妇女入厅堂。

门子乙　　非干男女事，她自走入来。

门子甲　　推得没巴臂。

张　协　　门子打十三！

（门子乙有介）

王贫女　　状元万福！且息怒。奴家不具榜子参贺。

张　协　　唯，贫女！曾闻文中子曰："辱莫大于不知耻辱。"貌陋身卑，家贫世薄。不晓苹蘩之礼，岂谐箕帚之婚。吾乃贵豪，女名贫女。敢来冒渎，称是我妻！闭上衙门，不去打出！

〔张协下。

（门子乙打王贫女）

门子甲　　若是夫妻只得休。

王贫女　　奴家怎洗这场羞！

门子乙　　不如及早归山去。

众　人　　免事恩官不到头。

门子乙　　泓！（闭门介）

〔门子甲乙下。

王贫女　　有这般事！

（唱）【同前】

是我夫，不相认，

见着我忙闭了门。

我当初闭门不留伊，你及第应是无分。

千余里，到此来，望你厮存问。

目下要归我没盘缠，我今宵，更无投奔。

（唱）【同前】

你记得，要来京里，

卖头发把钱与伊。

当初道嫁鸡便逐鸡飞，好言语教奴出去！

没盘费，教化归，回乡里。

买炷好香祝苍天，愿你亏心，长长荣贵。

剪头门子将奴打，

后来却把奴家骂。

人善人欺天不欺，

人恶人怕天不怕。

〔王贫女下。

第三十六出

〔张协上。

张协　（唱）【太师引】

余去载穷途里，被强人劫没那寸缕。

张协遂投荒庙，贫女蓦然留住，

说化我结为姻契。

唱名了故来寻觅，

都不道朱紫满朝，还知后与阿谁？

古诗云："浊水难藏许氏龙。"汝身无寸缕，裹没分文，纵有鸾胶，危弦怎续？张协走马上任，五鸡山必须经过，剪草除根，与它烧了古庙。

贫女相逢未挫伊，

吃拳须记打拳时。

龙逢浅水遭虾弄,

凤入深林被雀欺。

〔张协下。

第三十七出

〔王贫女提招子上。

王贫女 （唱）【一枝花】

奴住江陵府，家内多豪贵。

幼年失怙恃，镇孤苦。

因往皇都，特特来寻亲故。

争奈相辜负，裹足全无，怎生底回归乡里！

寂寞荒庙守清贫，穿破家缘世务萦。因为个人来避难，遂为姻契望相成。三秋桂子郎曾折，万里萍芜奴独行。今日相逢不下马，明朝各自奔前程。

（唱）【金钱花】

一街两岸英贤，相怜。

忍辱不敢埋冤，薄贱。

故乡有路没盘缠，今哀告望怜念，全取我两文钱。

（唱）【同前】

一街两岸官员，宅眷。

念奴夫妇不团圆，拆散。

赶奴出去怎留连，千里远没盘缠，全取我两文钱。

寻取儿夫到此来，奈何薄命此情乖。

朝朝只好浓霜打，才见春风眼便开。

（唱）【满江红】
　　　　望大贤周济我两文钱，归乡去。
〔王贫女下。

第三十八出

〔李大公上。

李大公　　（唱）【绵搭絮】
　　　　状元娘子去许多价时，应是到京里，两口儿一对美。
〔李大婆上。
李大婆　　（唱）记得我，买将归。
李大公　　亚婆，甚物事？
李大婆　　（唱）许我青铜镜。
李大公　　（唱）照你它没兴。
　　　　土宜须有别底。
李大婆　　（唱）恁似它得来画眉。
李大公　　了得张敞！
李大婆　　亚公，五鸡山头小路里，前面是个妇女，后面一个人挑担，定是张小娘归来。
李大公　　不是。
李大婆　　正是把个团团底。
李大公　　我都望不见。
李大婆　　是个青铜镜儿。
李大公　　不是镜，只是扇。
李大婆　　也不是镜，也不是扇，只是个招风。

李大公　　你好忒风。

　　　　　（唱）【同前】

　　　　　　　去时春暮子规正啼，如今柳岸前枯，见嫩菊开数枝。

　　　　　　　料张状元，见它喜，如鱼投水，如胶投漆。

李大婆　　（唱）两个不记得，当初买镜归作土宜。

李大公　　亚婆，且放心，它自记得买将归。

李大婆　　我命非亲却是亲。

李大公　　你门得镜我无因。

李大婆　　自家骨肉尚如此。

李大公
李大婆　　（合）何况区区陌路人。

〔李大公、李大婆下。

第三十九出

〔王贫女上。

王贫女　　（唱）【哭梧桐】

　　　　　　　谁人谁人信道奴，得恁时乖蹇？

　　　　　　　一路里奔波到京辇，山路到处多颠险。

　　　　　　　去时团空柳飘绵，归后梧桐更叶乱。

　　　　　　　惭愧见得家乡面。

　　　　　自古道：花对花，柳对柳。奴家貌既丑，家既贫，如何招得状元？如今谢天地，得归故里。只说与公婆道，寻不见张状元便了。正是一朝波浪起，划地鸳鸯各自飞。

　　　　　（唱）【忆秦娥】

似哑子吃了黄柏,教我苦在肚皮里。

吞吐不下,如鱼遭饵。

〔李大婆上。

李大婆	张小娘子,你归来了。
王贫女	大婆万福!
李大婆	万福!
王贫女	不见婆婆多时。李大公在哪里?
李大婆	亚公,张小娘子归。

〔李大公上。

李大公	但愿人长久,千里共婵娟。
王贫女	大公万福!
李大公	娘子归了。
王贫女	方才到此。
李大婆	小娘子有几担归?
王贫女	奴家独自归。
李大婆	张状元也不留你?
王贫女	一言难尽。
李大婆	你说。
王贫女	(唱)【哭梧桐】

　　一路自去时,是奴吃薄贱。

　　水远山高甚般险,谁知见我先抛闪。

　　到得宸京讨得眼儿穿,三十六条巷寻得遍,

　　都不见那情人面。

李大婆　　(唱)【同前】

　　婆婆望你归,道你为宅眷。

　　裙破衣穿瘦着脸,一似乍出卑田院。

王贫女　　(唱)教化归乡为没钱。

李大婆	（唱）指望你菱花又不见，你便误我多娇面。
李大公	（唱）【同前】
	他还有意时，与你必相见。
王贫女	（唱）怕日远日疏负奴恩愿。
李大公	（唱）寻思那人情忒浅，往复相将是一年。
李大婆	（唱）记不得伊时须记得俺，我要照着多娇面。
李大公	君子为义，小人为利。他为状元，终不成躲避你。
李大婆	亚公，待我说：他又未上任，又未归乡，又未入朝，只是湖州去。
李大公	买镜归。
李大婆	可知。
李大公	照你个脸儿。
李大婆	张小娘子，你如今莫烦恼，胡乱在我家中睡。日里织些布，夜里缉些麻；秋间收些炭，春到采些茶，冬天依旧忍冻，夏日去钓黑麻。
李大公	不说你本事。
李大婆	别选个日子，移在庙中去。
王贫女	（唱）【望梅花】
	谢得我尊神也，被张协直恁底误呵。
	一似哑子，吃了苦瓜。
	到如今，教我吞吐不下。

（王贫女拜）

（李大婆当面立）

李大公	他拜神，你过去。
李大婆	我过去？神须是我做！
李大公	休道本来面目。
王贫女	多少辛勤不见郎。

李大婆	脸儿一似土瓜黄。
李大公	一年好意颜如玉。
合	半载飘蓬鬓若霜。

〔并下。

第四十出

〔张协上。

| 张　协 | （唱）【河传】 |

　　　　瓜期到矣，离征鞍着鞭，迤逦前去。
　　　　春到柳塘，冰释鱼游春水。
　　　　山嵯峨，蓦山溪，玩佳致。

宸京不得过穷冬，一在风前雪月中。酒债黄昏为事业，诗情白日镇相逢。此身虽入桂枝景，平步须乘帘幕风。更得个人离眼底，卑怀无处不从容。

〔门子上。

门　子	一举登科日，双亲未老时。（门子喏）恩官今日要离京？
张　协	便是。我登科之后，寻思归乡，路途遥远。一面走马上任，到得任所，却作区处。
门　子	领台旨。（叫）脚夫囗①胜。

〔李旺上。
（李旺喏）

| 门　子 | 陈吉。 |

---
① 此处缺失一个字。

〔陈吉上。

（陈吉喏）

门　子　　李旺。

（李旺喏）

门　子　　又是你！恩官台旨，今日要离京，你各人肩着担杖。

陈　吉　　挑担尤闲。

李　旺　　工雇钱？

张　协　　一日各支三两。

陈　吉　　食钱？

张　协　　一日各二贯。

李　旺　　酒钱？

张　协　　一日各一贯。

陈　吉　　草鞋钱？

张　协　　各支十文。

李　旺　　犒劳钱？

张　协　　到一市井，各五贯。

陈　吉　　过山钱？

门　子　　甚么唤做过山钱？

陈　吉　　平地上行容易，过山过岭便难。

门　子　　休要闲指望。

张　协　　（唱）【上堂水陆】

　　　　　　衣锦归故乡。

合　　　　（唱）我们得意。

张　协　　（唱）倚门望我归。

合　　　　（唱）双亲欢喜。

张　协　　（唱）各人为我快行。

合　　　　（唱）领台旨。

张　协	（唱）目即便离城。
合	（唱）不觉过一里又一里。
门　子	（唱）【同前】
	回首望帝京。
合	（唱）水村隔住。
门　子	（唱）长亭共短亭。
合	（唱）休斟绿蚁。
门　子	（唱）恩官教你快行。
合	（唱）领台旨。
门　子	（唱）目即便离城。
合	（唱）不觉过一里又一里。
李　旺	（唱）【同前】
	行得气喘。
合	（唱）肚中饥馁。
李　旺	（唱）都不见打火。
合	（唱）歇歇了去。
张　协	（唱）不行时我打你。
合	（唱）领台旨。
李　旺	（唱）涉溪东渡水。
合	（唱）不觉过一里又一里。
陈　吉	（唱）【同前】
	江陵在眼前。
合	（唱）五鸡山至。
陈　吉	（唱）如投着地脉。
合	（唱）不辞迢递。
张　协	（唱）快行时我赏你。
合	（唱）领台旨。

陈　吉	（唱）	回马不用鞭。
合	（唱）	不觉过一里又一里。
李　旺		今番行不得了。
陈　吉		不见酒，不见饭。
门　子		哪些个？
张　协		前面是哪里？
门　子		五鸡山。这山高侵斗，形跨东南。自东投东京，西连西眉。整十里全无旅店，行半日不见人烟。但见得狼虎之踪，悲风飒飒；时闻得猿猱之韵，夜月辉辉。打火便行。
张　协		诸脚夫各支二百。
陈　吉 李　旺		（合）谢酒！（喏）
门　子		且宁耐。
张　协		吃罢酒各发担过五鸡山，方许讨店。不许庙宇寺观止宿。（叫）左右，讨剑与我随身。
门　子		领台旨。
陈　吉 李　旺		（合）哥哥吃十钱酒面便红。
门　子		哪曾？恩官徐步自徜徉。
陈　吉		辛苦须教醉一场。
张　协		此处野花攒地出。
合		一般村酒透瓶香。
		〔陈吉、李旺、门子下。
张　协		恨消非君子，无毒不丈夫。叵耐那贫女来京里，不问情由，冒犯下官。今日到此，我还见她后，说一两句好时，尤自庶几；稍更无知，一剑教死。和那神庙，一时打碎。张协为人非好□，叵耐言语相撩拨。这回铲草不除根，惟

恐萌芽春再发。

〔张协下。

第四十一出

〔王贫女上。

王贫女	（唱）【天下乐】

　　　　春到郊原日迟迟，枪旗展山谷里。
　　　　幽居古庙浑无侣，采些茶为活计。
　　郊原春到不知时，霹雳一声惊晓枝。
　　枝头蓓蕾吐雀舌，带雾和烟折取归。
　　幽居古庙无人管，倩取大婆来厮伴。
　　奴家此道不辞劳，小篮不觉春风满。
　　奴家缉麻才罢，采桑稍闲，不免唤过大婆，厮伴去采茶。
　　（叫）婆婆。

李大婆	（在戏房内应）谁谁？
王贫女	相伴去采茶。

〔李大婆上。

李大婆	张小娘子，我忙！我忙
王贫女	甚底忙？
李大婆	我扎脚忙。
王贫女	扎脚片时间，奴家相等。
李大婆	你先去，我吃饭了来。
王贫女	婆婆，早来采取社前春。
李大婆	昨日婆婆采一斤。

王贫女　　　有客莫教容易点。
合　　　　　点茶须是吃茶人。
〔李大婆下。
王贫女　　（唱）【秋江送别】
　　　　　　徐徐步野径，晓痕青柳弄金。
　　　　　　东风尚料峭，丽日升寒渐轻。
〔张协上。
张　协　　（唱）记得年时投上国，早一年珠泪泠。
　　　　　　此山又登，此身渐亨，是你否极还泰生。
王贫女　　（唱）【同前】
　　　　　　山高处个人，好似奴家张解元。
张　协　　（唱）山脚下个人，似贫女衣恁单。
王贫女　　（唱）天愿得儿夫厮撞见，问冤家心恁底偏。
张　协　　（唱）是贫女来。
王贫女　　（唱）是张解元，我今日会重见面！
　　　　　张状元，莫是寻思旧念，再睹仙乡？
张　协　　唯！贫女，大厦既焚，不可洒之以泪；黄河既决，不可障之以手。吾今与汝不是姻缘。
王贫女　　如何不是姻缘？
张　协　　还是姻缘，何故到京骂吾？
王贫女　　（唱）【刮鼓令】
　　　　　　君恩怒少停，且容奴说与你听：
　　　　　　大雪下被强人劫去，到古庙奴救你，我为你几艰辛，
　　　　　　登科到喜欢。奴到京，
合　　　　（唱）缘何一向便生嗔？你们直是没前程。
张　协　　（唱）【同前】
　　　　　　伊前日到京，我不成留住你，敢说道我浑家来至，

　　　　　　　　我荣贵伊恁贫。
　　　　　　　　我不道你痴心，别寻个计结来闭门。（合同前）

王贫女　　（唱）【同前】
　　　　　　　　同连理至诚，我许多恩情陪伴你。
　　　　　　　　卖头发得钱为盘费，雁塔上题姓名。
　　　　　　　　跋涉到宸京，教门子打得身上疼。（合同前）

张　协　　（唱）【同前】
　　　　　　　　一心要离京，是州城不暂停。
　　　　　　　　我与伊家欢笑，骂得我恶气生。
　　　　　　　　说一和你惺惺，才相见剪头来骂人。（合同前）

张　协　　贫女，你自采茶，有谁厮伴？
王贫女　　大婆吃饭随后来。
张　协　　看剑！
　　　　　（王贫女倒）

张　协　　一剑教伊死了休，黄泉路上必知羞。
　　　　　　是非只为多开口，烦恼皆因强出头。
　　　　　〔张协下。
　　　　　〔李大婆上。

李大婆　　（唱）【步步娇】
　　　　　　　　仙卉丛丛春来早，蓓蕾在枝头少。
　　　　　　　　公公去采樵，小二往田头，看秧苗。
　　　　　　　　见说嫩茶偏好，每日还婆一到。
　　　　　　老鸦未着裈裤，被着张小娘子来叫，厮伴去采茶。
　　　　　　且不知她在哪里去？（叫）张小娘子！

王贫女　　婆婆相救！
李大婆　　你在哪里？
王贫女　　奴家跌在深坑里。

李大婆	（看，有介）苦！苦！我老人怎奈何得你？公公快来！喂！〔李大公上。
李大公	人平不语，水平不流。婆婆，你则甚底？
李大婆	亚公，张小娘子跌在深坑里。
李大公	甚么坑里？
李大婆	在都坑里。
李大公	好惹一场臭！我与你扶她起来。
李大公	（合唱）【打球场】
李大婆	论娘行，见茶便折，缘何到翻了吃跌？ 莫是有人来阴害你，浑身尽都是鲜血。
王贫女	（唱）【香遍满】 公婆且住，待奴家款款松口气说： 独立岩头攀茶来折，岂知道失脚，似刀斫臂折。
合	（唱）遭一跌，寸肠千百结。
李大公	（唱）【同前】 伊回京阙，没一日暂时得少歇，织素织缣不宁贴。 这般时运，这般恶岁月。（合同前）
李大婆	（唱）【同前】 伊才跌下，那得遍身都是血，宁可将伊脚骨跌折。 采茶人无数，你们直是拙。（合同前）
李大婆	亚公，亚公，讨门扇来扛将归去。
李大公	她不验伤。
王贫女	烦公婆扶奴家款款归去。 （三人行）
李大婆	（唱）【金牌郎】 我扶你们归去。
合	（唱）我扶你们归去，勉强且行着山路。

王贫女	（唱）我们直是孤苦。
合	（唱）先是被人欺负，你下得直是淋漓。
王贫女	（唱）【同前】
	我门几时得好？
合	（唱）我们几时得好？只得去寻些药草。
李大婆	（唱）我儿休要烦恼。
合	（唱）款款回归古庙，只得靠着神道。
王贫女	半载常常泪满腮。
李大婆	思之是你五行乖。
李大公	算来莫怪君无礼。
合	这跌分明是你灾。

〔并下。

第四十二出

〔王夫人出。

王夫人　（唱）【薄幸】

春日融和，江山秀丽。

记孩儿贪爱，这般天气。

名园里，麀秋千斗草嬉。你神魂在哪里？

张解元早知今日，悔不当初。相府之家有一女，求汝为东床女婿，你只不肯，带累我女一息不来，早归泉世。你如今赴梓州任所，我相公也判梓州。咦！平生不作皱眉事，世上应无切齿人。

〔堂后官上。

堂后官	脚下。
	〔王德用上。
王德用	转身。
堂后官	你莫要应。
王德用	堂后官。
	（堂后官喏）
王德用	与我请夫人出来。
堂后官	兀底夫人在此。
王德用	我不道是夫人，只道是卖香药底婆婆。
堂后官	且打头。
王夫人	相公赴任，趁今日日子好。
王德用	堂后官，与我叫过野方养娘来，随侍夫人上任。
堂后官	领钧旨。（叫）野方养娘，早出画堂。
王德用	相公有事，与你商量。
堂后官	肖似押韵。
	〔野方上。
野　方	（唱）【临江仙】
	庭院深沉日正永。
	〔老婢上。
老　婢	（接唱）杨花点点沾襟。
王德用	（唱）许多侍婢汝知音。
堂后官	（唱）梓州今一任，你去直夫人。
野　方	野方久居深院，长守幽闺。若得随夫人到任，多少是好。谢得夫人！
王夫人	我们得那女儿在此，真个心满愿足。
老　婢	妈妈，莫要提起。
堂后官	照管头撞。

王德用	你与我请府眷轿先去,我一面备马来。
堂后官	领钧旨。
王夫人	（唱）【马鞍儿】

　　　　　　　唱彻《阳关》斟别酒,这一景最清佳。
　　　　　　　夹岸见这山叠翠,尽间簇山花野花。

堂后官	（唱）听得叮咛嘱咐,小心服侍恩家。
合	（唱）都乘轿儿先去,俺待跨马,匆匆去也。
野　方	（唱）【同前】

　　　　　　　唱彻《阳关》人凄惨,路途里景潇洒。
　　　　　　　绿水绕人处,细柳拂波心嫩荷。

| 老　婢 | （唱）去意浑如奔骑,目即早离京华。（合同前） |
| 堂后官 | （唱）【同前】 |

　　　　　　　唱彻《阳关》离故里,梓州路在天涯。
　　　　　　　诸般仗都搬发了,请早乘香车宝马。

老　婢 野　方	（合唱）二妾目今先去,少歇时等取恩家。（合同前）
王夫人	小轿先行数十乘。
王德用	雕鞍随后奔前程。
野　方	莺啼驿树绵蛮语。
合	马过溪桥蹀躞行。

〔并下。

第四十三出

〔王贫女上。

王贫女 （唱）【锦缠道】

苦天天，几年来劳笼着万千，寻思自埋冤。

少他张协债负，是奴前缘。

大雪下身无寸缕，投古庙泪珠涟涟。

奴家便相怜，与他身衣口食。

教人说化我，共他成姻眷，只图他共百年。

（唱）【过绿襕踢】

心肠变，投京汴。

没盘缠我把头发剪，伊去赴魁选。

绝音书，将奴要抛闪。

到京华，何曾见伊面。

叫门子特骨恁薄贱，到如今依旧把奴斩。

我命乖，你情浅。

臂镇疾，每衔冤，朝夕泪偷揾。

张状元，你今日害奴身，不记当初彻骨贫。又道剑诛无义汉，金赠有恩人。

〔王贫女下。

第四十四出

〔门子上。

门　子　（唱）【三台令】
　　　　　　一声鼓打咚咚，一棒锣声喤喤。

〔李旺上。

李　旺　（接唱）骑马也匆匆，
门　子　（唱）相公马上意悠扬。
李　旺　看马王二齐和着马蹄照。
门　子　自炒自卖。
合　　　帮帮八，帮帮八八帮。
李　旺　申报，申报随军如何只有一面塔鼓？
门　子　覆相公：一面塔鼓却有两片皮。
李　旺　两片皮便如我口唇皮。
门　子　眼前便见。

　　　　（唱）【林里鸡】
　　　　　　过山又渡水。

合　　　（唱）渡水小桥；钀钀去，马蹄躁躞底。
李　旺　（唱）只怕马劣路崎岖。
　　　　　　踢杀你，我不知。踏杀你，我不知。

门　子　覆相公：这是五鸡山，山下有一古庙，可以少歇。
李　旺　怕府眷不要入去。
门　子　相公看，偌多轿儿都在庙前。
李　旺　我眼弗昏，如何不见！

门　子	好随风倒柂。
李　旺	如何不讨旅店？不借寺观？终不成教相公倒庙！
门　子	莫是去求梦？覆相公：这一带都无旅店，又无寺观。此庙虽无敕额，且是威灵。比着官房，到有些广阔。少歇。
李　旺	也说得是。
门　子	村落人家不足论， 不如古庙且安存。
李　旺	闻钟始觉山藏寺， 到岸方知水隔村。

〔并下。

第四十五出

〔王夫人上。

王夫人	（唱）【川拨棹】 　　为孩儿，特特来蜀地。 　　满目萍芜见古庙，教人转悲，我寻思珠泪垂。 （唱）【长相思】 　　好姻缘，恶姻缘。 　　儿又青春正少年，哪堪遇状元。 　　儿分悭，子分悭。 　　马上徘徊不接鞭，浓婚结厚冤。

〔堂后官上。

堂后官	覆夫人：前无旅店，后绝茅檐，村市人家难以安泊，古庙

　　　　　　中可以少歇。
王夫人　　相公来未？
堂后官　　相公下马来。
　　　　　〔王德用上。
王德用　　帮帮八帮帮。（叫）具报！
堂后官　　具报甚人？
王德用　　下官下马多时，马后乐只管八帮帮帮。
堂后官　　好，具报你。
王德用　　夫人，你看一堂神道塑得精神。
王夫人　　也是精神。
王德用　　你看小鬼倒长丈二。
王夫人　　是忒长了。
王德用　　夫人，便做我眼见鬼，你也见鬼。
王夫人　　使得我怎地。
　　　　　〔野方上。
野　方　　眼观奇异物，令人寿命长。夫人在哪里？
王夫人　　野方有事款款说，大惊小怪则甚！
野　方　　（唱）【桃红菊】
　　　　　　　野方直入庙中，见一佳人困穷。
　　　　　　　似胜花娘子无异，血染得衣衫煞红。
王德用　　（唾）你莫眼见嘴。
堂后官　　见鬼。
王德用　　见嘴。
堂后官　　你好胖拗。
王夫人　　庙中哪得妇女？我入里面去看。
堂后官　　覆夫人：她既困穷，卧房必不洁。
王德用　　只教养娘扶出来看便了。

王夫人	野方，你去扶她出来。
野　方	野方便去。活脱似胜花娘子！
王夫人 王德用	（合）生得如何？
野　方	一似临溪双洛浦，对月两姮娥。

〔野方下。

王德用	夫人，生得好时，讨来早辰间侍奉我们汤药，黄昏侍奉我们上东司。
堂后官	你好熏莸混杂。

〔野方扶王贫女上。

王贫女	（唱）【香柳娘】
	数十年庙中，少人存问。
	独自做人了，浑没投奔。
野　方	（唱）你出来勉强作礼，叫夫人霍索你方寸。
王贫女	（唱）奴家万福！万福！寻思断魂。
合	（唱）你缘何愁闷？
王德用	（唱）【同前】
	眉儿和那眼儿，与我儿无二，身材袅娜腰肢细。
王夫人	（唱）我瞥见你们，心下便怜伊。
	因甚脸憔悴？
野　方	（唱）不知怎底？怎底？鲜血污衣。
合	（唱）缘何如是？
王贫女	（唱）【同前】
	念妾自幼来，清贫守己。
	只因去采茶，跌却一臂。
王夫人	（唱）你独自那得粥食，与药草将息你容仪？
王贫女	（唱）前村自有大公，相怜爱惜。

合	（唱）是前生宿契。
王德用	亚奴，你怎地孤单，何不随我去任所直东司？养娘子也快活。
堂后官	甚般差使！
王夫人	相公，有相无相，但看面上。她怎地精神磊落，如何教她恁地？只是讨做养女便了。
王德用	你割舍随我去任所，与你医教手好，教你嫁个官人去。
王贫女	奴家去则不妨，一来怕没福；二来要问村前李大婆，她肯时，奴便去。
王德用	野方，去讨些粥食与她吃。堂后官，你竟往村前叫李大婆来。
堂后官	领钧旨。
野方	谁知今日动王侯，割舍娘行便去休。
堂后官	大抵须还规格好，不搽红粉也风流。

〔堂后官、野方下。

王德用	亚奴，实说元是甚人？
王贫女	（唱）【太子游四门】

　　　　　　奴本世豪奢，爹娘怜妾多。
　　　　　　年幼两俱亡，是奴贫苦多。
　　　　　　织素与缉麻，春来采茶。
　　　　　　怎知一跌了那臂，有谁人管呵。

王德用	我胜花娘子，见报街道者：唱《太子游四门》，撞见马八六。

〔李大婆上。

李大婆	劈劈朴朴。

〔堂后官上。

李大婆	（唱）【同前】

      媳妇建官人，官人莫是贫女亲？

      在古庙五六春，有谁人采您！

      山上采茶芽，跌一臂膊损。

      告夫人周全此身，又何须去施贫。

王德用　　（唱）【同前】

      吾乃赫王相公，今判梓州郡。

      贫女身上狼狈，我女近才丧亡，脸儿相类恁精神。

      夫人要为养女，汝若故生阻节，堂后官，缚在马前别有施行！

李大婆　　（拜）媳妇便得，便得。

堂后官　　你敢道不得。

王贫女　　（唱）【鹅鸭满渡船】

      论妾家豪贵，又岂得随人去。

王夫人　　（唱）既然没寂淡，没依倚。

堂后官　　（唱）婆婆向前不须跪来拜启。

李大婆　　（唱）媳妇拜告相公知：这贫女底，

      从幼来在庙中，旦夕里是我周济。

王德用　　（唱）【同前】

      细想吾一女，比她仪容美。

王夫人　　（唱）所为及张协，悄无二。

野　方　　（唱）奴家煮些粥食伊去吃。

王德用　　（唱）少住我要说仔细，与医教可。

合　　　　（唱）随侍去做女儿，改妆饰若珠翠。

野　方　　（唱）【同前】

      劝你休窨约，随去你福至。

合　　　　（唱）最好俱丰足，衣共食随汝意。

李大婆　　（唱）从小我惜伊，伊去婆亦去。

合	（唱）病尤未可。	
李大婆	（唱）婆一路当直你。	
合	（唱）厮系绾免忧虑，成伴侣几风味。	
李大婆	（唱）【同前】	
	我公休去你们家里，好好看孩儿。	
堂后官	（唱）一味闲言语。	
王夫人	（唱）我讨你，去当孩儿面。	
王德用	（唱）亲嫡女看养你脸儿美。	
合	（唱）随后去嫁良婿。	
王夫人	（唱）大婆辞已，逻逼行李。	
合	（唱）添个轿儿抬。	
李大婆	（唱）我自行将去。	
堂后官	步三寸莲。	
合	分明是前世里曾契，到今世重会面做儿女。	
野方	娘行莫虑路途遥。	
王夫人	妈妈终朝怕寂寥。	
王贫女	不拟今朝重再会。	
王德用	亚爹抬轿不辞劳。	
堂后官	相公尊重休闲说，婆子无心管我曹。	
李大婆	溪涧岂能留得住，终归大海作波涛。	
堂后官	到你作波涛。	
合	曾驾小舟游大海，至今不怕浪头高。	

〔并下。

第四十六出

〔张协上。

张　协　（唱）【蛮牌令】
　　　　一意要读诗书，一身望改换门闾。
　　　　一路到京里受钳锤，一查打得浑身破损，一妻济不得吾儒。
　　　　一举早题雁塔，第一是张协，方表勤渠。
　　韩文公曰："圣人不世出，贤人不时出。"且如张协，独占魁名，状元及第。一来仰答天地，二来感谢圣恩，三来荷蒙慈父，今日已成大器。幸然得到梓州，择吉日礼上。十年窗下无人问，一举成名天下知。
〔张协下。

第四十七出

〔堂后官、王德用、王夫人、王贫女、野方上。

堂后官　（唱）【金莲花】
　　　　谩然回首望京城。
王夫人　（唱）瑞烟平，咸肃静。
王贫女　（唱）吴江一派水泠泠。
野　方　（唱）蜀山青，侵碧汉。

合	（唱）但见连云栈，听得野猿声，真个是怖屏。也罗。
野　方	（唱）【同前】
	新来似娘子貌妖娆。
合	（唱）脸桃花，檀口小。
王夫人	（唱）今朝梳裹胜儿曹。
合	（唱）夜合花，斜插带。
	金为凤，翠为翘，莫道胜花娇。也罗。
王贫女	（唱）【同前】
	乍然梳洗殢人羞。
合	（唱）舍闲愁，眉枉皱。
王德用	（唱）闲随爹妈恣遨游。
合	（唱）好姻缘，来辐凑。
	把你撺掇嫁，一个好儿夫，那更效绸缪。也罗。
王夫人	（唱）【同前】
	孩儿疮疾幸然干。
合	（唱）自今番，常打扮。
野　方	（唱）沉香亭畔倚栏杆。
合	（唱）夜合花，红牡丹。
	姚黄间满，这太湖山，真个最堪观。也罗。
王德用	孩儿放心！亚爹今判梓州一郡，两年过依旧入朝。有好姻缘与你选一个，自当我孩儿面。
王贫女	只怕奴家福分微。
王夫人	相公休要忆孩儿。
王德用	归家不见红粉面。
合	出去无人叫早归。
	〔并下。

第四十八出

〔王德用、堂后官上。〕

王德用　堂后官过来。

堂后官　长江后浪催前浪，一替新人趲旧人。

　　　　（喏）覆相公：有何钧旨？

王德用　吾今已到梓州，诸衙人从并未放参，只接见任文武官员，看张状元如何作区处？

堂后官　覆相公：外面簪缨满路，朱紫盈街。哑喝声咽咽呜呜，车马声躁躁蹱蹱。寄居官有五府八位，见任官有六部三司，文员有幕职官，监当官。见有观察使、防御使人从，未敢放参。且点请两位官员相见。

王德用　也说得好。

〔柳屯田上。〕

柳屯田　脚下转身。

堂后官　请，请。

王德用　请。

柳屯田　柳屯田来相见。

堂后官　钧旨教请。

　　　　（唱）【夜游湖】

　　　　　　合那官员有万千。

王德用　（唱）甚人才先来拜见。

柳屯田　（唱）小子名为柳屯田。

合　　　（唱）揖揖两个通寒暄。

柳屯田	即日共惟万福！
王德用	未及参,先有辱。
柳屯田	曾共乌门上画个白鹿。青霄有路。
柳屯田 王德用	（合）揖揖两个似代谷。
堂后官	甚时去得糙性?
王德用	请坐。
柳屯田	没坐物。
王德用	虚坐。

（有介）

堂后官	你好不尊重。
王德用	记得小年骑竹马。
柳屯田	看看又做白头翁。
王德用	吏人,这官人曾做三百单八只词,博得个屯田员外郎。
柳屯田	耆卿也吟得诗,做得词,超得烘儿,品得乐器,射得弩,踢得气球。
堂后官	那些个浪子班头。
王德用	记得那一年射弩子好。
柳屯田	最知节措。佐弩须要看箭后,搭箭不要犯他人。几番花范还依得,十场赌赛九场输。
王德用	哪得一年踢气球,尊官记得?
柳屯田	相公踢得流星随步转,明月逐人来。记得耆卿踢个左帘,相公踢个右帘。耆卿踢个左拐。
王德用	当职踢个右拐。

（柳屯田、王德用相踢,倒介）

堂后官	相公尊重。

柳屯田 王德用	（合）说话忘怀。
堂后官	忒忘怀。
	（柳屯田、王德用踢，有介）
柳屯田	耆卿告退。
王德用	容送。
柳屯田	纳步。
	〔柳屯田下。
王德用	今番这浮浪官人，未好请见，且请老成官员。
堂后官	如何？
王德用	我问梓州风物如何。
堂后官	领钧旨。
	〔谭节使上。
堂后官	请，请。
谭节使	关西老将谭节使来相见。
堂后官	武职各当街墀。
王德用	是吾亲契，特免街墀。
谭节使	洒伏事。
	（唱）【五韵美】
	洒家即日共惟。
王德用	（唱）间阔不见你多时。
谭节使	（唱）洒家一向，关西冗迫，不及通书。
王德用	（唱）下车未及参侍。
谭节使	（唱）降接不胜欣喜。
王德用	（唱）首辱光访甚得罪。
谭节使	洒家自出钧旨。
	（相揖）

王德用	请坐。
	（谭节使、王德用虚坐）
堂后官	喝茶。
	（谭节使应）
堂后官	又来。
	（谭节使、王德用呆坐）
谭节使	是故，是故。
王德用	小子乍然至此，更不知风物如何？
谭节使	有问即对，无问不答。此间在都一路，梓州诸行，百万户锦绣珠玑，数十里层楼华屋。只一件，榜示若饮酒是严禁厮打紧白。前日两个小人，一个道欠钱，一个道不欠钱，十八般武艺都不会，只会白厮打。这个打一拳，这个也打一拳。这个踢一脚。
王德用	这个也踢一脚。
	（谭节使、王德用相踢，倒介）
堂后官	不尚庄身打扮。喝汤。
	（谭节使应）
堂后官	你又来。
谭节使	洒家告退。
王德用	容送。
谭节使	纳步。
	〔谭节使下。
	〔张协上。
张　协	（唱）【生查子】
	不见去年人，心事谁知得！
堂后官	请，请。
王德用	谁？

堂后官	金判张状元。
王德用	在哪里？
堂后官	见在客位。
王德用	赶出去！
堂后官	朝廷众官，男女不敢。
王德用	且说相公歇息，要相见待三年过。
堂后官	你不是陈处士。
王德用	（看张协）不要我女儿便是你！
堂后官	相公尊重。
王德用	教他明日来。
堂后官	三日衙贺，礼所当然。
王德用	不然，他立地待鞋破方相见。
堂后官	八年过也见不得。
王德用	请，请。我自有道理。
堂后官	领钧旨。请，请。
王德用	（唱）【缠枝花】 张协是我不接见。
堂后官	（唱）领钧旨教逐便。
张　协	（揖）（唱）长官，既蒙天眷，望特赐相荐。
堂后官	（唱）告恩官免叱谴。
王德用	（唱）倒把那驴骑转，永不见这畜生面。
张　协	（唱）【同前】 张协也无触犯，怕礼数供不惯。
王德用	（唱）你不接丝鞭后，哭损我一双眼。
张　协	（唱）协后知悔已晚。
王德用	（唱）我女那神魂乱，一世都吃不得饭。
堂后官	可知。

王德用	汝是我无缘女婿,从今不请!
堂后官	领钧旨。
王德用	我女为妻抵万金。
张　协	分明张协不知音。
堂后官	早知今日成闲管。
合	悔不当初莫用心。

〔并下。

第四十九出

〔王夫人、王贫女、王德用、堂后官上。

王夫人	(唱)【一枝花】
	孩儿过来,试出幽闺,徐步花街。
王贫女	(唱)喜奴今日会开怀,是这花如锦,柳垂带。

〔野方、谭节使上。

野　方 谭节使	(合唱)穿红度绿,折朵奇葩带,奇葩带。
野　方	(唱)【同前】
	名园郡圃,是处秋千,花板争蹑。
谭节使	(唱)斗些百草唱些曲。
王夫人	(唱)戏蜂儿趁,粉蝶儿舞。
合	(唱)芳郊绣陌,雅观金莲步,金莲步。
堂后官	(唱)【同前】
	脚下转身,相公特特,教请夫人。
王德用	状元张协到阶庭,是我不接见,也弗请。

合	不记为他，害了孩儿命？孩儿命？
王德用	（唱）【同前】
	明日坐庭，状元来时，教立到天明。
堂后官	（唱）你毒得大惊人。
王夫人	（唱）还重相见，也弗请。
合	（唱）教他自省，不接丝鞭病，丝鞭病。
王夫人	相公，他来时依旧莫与他相见。
王德用	教他直立到三更。
谭节使	从三更直立到日头出。
堂后官	两个一对好心肠。
王德用	叵耐不要见他面。
堂后官	相公不必苦忧煎。
王夫人	须是禁持张状元。
王德用	直待劳心千百度。
合	那时方识贵人怜。

〔并下。

第五十出

〔张协、堂后官上。

张协	（唱）【桃柳争放】
	丝鞭刺起选英贤，苦不肯秋采，今朝奈何都来。
	接郡相逢，有谁人可介？
	叫左右过来。
堂后官	只因差一念，见出万般形。覆府金：那赫王相公乞判梓州，

	只为府金一人。太凡病须早医,作个道理。
张　协	我闷似长江水,涓涓不断流。
堂后官	谭节使为相公说得。
张　协	与我将一小简,做状元传语请过来。
堂后官	男女便去请来。
张　协	说合一人不可无。
堂后官	如今正好下工夫。
张　协	水将杖探知深浅。
合	人看语话辩贤愚。

〔张协下。

堂后官	自古道:成人不自在,自在不成人。府金是快活底人,如今被那赫王相公恁地禁持,教男女去请那谭节使作和议。见底府门高耸,仆从纵横,不敢直入画堂,只在厅下祗候。

〔戏房内喝:放轿子。

（内喏）

堂后官	节使方归,画堂里放轿子。

〔谭节使上。

谭节使	甚人直入里面来?
堂后官	男女非别人,张金判有简子申呈。
谭节使	在哪里?
堂后官	简子在这里。
谭节使	（接信,唱）【山坡羊】

　　协惶恐再拜,常侍眷爱,苦屈大才,少慰下怀。

　　不沐劝介,必成祸胎,专等左右过来。

　　不宣。张协惶恐再拜。

　　你府金来请洒,洒不去不得。这后生必会长进。

堂后官	甚年晓得相法?

谭节使	洒是厮杀汉，只步砌去。
堂后官	也没人来抬轿。穿长街。
谭节使	蓦短巷。
堂后官	过茶坊。
谭节使	扶酒库。
堂后官	兀底便是府厅。
谭节使	与你一贯酒钱。
堂后官	不须得。
谭节使	你服侍洒辛苦。
堂后官	哪些个。请，请。
	（坐上揖）
谭节使	（唱）【红衲袄】
	洒伏辱云函至。
张　协	（唱）荷足下特步砌。
谭节使	（唱）即刻共惟台候万福！
张　协	（唱）有小事冒渎节使大尉。
谭节使	（唱）说甚底！说甚底！容一力，为君作措置。
张　协	（唱）【同前】
	相公是协故人，为及第不议他亲。
	遂特来判此一郡，今日见协骨恁嗔。
	来命君，来命君。
	欲要介和，浑没个因。
谭节使	（唱）【同前】
	洒出自相公庇，论人情常是美。
	见说一女已倾弃，人道却有一女奇。
	若是时，若是时，却当与君，作个道理。
堂后官	（唱）【同前】

		那丝鞭刺在马前,再三教接不接那鞭。
		胜花娘子早赴黄泉。
		若得再合出自大贤。
合	(唱)	缺又圆,缺又圆,却与后人,作个话传。
谭节使		姻缘姻缘,事非偶然。容洒一面禀及相公,不到不得。
张 协		若沐周全,不胜万幸!
堂后官		夫人公相绝埋冤。
谭节使		得女今番嫁状元。
张 协		花若有情花不谢。
合		月如无恨月重圆。
		〔并下。

第五十一出

〔王德用、堂后官上。

王德用	相识满天下,知心能几人。梓州郡官员,我所重者,只谭使一人。
堂后官	不知相公说甚底?
王德用	我说谭节使。
堂后官	如何?
王德用	那关西人最直。
	〔谭节使上。
堂后官	请,请。
王德用	谁?
堂后官	谭节使。

王德用	请来。
谭节使	（唱）【引番子】
	即刻共惟，判府相公。
	有少事，特欲来相议，见夫人只怕失礼。
王德用	（唱）唤我儿和夫人至，出来这里，休要致疑。
合	（唱）既是亲戚，亲戚不妨对席。
王夫人	（唱）【同前】
	闻道是关西，老将太尉。
谭节使	（唱）本不敢，直入来谒见，托在同官，又是亲戚。
	请郡主出来这里，听洒拜启，休要致疑。（合同前）

〔王贫女上。

王贫女	（唱）【同前】
	徐步金莲，款款步砌。
王夫人 王德用	（合唱）这老将，却是我亲戚。
王贫女	（唱）万福不罪，未及参侍。
谭节使	（唱）这郡主洒不曾见，生得恁奇，休要致疑。（合同前）
谭节使	三关四角场，沿边地十八寨，人头厮钉，热血厮泼，是洒所知之事。这事不当洒说，既托亲戚，只得冒犯。
王德用	请坐。
谭节使	不须坐。
王德用	不知节使有何事件？
谭节使	只说张状元有犯钧严，特委洒来介和。
王夫人	（唱）【浆水令】
	告莫说张状元，才说后泪涟涟。
王德用	（唱）自古及今招驸马，
合	（唱）没妻底，定接鞭。

王德用	（唱）敢来将我女儿嫌，致令半载病厌厌。
合	（唱）忒福薄，缘分悭。
王夫人	（唱）谁信我女心肠变，日夜日夜忧更煎。 　　　　蓦忽蓦忽命赴黄泉。
谭节使	（唱）【同前】 　　　　洒特特来拜侍。
王夫人 王德用	（合唱）方知道是不弃。
谭节使	（唱）望君息取雷霆威。
王夫人 王德用	（合唱）公不妨，自说取。
谭节使	（唱）状元张协望钧庇，洒欲冒渎敢乞不罪。
王夫人 王德用	（合唱）公有命，不敢违。
谭节使	（唱）洒岂知公有女，情愿情愿甘做媒。
王夫人 王德用	（合唱）公意公意要与和议。
王德用	（唱）【同前】 　　　　细寻思常怒起。
合	（唱）因它后丧一女儿。
王夫人 王德用	（合唱）这一女吾最喜，温柔中，更兼貌美。
王德用	（唱）状元张协改前非，敢将此女与做夫妻。
谭节使	（唱）蒙恩许。
王夫人 王德用	（合唱）不敢违。
谭节使	（唱）不枉教他成一对。

王德用	（唱）我女我女还怎底？汝意汝意有甚言语。
王贫女	（唱）【同前】
	怕奴家福分悭。
合	（唱）夫妻事是前缘。
王贫女	（唱）看爹妈心意转。
合	（唱）只此是良言。
王贫女	（唱）感得提携谢英贤，状元注定与奴团圆。
	深拜蒙爱怜，前世已曾成姻眷。
	奴荷奴荷公意坚。
合	（唱）克日克日与效鹣鹣。
王德用	三杯合大道，且通自然。郡斋少款片时。
谭节使	深扰夫人与相公。
王德用	尽欢何苦恁匆匆。
王夫人	直待舞低杨柳楼心月。
合	歌罢桃花扇底风。

〔并下。

第五十二出

〔张协、堂后官、谭节使上。

张协　　（唱）【红芍药】

才宴罢琼林，出东华门外，

彩楼直下刺丝鞭，将谓喜欢接取。

张协此心不在彼，只欲要耀吾闾里。

岂知接取相公冤，今日尚不已。

堂后官	一手不能拍,两手鸣获获。覆金判:今日得谭节使……
张　协	相公有甚言语?
堂后官	谭太尉三杯已罢,兀底便来。
	(谭节使在戏房作马嘶)
谭节使	看官底各人两贯酒钱。谢颁赐!喏、喏、喏!
堂后官	都是你一个。请,请。
谭节使	即日共惟,台候万福!
堂后官	甚般寒暄?
张　协	不必讲礼。凡事得沐周庇!
谭节使	好个青铜镜,分明不会磨。
堂后官	这是你本事。
谭节使	相公女儿,尊官怎地不要?洒又见相公女孩儿,生得好!生得好!
张　协	又有一女,生得如何?
谭节使	有脚有手,也会行,也会走,也有鼻头也有口。
堂后官	没她须不成人。
谭节使	咦!后项亲事,料想必成,汝去选日便匹偶。
堂后官	领钧旨。
谭节使	这回选日事周全。
堂后官	郡主依然嫁状元。
张　协	正是酒中曾得道。
合	犹如花里遇神仙。
谭节使	(唱)【生姜牙】
	洒亲曾见,谩致疑。
	目下免得相轻视,目下料得没言语。
	孩儿甚般价,多殊丽。
合	(唱)五百年前是姻缘,君今打合成一对。

张　协　　　（唱）【同前】

　　　　　　　　初不道，事恁地。
　　　　　　　　一心自欲荣闾里，一心又欲多殊翠。
　　　　　　　　谁知公相，成嗔讳。（合同前）

谭节使　　　（唱）【同前】

　　　　　　　　这孩儿出，步恁迟。
　　　　　　　　天生似玉肌肤腻，天生又得为夫婿。
　　　　　　　　今番且免，争闲气。（合同前）

张　协　　　（唱）【同前】

　　　　　　　　非公如是，事怎底？
　　　　　　　　今番定做风流婿，今番且免鸳鸯折。
　　　　　　　　便教选日，成匹配。（合同前）

谭节使　　　相公今日笑颜开。
张　协　　　非是尊官事未谐。
谭节使　　　万事不由人计较。
合　　　　　算来都是命安排。
　　　　　　〔并下。

第五十三出

〔王德用、堂后官上。

堂后官　　　（把伞）取火和烟得，担泉带月归。谁知赫王相公又有一个女儿，今日日子好，相公出百万贯妆奁，嫁取张状元。毕竟是有福有分。正是：罗绮相随罗绮去，布衣逐着布衣流。

王德用	（拖花幞头）绰开开，花幞头来。
堂后官	好花幞头！轻红簇簇，魏紫间妆。姚黄开蕊，堆白天香。俏如雪儿，引得游蜂和粉蝶，双双飞过粉墙来。
王德用	你是干办，不当抬伞。你把着花幞头，我与你抬伞。
堂后官	方才是弟兄。（末拖幞头、丑抬伞）正是打鼓弄琵琶，合着两会家。
王德用	（舞伞介，唱）【斗双鸡】
	幞头儿，幞头儿，甚般价好。
	花儿闹，花儿闹，佐得恁巧。
	伞儿簇得绝妙，刺起恁地高，风儿又飘。
堂后官	（唱）好似傀儡棚前，一个鲍老。
	幞头称面簇奇葩。
王德用	试看荷衣貌愈佳。
堂后官	万绿枝头红一点。
合	动人春色不须多。
	〔并下。
	〔净上。
净	（执灯笼乐器）遥观孔雀画屏开，无限姐娥拥大才。一派笙箫嘹亮处，神仙误入小蓬莱。
	（喝）绰开！绰开！天下状元来。两行红袖列朱门，便是神仙未足论。彩丝织成花世界，香花吹散锦乾坤。
	〔净下。
	〔张协、堂后官上。
张协	（巾裹，唱）【紫苏丸】
	蓬莱路不远，两情休怨夤缘浅。
	只听得丝竹管弦声，料今宵得遂鸳鸯愿。
堂后官	请，请。赫王相公请状元相见。

〔王德用、王夫人上。

张　　协　（唱）【迎仙客】

　　　　　　　　谁信道，是姻缘，即日蒙恩贺万全。

王德用　（唱）记年时，不接那鞭，怎知今日，又还为姻眷。

张　　协　（唱）【同前】

　　　　　　　　协冒渎，望周全，到此谁知月再圆。

王夫人　（唱）我女复嫁张状元，这番辐辏，两情福非浅。

〔王夫人、王贫女、野方上。

王夫人　（唱）【幽花子】

　　　　　　　　盖头试待都揭起。

野　　方　（唱）春胜也不须留住。

合　　　　（唱）天生缘分克定，好一对夫妻。

王贫女　（唱）张协记得斩却奴一臂？如今怎得成匹配！

　　　　　（王德用绰住）

王夫人　（唱）爹爹息怒，听取我儿拜启。

张　　协　（唱）【同前换头】

　　　　　　　　雄威暂息，听取张协，禀许多详细。

王夫人　（唱）孩儿你说破他何亏负？

王贫女　（唱）启初张协被贼劫尽，庙中来投睡。

　　　　　　　　一查击损，奴供乃衣乃食。

　　　　　　　　续得遂成姻契，及第怎接丝鞭娶别底？

合　　　　（唱）【同前】

　　　　　　　　既当初已得做夫妻，今日天教重会。

　　　　　　　　休得要恁说，目前事不是。

王贫女　（唱）卖头发相助到京畿，一举鳌头及第。

　　　　　　　　教门子打出，临了斩一臂。

王夫人　（唱）【和佛儿】

	贤既晓文墨不当恁地。
合	（唱）没道理！
王德用	（唱）她是你妻儿怎抛弃？
合	（唱）娶别底。
张　协	（唱）张协本意无心娶你，在穷途身自不由己。 况天寒举目又无亲，乱与伊家相聚。
合	（唱）听着你恁说，读书人甚张志！
	〔净作李大婆上。
李大婆	（唱）【红绣鞋】 状元与婆婆施礼。
合	（唱）不易。
张　协	（唱）婆婆忘了你容仪。
合	（唱）谁氏？
李大婆	（唱）李大公，那婆婆，随娘子去，弃了儿女。 施粉朱，来到此处，如何认不得？
王贫女	（唱）【越恁好】 大公家里，有万千恩共义。
合	（唱）都休要恁说，交欢处饮三杯。
王德用	（唱）从今两情如鱼似水。日前那怨语，
合	（唱）如今尽撇在东流水，如今尽撇在东流水。
王夫人	（唱）【同前】 好儿好女，两情厮绾系。
合	（唱）如鸾凤对双飞，都夸道郑州梨。
李大婆	（唱）当初许我青铜镜儿，今番定有，一面也买归家里， 百面也得归家里。
张　协 王贫女	古庙相逢结契姻。

王德用	才登甲第没前程。
李大婆	梓州重合鸾凤偶。
堂后官	一段姻缘冠古今。

〔剧终〕

宦门子弟错立身

提要：金代河南府宦门子弟完颜寿马（延寿马）喜爱戏曲，并爱上了从山东东平府来演出的散乐艺人王金榜。其父河南同知完颜永康望子成龙，不仅赶走了艺人王金榜，还将完颜寿马锁了起来。完颜寿马并不屈服，竟离家出走。他四处寻访走江湖的王家戏班，终于找到了王金榜，接受了班主的种种考核而被吸收到戏班，做了一名冲州撞府流浪卖艺的戏曲演员。后来在一次被官府唤去演出时，他意外地见到了廉政访察的父亲，父亲不得不承认他的婚事，最终合家团圆。

赏析：《宦门子弟错立身》是元代南戏作品，与《张协状元》《小孙屠》同为《永乐大典》保留下来的罕见的戏曲珍品，距今已有八百余年的历史，是中国迄今所发现的最早的一批古代戏曲剧本之一，在中国戏曲发展史上占有非常重要的地位，是研究中国古代戏曲的重要史料，有着"戏曲活化石"般的意义。

《宦》戏文存世仅十四出，却上演了一段惊世骇俗的恋情。剧作虽然写于八百多年前，剧情却极具现代味。完颜寿马是"积世簪缨，家传宦门之裔"，祖父是宰相、父亲是同知，是典型的女真贵族宦门子弟。父亲指望他"背紫腰金",他却对散乐杂剧格外喜爱,并因此爱上了散乐艺人王金榜:"乍惊喜,勾栏遇红颜。"一见钟情是古代爱情故事的经典范式,完颜寿马对王金榜的一见钟情却并非如此简单。他固然迷恋她"有如三十三天天上女,七十二洞洞中仙""鹊飞顶上,尤如仙子下瑶池;兔走身边,不若姮娥离月殿"的美貌,但更多的是对她"你那歌唱有韵有律,你那旋舞振荡空溟"演剧技艺的赞赏与折服。在与王金榜书房相会两人互诉衷情之际,他还念念不忘互相切磋演剧技艺"你把这时行的传奇,你从头与我再温习""你带得掌记来,敷演一番!"可见完颜寿马对戏曲艺术迷恋程度之深。也正是因为他如此倾心于戏曲的观演,他对王金榜的爱情才超越了外表的"赏心悦目"和庸常的男女之情。王金榜对完颜寿马而言不仅是相互爱恋的生活伴侣,更是今生来世心灵相通的人生知己。在"追寻"一场戏中,完颜寿马自问自答了对王金榜爱恋的原因:那并非是"佳人小姐司空见惯,爱个新奇",而是"唱念做舞之间有个魂灵儿"。这种由好"色"而到爱"艺"的转变使本剧跳出了"郎才女貌"的传统范式,超越了一见钟情的陈腐窠臼。

完颜寿马和王金榜之间身份悬殊,可是这位宦门子弟却完全不在乎这些。遭到父亲反对时,他以死相争:"只因痴迷,与王金榜同谐比翼。谁知被我爹捉住,拆散了鸳侣。情人去也不见踪,我如今在此无依倚。免不得寻个死处,免不得寻个死处。"为了追求所爱,他抱定了"一意随她去,情愿为路岐"的决心,"功名不恋待何如?拚却和伊抛故里",不惜放弃一切身份、地位和优越的生活,追随心上人而去。浪迹江湖的延寿马千金散尽,"马儿换了驴儿,驴儿又换成了步儿",两袖担风,身无分文。他决心抹土搽灰,向流浪艺人学《眼药酸》《哑背疯》等杂剧技艺,投身戏曲表演。历尽磨难后完颜寿马终于追赶上王家戏班,与爱人流浪街头、卖艺为生。

本剧以一个"错"字巧妙地否定了与"孝悌"和"媒妁"紧紧相

连的传统爱情观念。"错立身"看似是对反传统爱情观念的贬责,实则是对这种新型爱情观的赞赏。故事最后虽然也是以夫妻、父子大团圆结局,但有别于那种夫贵妻荣的公式,而是父亲向儿子作了妥协,儿子是真正的胜利者。完颜寿马抗衡家庭权威、蔑视富贵地位、彻底颠覆门第观念,哪怕一无所有也要执着追寻自己理想和爱情的精神,极富有现代气质。难怪戏剧家们评论说:"《宦门子弟错立身》是金朝的现代戏""该剧摆在世界戏剧群里和莫里哀、莎士比亚相比,也毫无逊色。"

《宦》剧还保留了大量早期南戏民间艺人和戏班的珍贵史料。比如早期南戏有记录剧本的"掌记"。流浪街头的完颜寿马竞聘演员时说:"我能添插更疾,一管笔如飞。真字能抄掌记,更压着御京书会。"掌记是戏曲艺人用来抄写戏曲脚本的手册,掌记的出现,方便了戏曲艺人记忆戏文进行戏曲演出,成为记录戏文的一种方式。早期南戏戏班演出之前有宣传"招子",如本剧第四出王金榜母亲赵茜梅的念白"今早挂了招子,不免叫出孩儿来,商量明日杂剧。孩儿过来"。可见"招子"相当于现代社会中出现在大街小巷的海报,在宣传戏剧演出方面发挥着重大作用。艺人技艺娴熟高超,第五出中王金榜不仅一口气报出 29 个剧目名称,完颜寿马还夸赞她"戏弄之中,尽是人情世态,也有百种精神,弄戏之时,唱做舞韵之间有个魂灵儿"。《宦》剧这部历久弥新、颇具时尚意味的反传统爱情传奇,体现了中国早期民间戏曲的清新和质朴,让不同时代的人们体味着这种以"人"的价值为标准的爱情观念的真善美。

宦门子弟错立身

[北宋] 古杭才人

题目:

  冲州撞府妆旦色 走南投北俏郎君
  戾家行院学踏爨 宦门子弟错立身

人物表：

王 金 榜	旦扮演，散乐艺人，与延寿马相爱。
延 寿 马	生扮演，金代河南府宦门子弟，喜爱戏曲，爱上散乐艺人王金榜。父亲阻拦，离家出走，成为一名冲州撞府流浪卖艺的戏曲演员。
完颜同知	外扮演，延寿马之父，先阻挠其子与王金榜结合，后来同意。
老 都 管	净扮演
下人、王恩深	末扮演

版本出处：钱南扬校注，《永乐大典戏文三种校注》中华书局，1979 年 10 月。

校 对 人：辛晨曦

第一出

〔副末上。

副　末　　（唱）【鹧鸪天】

　　　　　　完颜寿马住西京，风流慷慨煞惺惺。
　　　　　　因迷散乐王金榜，致使爹爹捍离门。
　　　　　　为路岐，恋佳人，金珠使尽没分文。
　　　　　　贤每雅静看敷演：《宦门子弟错立身》。

〔副末下。

第二出

〔延寿马上。

延寿马　　（唱）【粉蝶儿】

　　　　　　积世簪缨，家传宦门之裔，更那堪富豪之后。
　　　　　　看诗书，观史记，无心雅丽。
　　　　　　乐声平，无非四时佳致。

自家一生豪放，半世疏狂。翰苑文章，万斛珠玑停腕下；词林风月，一丛花锦聚胸中。神仪似霁月清风，雅貌如碧梧翠竹。拈花摘草，风流不让柳耆卿；咏月嘲风，文赋敢欺杜陵老。自家延寿马的便是。父亲是女真人氏，见任河南府完颜同知。前日有东平散乐王金榜，来这里做场。看了这妇人,有如三十三天天上女,七十二洞洞中仙。有沉鱼落雁之容,闭月羞花之貌。鹊飞顶上,尤如仙子下瑶池;兔走身边,不若姮娥离月殿。近日来与小生有一班半点之事,争奈撇不下此妇人。如今瞒着我爹爹,叫左右请她来书院中,再整前欢,多少是好!左右过来。

〔下人上。

下　人　厅上一呼,阶下百诺。

延寿马　(延寿马分付叫去介)(唱)【一封书】

伊且住试听:

唤取多娇金榜来,书房内等待。

休道侯门深似海,说与婆婆休虑猜,

只道家中管待客。

展华筵,已安排,是必教它疾快来。

下　人　(唱)【同前】

哥哥听拜禀:

她是伶伶一妇人,何须恁用心,谩终朝愁闷倾。

若要和它同共枕,恐怕你爹行生嗔。

那时节,悔无因,玷辱家门豪富人。

延寿马　你不去时,与我叫过狗儿都管过来。(下人叫老都管)

〔老都管上。

老都管　(唱)【七精令】

相公不在家里,老汉心下欢喜。

看官不认是阿谁?我是一个佗背乌龟。

从小在府里,合家见我喜。相公常使唤,凡事知就里。

如今年纪大,又来服侍你。若论我做皮条,真个是无比。

若是说不肯,一顿打出屎。

下　人　都管,舍人唤你。(老都管介、去介、见介)

延寿马	你如今和我去勾栏内打唤王金榜，来书院中与她说话。
老都管	去不妨，只怕相公得知连累我。（延寿马介）
延寿马	我有言语。（延寿马介）
老都管	自家是老都管，吃饭便要满。要我做皮条，酒肉要你管。舍人使唤我，请甚王金榜。相公若知道，打你娘个本。妇人剃了别，舍人割了卵。（下人收介）
延寿马	你且急去莫迟疑，
	我每等候在书帏。
老都管	小姐若还不来后，
	你在床上弄寮儿。

〔老都管与延寿马、下人并下。

第三出

〔完颜同知上。

完颜同知 （唱）【梁州令】

深感吾皇赐重职，官名播西京。

但一心中政煞公平，清如水，明如镜，亮如冰。

但老夫身居女真，掌判西京。父为宰执当朝，累代簪缨之裔。说家法过如司马，掌王条胜似庞涓。解使吏如秋夜月，人在镜中行。老夫见任西京河南府完颜同知。家中有一子延寿马，每日教他攻书。这几日老夫不曾到他书院中，早上已曾分付狗儿，监督孩儿，不教他胡走。若有些不到处，不当稳便。如今不免亲去分付一遭，却去坐衙。

正是：行处莫教高喝道，恐惊林外野人家。

〔完颜同知下。

第四出

〔赵茜梅上。

赵茜梅 （唱）【紫苏丸】

伶伦门户曾经历，

早不觉鬓发霜侵。

孩儿一个干家门，

算来总是前生定。

老身幼习伶伦，生居散乐。曲按宫商知格调，词通大道入禅机。老身赵茜梅，如今年纪老大，只靠一女王金榜，作场为活。本是东平府人氏，如今将孩儿到河南府作场多日。今早挂了招子，不免叫出孩儿来，商量明日杂剧。孩儿过来。

〔王金榜上。

王金榜 （唱）【紫苏丸】

奴家年少正青春，

占州城煞有声名。

把梨园格范尽番腾，

当场敷演人钦敬。

娘万福！

赵茜梅 孩儿，叫你去来，别无甚事，只为衣饭，明日做甚杂剧？

王金榜 奴家今日身已不快，懒去勾栏里去。

赵茜梅　　　你爹爹去收拾去了。

王金榜　　　我身已不快，去不得。

赵茜梅　　　（唱）【桂枝香】

　　　　　　　孩儿听启，疾忙收拾。

　　　　　　　侵早已挂了招子，你却百般推抵。

　　　　　　　又不知你每，生着何意？

　　　　　　　生着何意？教娘呕气。

　　　　　　　靠着你，这的是求衣饭，不成误了看的。

王金榜　　　（唱）【同前】

　　　　　　　娘行听启，孩儿说与。

　　　　　　　如今病染着身，岂是奴家推抵。

　　　　　　　你只管苦苦，将人催逼，将人催逼教奴怎地。

　　　　　　　娘，尽教它，任取红轮坠，尤它误看的。

〔王恩深上。

王恩深　　　（唱）【同上】

　　　　　　　勾栏收拾，家中怎地？

　　　　　　　莫是我的孩儿，想是官身出去？

　　　　　　　你娘儿两个，休闲争气，休闲争气。

　　　　　　　婆婆且住，听说与：阵马挨楼满，不成误看的。

〔老都管上。

老都管　　　（唱）【同上】

　　　　　　　适蒙台旨，教咱来至。

　　　　　　　如今到得它家，相公安排筵席。

　　　　　　　勾栏罢却，勾栏罢却。

　　　　　　　休得收拾，疾忙前去，莫迟疑。

　　　　　　　你莫胡言语，我和你也棘赤。

赵茜梅　　　真个是相公唤不是？（与王恩深同念）

老都管	终不成我胡说！
王金榜	去又不得，不去又不得。
王恩深	孩儿与老都管先去，我收拾砌末恰来。
老都管	不要砌末，只要小唱。
王恩深	（合）恁地，孩儿先去。我去勾栏里散了看的，却来望你。
赵茜梅	孩儿此去莫从容，
	相公排筵画堂中。
王金榜	情到不堪回首处。
合	一齐分付与东风。

〔王金榜、王恩深、赵茜梅、老都管并下。

第五出

〔延寿马上。

延寿马　（唱）【醉落魄】
　　　　　　　令人去久传音耗，至今不到。

〔老都管上。

老都管	心忙意急归来报。

〔王金榜上。

王金榜	得见情人，心下称怀抱。（相见介）
延寿马	你一似萧何不赴宴，你好难请。
王金榜	害瞎的去寻羊，小哥，你好难得见。
老都管	悲秋生在脊梁上，你好难入。
延寿马	小姐，两日不见你。
王金榜	我要来你处，又怕相公知道。

延寿马	我瞒了相公，教他来请你，来书院中说些话。
王金榜	（唱）【赏花时】

憔悴容颜只为你，每日在书房攻甚诗书！

延寿马	（唱）闲话且休提，你把这时行的传奇，
王金榜	看掌记。
延寿马	（延寿马连唱）你从头与我再温习。
王金榜	你直待要唱曲，相公知道，不是要处。
延寿马	不妨，你带得掌记来，敷演一番。
王金榜	这里有分付：

（老都管看门介）

王金榜　　（唱）【排歌】

听说因依，其中就里：

一个负心王魁；孟姜女千里送寒衣；

脱像云卿鬼做媒；鸳鸯会，卓氏女；

郭华因为买胭脂，琼莲女，船浪举，

临江驿内再相会。

（唱）【哪吒令】

这一本传奇，是《周亭太尉》；

这一本传奇，是《崔护觅水》；

这一本传奇，是《秋胡戏妻》；

这一本是《关大王独赴单刀会》；

这一本是《马践杨妃》。

（唱）【排歌】

柳耆卿，《栾城驿》；

张珙《西厢记》；

《杀狗劝夫婿》；

《京娘四不知》；

张协斩贫女；

《乐昌公主》；

墙头马上掷青梅，

锦香亭上赋新诗，

契合皆因手帕儿；

洪和尚，错下书；

吕蒙正《风雪破窑记》；

杨寔遇，韩琼儿；

冤冤相报《赵氏孤儿》。

（唱）【鹊踏枝】

刘先主，跳檀溪；

雷轰了荐福碑；

丙吉教子立起宣帝；

老莱子斑衣；

包待制上陈州粜米；

这一本是《孟母三移》。

延寿马 （唱）【乐安神】

一从当日，心中指望燕莺期。

功名不恋待何如？拚却和伊抛故里。

不图身富贵，不去苦攻书，但只教两眉舒。

（唱）【六么序】

一意随它去，情愿为路岐。

管甚么抹土搽灰，折莫擂鼓吹笛，点拗收拾。

更温习几本杂剧，问甚么妆孤扮末诸般会，

更哪堪会跳索扑旗。

只得同欢共乐同鸳被，冲州撞府，求衣觅食。

（唱）【尾声】

　　　　　　我和你同心意，愿得百岁镇相随，尽老今生不暂离。
（老都管介）
〔完颜同知上。

完颜同知　　隔墙犹有耳，窗外岂无人。老夫几日不曾到书院中。（介）
　　　　　　（见老都管介）（王金榜闪介）（先见王金榜介）（骂介）
　　　　　　（唱）【锁南枝】
　　　　　　　　泼禽兽，没道理！
　　　　　　　　书院中怎不攻文艺？
　　　　　　　　指望你背紫腰金，怎知你不成器！
　　　　　　　　因甚底，来这里？
　　　　　　　　便与我，捍出去！

延寿马　　　（唱）【同前换头】
　　　　　　　　爹爹听咨启：孩儿又怎知？
　　　　　　　　正在书房中独坐，忽见狗儿都管，与她同来至。
　　　　　　　　我问她，只因甚的？
　　　　　　　　她说道是爹爹，唤她至。

王金榜　　　（唱）【同前】
　　　　　　　　相公听，奴拜启：
　　　　　　　　他说道相公排宴会，特地唤取奴，来到这书房里。
　　　　　　　　谁信道，都是计。
　　　　　　　　智赚奴，望容恕。

老都管　　　（唱）【同前换头】
　　　　　　　　思量老奴婢，只是怨恨你，两个将咱连累。
　　　　　　　　如今打得我，浑身上下都麻痹。
　　　　　　　　要把刀，割下腿。
　　　　　　　　告相公：沙八赤。

完颜同知　　当初望你攻书，已后为官，今日划地如此做作？左右哪里！

〔王恩深上。

王恩深 有福之人人服侍，无福之人服侍人。

完颜同知 你速去唤散乐王恩深来。

王恩深 理会得。一心忙似箭，两脚走如飞。

〔王恩深下。

〔赵茜梅改扮上。

赵茜梅 威声如霹雳，人命若尘埃。不知相公那里有甚事？去走一遭。（见完颜同知介）（完颜同知说付介）

完颜同知 你今夜快与我收拾去，不许在此住。明日早□①若见你在此，那时节别有施行。老都管，如今这小畜生锁在家中，不许顺情。明日慢慢问这厮。

〔老都管、延寿马先下。

完颜同知 （完颜同知说王恩深、赵茜梅介）你明日若不去时，教你从前作过事，没兴一齐来。

〔完颜同知下。

王恩深 （王恩深、赵茜梅商量介）万事不由人计较，一生都是命安排。

〔王恩深、赵茜梅下。

第六出

〔老都管、延寿马上。

延寿马 自家骨肉尚如此，何况区区陌路人。老都管，我爹爹把

---

① 此处缺失一个字。

老都管	舍人，自古道：千日在泥，不如一日在世。不如收拾些金银为路费，往别处去住几时，别作商量。等相公气息，再回来不迟。不强如死了。（延寿马介）
延寿马	（唱）【玉交枝】

    我如此禁持，我那妇人昨夜捍将去了，我要性命何用？不如寻个死去。

老都管　舍人，自古道：千日在泥，不如一日在世。不如收拾些金银为路费，往别处去住几时，别作商量。等相公气息，再回来不迟。不强如死了。（延寿马介）

延寿马　（唱）【玉交枝】

  只因痴迷，与王金榜同谐比翼。

  谁知被我爹捉住，拆散了鸳侣。

  情人去也不见踪，我如今在此无依倚。

  免不得寻个死处，免不得寻个死处。

老都管　（唱）【同前】

  略听说与，丧残生一命可惜。

  若还放得伊家去，恐把我每连累。

  寻思你去真惨凄，只得与你耽着罪。

  到前途作个道理，到前途作个道理。

延寿马　惟有感恩并积恨，万年千载不成尘。

〔延寿马、老都管下。

第七出

〔完颜同知上。

完颜同知　（唱）【西地锦】

  当职心怀公正，更名播朝廷。

  从官判断无私曲，管民乐升平。

  但存公道正，何必问前程。（提儿子介）左右过来。

〔老都管、下人上。

下　人　　一封天子诏，四海状元心。圣旨宣唤，疾速来朝！

完颜同知　老都管，如今孩儿不知去向，又蒙圣旨宣唤河南采访。一面打听孩儿消息。

老都管　　相公放心，小人在家看管，一就打听舍人消息。

（下人请完颜同知快去介）

完颜同知　路上有花并有酒，一程分作两程行。

〔完颜同知、老都管下。

第八出

〔老都管上。

老都管　（唱）（提行路）……。

（白）……。

（注①）

第九出

〔上，唱。（注②）

（唱）【八声甘州】

---

① 本出原文丢失。

② 本处原文丢失。

　　　　　　子规两三声，劝道不如归去，羁旅伤情。
　　　　　　花残莺老，虚度几多芳春。
　　　　　　家乡万里，烟水万重，奈隔断鳞鸿无处寻。
　　　　　　一身，似雪里杨花飞轻。
　　　〔王金榜上。

王金榜　　（唱）【同前换头】
　　　　　　艰辛，登山渡水，见夕阳西下，玉兔东生。
　　　　　　牧童吹笛，惊动暮鸦投林。
　　　　　　残霞散绮，新月渐明，望隐隐奇峰锁暮云。
　　　　　　泠泠，见溪水围绕孤村。
　　　〔王恩深上。

王恩深　　（唱）【解三酲】
　　　　　　奈行程路途劳顿，到黄昏转添愁闷。
　　　　　　山回路僻人绝影，不觉长叹两三声。

王金榜　　（唱）望断天涯无故人，便做铁打心肠珠泪倾。
　　　　　　只伤着，蝇头微利，蜗角虚名。

赵茜梅　　（唱）【同前换头】
　　　　　　向村庄上借宿安此身，只邮孤馆萧条局。

王金榜　　（唱）想村醪易醒愁难醒。
　　　　　　暗思昔情人，临风对月欢娱频宴饮，转教我添愁离恨。
　　　　　　您今宵里，孤衾展转，谁与安存？
　　　　　　（唱）【尾声】
　　　　　　且宽心，休忧闷。
　　　　　　放怀款款慢登程，借宿今宵安此身。(地铺介)……。①

---

① 本处原文丢失。

第十出

〔延寿马上。

延寿马　（唱）【江和水】

　　离了家乡里，奔路途。

　　不知她在何州住？使我心中添愁闷。

　　闪得我今日成孤另，渡水登山劳顿。

　　未知何日，再与多情欢会？

　　一似和针吞却线，刺人肠肚系人心。

〔延寿马下。

第十一出

〔王恩深上。

王恩深　买卖归来汗未消，上床犹自想来朝。老汉在河南府做场只为完颜同知舍人延寿马，与我孩儿有些……（介）（捍去介）（说收拾介）……不将辛苦艺，难赚世间财。

〔王恩深下。

第十二出

〔延寿马上。

延寿马 （唱）【越调斗鹌鹑】

被父母禁持，投东摸西，将一个表子依随。

走南跳北，典了衣服，卖了马匹。

尖担儿两头脱，闪得我孤身三不归。

空滴溜下老大小荷包，猛杀了镔丁锃底。

（唱）【紫花儿序】

似这般失业，似这般逐浪随波，忍冷耽饥。

来到这围墙直下，柳树周回，向这河中掬的长流水，

洗了面皮。

掠得我鬓发伶俐，

着些个吐津儿润了，拨浪便入城池。（看招子介）

且入茶坊里，问个端的。茶博士过来。

〔王恩深上。

王恩深 茶迎三岛客，汤送五湖宾。（见延寿马介）

延寿马 作场。（分付请王金榜介）

〔王金榜上。

王金榜 （唱）【四国朝】

听得听得人呼唤，特特来此处。

（见延寿马不认介）

庄家调判，难看区老。

延寿马 老鼠咬了葫芦藤，小姐好快嘴。

王金榜	鹦鹉回言,这鸟敢来应口。
延寿马	耐打鼓儿,我较得你两片。
王金榜	你课牙比不得杜善甫,串仗却似郑元和。
延寿马	姐姐,使钱不问家豪富,风流不在着衣多。

     （唱）【驻云飞】

       你款步难抬,便做天仙难见你来。

       我把你相看待,它把我相捞坏。

       猜,缘何在花街,共人欢爱?

       说又不偢,骂又佯不采。

       正是本性难移山河易改,本性难移山河易改。

王金榜　　（唱）【同前】

       便做真龙,我也难从你逐浪波。

       讯口胡应和,译话吃不过。

       嗏,一面是旧特科,我把它瞧破。

       谁惯得如今,胆似天来大!

       你向咱行说个甚么?你向咱行说个甚么?

王恩深　　（唱）【同前】

       仔细思之,你是何人她是谁?

       姐姐多娇媚,你却身褴缕。

       嗏,模样似乞的,盖纸被。

       日里去街头,教他求衣食。

       夜里弯跧楼下睡。

延寿马　　（唱）【同前】

       覆水难收,一度思量珠泪流。

       指望长相守,谁信不成就。

王金榜　　（唱）嗏,一笔尽都勾,免吃僝僽。

       剪发拈香,共你同说咒。

覆水难收,一度思量珠泪流。
指望长相守,谁信不成就。

延寿马　　（唱）只恐你心中不应口，只恐你心中不应口。
〔赵茜梅上。
赵茜梅　　雁飞不到处，人被利名牵。合才勾栏散罢，对门茶店中叫孩儿去，不知甚人在哪里？如今走一遭。（见延寿马、王金榜介）（延寿马借衣介）（说关介）
王恩深　　不争你要来我家，我孩儿要招个做杂剧的。
延寿马　　（唱）【金蕉叶】
　　　　　　子这撇末区老赚，我学那刘耍和行踪步迹。
　　　　　　敢一个小哨儿喉咽韵美，我说散嗽咳呵如瓶贮水。
王恩深　　你会甚杂剧？
延寿马　　（唱）【鬼三台】
　　　　　　我做《朱砂担浮沤记》；
　　　　　　《关大王单刀会》；
　　　　　　做《管宁割席》破体儿；
　　　　　　《相府院》扮张飞；
　　　　　　《三夺槊》扮尉迟敬德；
　　　　　　做《陈驴儿风雪包待制》；
　　　　　　吃推勘《柳成错背妻》；
　　　　　　要扮宰相做《伊尹扶汤》；
　　　　　　学子弟做《螺蛳末泥》。
王恩深　　不嫁做杂剧的，只嫁个做院本的。
延寿马　　（唱）【调笑令】
　　　　　　我这囊体，不查梨，格样，全学贾校尉。
　　　　　　趁抢嘴脸天生会，偏宜抹土搽灰。
　　　　　　打一声哨子响半日，一会道牙牙小来来胡为。
王恩深　　你会做甚院本？
延寿马　　（唱）【圣药王】

　　　　　　更做《四不知》;《双斗医》;
　　　　　　更做《风流浪子两相宜》;
　　　　　　黄鲁直,《打得底》;《马明王村里会佳期》;
　　　　　　更做《搬运太湖石》。

王恩深　　都不招别的,只招写掌记的。

延寿马　　(唱)【麻郎儿】
　　　　　　我能添插更疾,一管笔如飞。
　　　　　　真字能抄掌记,更压着御京书会。

王恩深　　我要招个擂鼓吹笛的。

延寿马　　(唱)【幺篇】
　　　　　　我舞得,弹得唱得。
　　　　　　折莫大擂鼓吹笛,折莫大装神弄鬼,折莫特调当扑旗。

　　　　　　(唱)【天净沙】
　　　　　　我是宦门子弟,也做得您行院人家女婿。
　　　　　　做院本生点个《水母砌》,拴一个《少年游》,吃几
　　　　　　个掂心撅背。

王恩深　　当初他也曾好来,使了几锭钞,又是好人家儿郎。既然胡乱且招他在家,续后又别作道理。延寿马,我招你自招你,只怕你提不得杖鼓行头。

延寿马　　(唱)【尾声】
　　　　　　正不过沿村转庄,撞工耕地。
　　　　　　我若得妆旦色如鱼似水,背杖鼓有何羞!
　　　　　　提行头怕甚的!

王恩深　　既然如此,且教他回去,后日别作道理。
　　　　　　正是:万事不由人计较,算来都是命安排。
　　　　　〔延寿马、王金榜下。
　　　　　〔老都管、王恩深、赵茜梅吊场下。

第十三出

〔延寿马上。

延寿马 在家牙坠子，出路路岐人。（介）

（唱）【菊花新】

　　路岐岐路两悠悠，不到天涯未肯休。

　　这的是子弟下场头。

〔王金榜上。

王金榜 （唱）挑行李怎禁生受。

延寿马 （延寿马说关子介）（唱）【泣颜回】

　　撞府共冲州，遍走江湖之游。

　　身为女婿，只得忍耻含羞。

王金榜 （唱）伊家奈守，有衷肠，时伊难分剖，

　　怕爹娘捍逐前来，将奴家共君僝僽。

延寿马 （唱）【同前换头】

　　休休，提起泪交流，那更担儿说重心忧。

　　我亲朋知道，真个笑破人口。

王金榜 （唱）男儿到头，管终须，和你得成就。

　　那时节有月登楼，无花永不酌酒。

〔王恩深上。

王恩深 （唱）【扑灯蛾】

　　你们不三思，红日渐西流。

　　两人没来由，只管此迤逗。

延寿马 （唱）爹行听分剖：奈担儿难担生受，更驴儿不肯快走。

王金榜　　（唱）致令得，两人途路恁淹留。
〔赵茜梅上。
赵茜梅　　（唱）【同前】
　　　　　　孩儿离家去久，公公惑不度已。
　　　　　　泼畜生因甚底，缘何尚然落后！
王恩深　　（唱）婆婆住休，又何用唧唧啾啾，料不是冤家不就头。
　　　　　　且担着担儿，疾速向前走。
延寿马　　（唱）【尾声】
　　　　　　终须共你同鸳偶，事到头如今不自由，
　　　　　　那些个男儿得志秋。
　　　　　（白）路上有花并有酒，一程分作两程行。
〔王恩深、延寿马、赵茜梅、王金榜下。

第十四出

〔完颜同知、老都管上。
完颜同知　（唱）【菊花新】
　　　　　　深感当今圣主，恩赐金紫双鱼。
　　　　　　公心正直遍采访，治国安民，但愿得国泰岁时丰富。
（白）老夫苍颜皓首，身为重职。深感吾皇，赐金紫双鱼；托赖洪福；采访五湖四海。真个能教官吏如冰洁，解使民心似水清。六儿，我如今在此闷倦，你与我去叫大行院来，做些院本解闷。
（老都管叫介）
〔延寿马、王金榜、王恩深上。

（王恩深见完颜同知介）（完颜同知说关）（王恩深禀院本）（完颜同知打认说关子配合介）

完颜同知　（唱）【羽调排歌】

　　自从当日，不见我儿，心下镇长忧虑，

　　两眼长是泪双垂。

　　怎地孩儿为路岐？

合　（唱）今日里，得见你，焚香子父谢神祇。

　　它乡里，重会遇，夫妻百岁效于飞。

延寿马　（唱）【同前】

　　那日孩儿，私奔故里，历尽万山烟水。

　　途中寂寞痛伤悲，到了东平得见伊。（合同前）

王金榜　（唱）【三叠排歌】

　　告恩官，听拜启：

　　当日书房里，一意会佳期。

　　蓦忽撞着伊公相，一时见却怒起，令人星夜捍分离。

　　怎知道，今日做夫妻，谢得恩官作主议。……

〔王金榜、延寿马、完颜同知、老都管、王恩深下。

〔剧终〕

小孙屠

提要：主要写从良妓女贪淫破家的故事。宋京汴梁孙必达、孙必贵弟兄二人，哥哥是儒生，弟弟孙必贵以屠宰为业，人称"小孙屠"。孙必达娶妓女李琼梅为妻，李琼梅难挨空房，和老嫖客开封府令史朱邦杰合谋，杀死丫环梅香，割去首级，冒充李琼梅之尸，嫁祸孙必达杀妻，孙必达屈打成招。朱令史又诬陷小孙屠是"杀人正贼"，将其盆吊处死。幸而东岳泰山府君降甘雨，小孙屠复活。弟兄二人和梅香鬼魂共同抓住真正凶手。经过包公判断，公正了案。

赏析：南戏《小孙屠》在现存的《永乐大典》三本戏文中，时代最晚，主要表现在本戏的开场最接近明代传奇，音乐上吸收了不少北曲，出现了南北合套。从体制上看，《小孙屠》也不同于其他南戏剧本，篇幅简短，情节简略，正如郑振铎先生在《插图本中国文学史》中指出的："此剧(《小孙屠》)很短，至多只是相当于元人杂剧的一本。……全戏中说白极少，几乎唱句便是对白。"

《小孙屠》情节也受北曲杂剧的影响较多，兼有浪子妓女婚恋戏与"杀婢代妻"公案戏合二为一的特点。《小孙屠》"题目"："李琼梅设计丽春园，孙必达相会成夫妇。朱邦杰识法明犯法，遭盆吊没兴小孙屠。"整个"题目"前两句概括了剧作前半部：李琼梅设计卖酒为名得遇才子孙必达，一见钟情，孙必达帮其"落籍除名"从良，与之喜结良缘，俨然是才子妓女之恋的基本框架。后两句概括了下半部：奸妇李琼梅不忘旧情与朱令史通奸，奸夫奸妇合谋杀死婢女梅香，嫁祸孙必达兄弟，奸夫奸妇私奔，逍遥法外，小孙屠代兄遭盆吊，被神仙救活，孙家兄弟活捉奸夫奸妇，包拯法断，奸夫奸妇受到惩治。俨然是因奸杀人案。

从人物表现看，《小孙屠》是个写实的剧本。妓女李琼梅表现出人性的复杂性。李琼梅原为开封府上厅角妓（艺妓）。然而剧作并没有把李琼梅写成天生淫荡之辈，而是反复提到她"本是良人女"，只是"身不由己"，不幸"误落风尘"。风尘中的李琼梅盼望"遇个良人"，以便脱籍嫁人，过上正常人的生活。她是个有心计的妓女。《小孙屠》"题目"里"李琼梅设计丽春园"之"设计"，就是指她假借在开封西郊丽春园内以"沽卖香醪"为名，实则是借以"遇得个情人"（第三出）。汴梁儒生孙必达在游园活动中与她一见钟情。孙必达为其美色所迷，用大量金钱到管理妓籍的开封府上下打点，帮李琼梅脱离妓籍并娶为妻。婚后李琼梅深感寂寞，因丈夫"滞一盏酒"，与朋友聚饮连日不归，致使她"虚度良辰"。正在此时，旧相好令史小吏朱邦杰找上门来，李琼梅立刻与他打得火热。这就让我们看到了"从小流落在风尘"的生活经历在李琼梅的灵魂深处所留下的阴影，她与那些狂蜂浪蝶"姻缘未断"，人虽脱籍，心还留在花街柳巷，贪恋风流不惜设计杀婢嫁祸。

从主题上看，《小孙屠》具有较强的悲剧性。这首先体现在悲剧人物形象的塑造上。和我国古典戏曲中的其他悲剧性作品一样，《小孙屠》选择了社会地位卑微的小人物作为悲剧主人公。悲剧主人公孙必贵排行老二，且贱为屠夫，故名"小孙屠"。剧中以平视的视角对其进行审视和刻画，着重描写悲剧主人公在家庭日常生活中的行动，以平凡见伟大，以苦境写苦情。孙必贵孝敬老母、尊敬兄长。为了保护兄长，维护家庭，他先是对糊涂的兄长直言劝告，又持刀捕奸。哥哥下狱，他挺身替死，最终被朱邦杰盆吊而死，蒙受了冤屈和巨大的苦难。但他从不退缩，为能替兄长赴死而深感欣慰。他敢于同邪恶作斗争、勇于献身的精神，从顺境走向逆境的遭遇，让人潸然泪下，又令人肃然起敬。《小孙屠》的悲剧性还体现在戏剧冲突和情节结构上。《小孙屠》的冲突是强烈、惨酷的，这种悲剧性冲突虽未贯串全剧，但统摄了主要的剧情。钱南扬先生将《小孙屠》分为二十一出，直到最后一出包拯才出面惩恶扬善。尽管这一结局冲淡了悲剧激情，给人以抚慰，但全剧以悲苦为基调，悲剧性冲突一直贯串到第二十出，结尾的"亮色"不足以改变其悲剧属性。早期南戏大多杂有大量的插科打诨成分，但《小孙屠》虽有净角应工（媒婆、朱邦杰均由净扮），但却几乎没有插科打诨的成分，这也强化了剧作的悲剧性。

《小孙屠》所呈现出的独特的审美风貌，反映了早期南戏在发展中不断吸收营养、日趋成熟的特点，预示着戏曲发展的趋势。

小孙屠

古杭书会

题目：

李琼梅设计丽春园　　孙必达相会成夫妇

朱邦杰识法明犯法　　遭盆吊没兴小孙屠

人物表：

孙必达	生扮演，其父早亡，终日行乐，赎出官妓李琼梅，结为夫妇。
李琼梅	旦扮演，官妓，赎身后嫁于孙必达。后与朱邦杰私通，设计杀害梅香，嫁祸孙必达。
孙必贵	末扮演，孙必达弟弟，屠宰为生，人称小孙屠。
朱邦杰	净扮演，令史，与李琼梅私通。
孙　母	婆，孙必达、孙必贵之母。
官　员	外扮演，昏官，将孙必达屈打成招。
包　拯	开封府尹，重审冤案后，将李琼梅、朱邦杰二人押上街头凌迟，还孙家兄弟清白。
梅　香	李琼梅丫环，被朱邦杰杀害。
东岳泰山府君	地狱长官，帮助孙必贵复活。

版本出处：钱南扬校注，《永乐大典戏文三种校注》中华书局，1979年10月。

校对人：辛晨曦

第一出

〔末上。

末　　（白）【满庭芳】

　　　　白发相催，青春不再，劝君莫羡精神。
　　　　赏心乐事，乘兴莫因循。
　　　　浮世落花流水，镇长是会少离频。
　　　　须知道，转头吉梦，谁是百年人？
　　　　雍容弦诵罢，试追搜占传，往事闲凭。
　　　　想象梨园格范。编撰出乐府新声。
　　　　喧哗静。
　　　　伫看欢笑，和气蔼阳春。
　　　　后行子弟，不知敷演甚传奇？

〔众人上。

众　　（应）《遭盆吊没兴小孙屠》

末　　（白）【满庭芳】

　　　　昔日孙家，双名必达。花朝行乐春风。
　　　　琼梅李氏，卖酒亭上幸相逢。
　　　　从此娉为夫妇。
　　　　兄弟谋苦不相从。
　　　　因往外，琼梅水性，再续旧情浓。

　　　　暗去梅香首级，潜奔它处，夫主劳笼。
　　　　陷兄弟必贵，盆吊死郊中。
　　　　幸得天教再活，逢嫂妇说破狂踪。
　　　　三见鬼，一齐擒住，迢断在开封。
　　〔末下。

第二出

　　〔孙必达上。

孙必达　（唱）【粉蝶儿】
　　　　生长开封，诗书尽皆历遍，奈功名五行薄浅。
　　　　论荣华，随分有，称吾心愿。
　　　　且开怀，共诗朋酒侣欢宴。
　　一生不得文章力，欲上青天未有因。
　　圣朝不负男儿志，嫦娥为伴一枝春。
　　凤凰阁下颁诏礼，豹虎标中奋此身。
　　自叹绿袍难挂体，腰金衣紫是何人？
　　自家姓孙。双名必达，祖居开封。不幸家父先亡，堂上只有萱亲，年纪高迈；有兄弟孙必贵；至亲者只有三人。谢荷老天，可以安居。幸遇时丰岁稔，日霁风和。曾约几个朋友，因时行乐。如何不见来？
　　〔朱邦杰、孙必贵上。
　　（相见传问挨介）

孙必达　（唱）【惜奴娇】
　　　　同出西郊，听乳莺枝上，一声啼起。

	萦情惹恨，恰似报人明媚。
	偏宜，两两三三穿花去，载传樽酬乐意。
合	（唱）我共你趁此青春，日日宴酣，对花沉醉。
朱邦杰	（唱）【同前换头】
	欢聚。
	草嫩轻黄，弄丝丝暗织，素肠千缕。
	夭桃张锦，无烟禁火烧拔。
	凝觑，万卉争开春罗绮，步芳郊真得趣。
孙必贵	（唱）【锦衣香】
	见浪子，闲游戏。
	并艳质，闲游戏。
	都趁玉勒金鞍，共寻佳致。
	小桥芳草柳荫堤，鼎沸笙歌，随簪遗珥。
	玩江山景致，此身在画图里。
朱邦杰 孙必贵	（合唱）马嘶芳草地，粉蝶交飞。双双往来，游人如蚁。
孙必达	（唱）【同前】
	傍柳边莺飞，度小桥，临绿水。
	一簇魏紫姚黄，竞舒罗绮。
	海棠枝上染胭脂，是谁家院宇？
	燕子来去，引青春浪子，小苍头斗草携垒。
朱邦杰 孙必贵	（合唱）看双双秋千架起。粉墙阴笑声鼎沸。
朱邦杰 孙必贵	（合唱）【浆水令】
	四时中春光最美，共游赏更莫待迟。
	暖风逐日好天气，莫蹉跎过了，谩自伤悲。
	花深处，酒望垂，可惜解貂留佩。

　　　　　　同欢会,同欢会,同欢醉归。
　　　　　　扶归去,扶归去,带好花枝。
孙必达　　莫负媚景艳阳天。
朱邦杰　　拚却西郊使万钱。
孙必贵　　花谢尚有重开日。
合　人　　人老终无再少年。
　　　　〔并下。

第三出

〔李琼梅上。

李琼梅　　(唱)【破阵子】
　　　　　　自怜生来薄命,一身误落风尘。
　　　　　　多想前缘悭福分,
　　　　　　今世夫妻少至诚,何时得称心?

妾身是开封府上厅角妓李琼梅的便是。自恨身如柳絮,无情枉嫁东风。貌若春花,空吁白昼。几度沉吟弹粉泪,对人空滴悲多情。对此三春好景,就西郊这丽春园内沽卖香醪。一来趁时玩赏;二来恐遇得个情人,亦是天假其便。奴家身畔,只有一使唤梅香在此。就教它整顿酒器。正是:莺花尤怕春光老,不肯教人枉度春。

(唱)【破阵子】
　　　　　　天若怜人孤苦,令樽前遇个良人。

〔梅香上。

梅　香　　(接唱)满目春光堪遣兴,莫怨东风泪似倾,当垆自遣情。

李琼梅	此身不幸堕烟花。
梅　香	最苦春来越叹嗟。
李琼梅	（合）柳陌寻芳人似蚁，粉墙题恨字如鸦。
梅　香	
李琼梅	（唱）【渔家傲】

　　　　　　　长吁嗟辜负朱颜枉度春，
　　　　　　　愁听得别院垂杨，黄鹂数声。
　　　　　　　两眉暗锁新愁恨，自慵临鸾镜。
　　　　　　　奈天不早从人，镇常是泪雨愁云，
　　　　　　　对东风泪滴新愁间旧愁。

| 梅　香 | （唱）【剔银灯】 |

　　　　　　　春山映秋波暗动情，何须虑孤衾闲枕？
　　　　　　　香醪路远人沽饮，娇貌美风流厮称。
　　　　　　　日日，同欢共饮，尤强似嫦娥不嫁人。

| 李琼梅 | （唱）【地锦花】 |

　　　　　　　懒能临掠乌云鬓，慵点绛唇。
　　　　　　　对谩当垆效学文君。
　　　　　　　暗想文君，何时迎得知音？
　　　　　　　一片至诚心，奈何天也不由人。

| 李琼梅 | （合唱）【麻婆子】 |
| 梅　香 | |

　　　　　　　对景对景空题恨，赢得闷上心。
　　　　　　　止愁止愁青春过，年华暗逐人。
　　　　　　　殷勤回首问东君：桃花开谢逢春，
　　　　　　　怕奴容颜老，何时遇个人？

| 李琼梅 | 梅香，怕有赏春佳客来买酒，你与我安排了酒器，整顿则个。 |

〔梅香下。

〔孙必达、孙必贵、朱邦杰上。〕

合　　　　（唱）【水底鱼儿】

　　　　　　　柳绿花红，名园甲风景多。

　　　　　　　杏开如锦绣，天桃如喷火。

　　　　　　　王孙仕女，笑嘻嘻同宴乐。

　　　　　　　寻芳拾翠，拚倾杯沉醉呵。

（孙必达、孙必贵、朱邦杰相见行令介）

李琼梅　　（唱）【乔合笙】

　　　　　　　群花破蕊，破蕊红白竞妆，无限春光明媚。

　　　　　　　香醪韵恁奇，不须推拒。

孙必达
孙必贵　　（合唱）共陪笑语，君还有意，作画栏为花主。
朱邦杰

梅　香　　（唱）【同前】

　　　　　　　官人看取。

　　　　　　　看取蜂蝶对对，相逐花间游戏。

　　　　　　　何妨对此时，猛拚沉醉。

孙必达　　（唱）【忒忒令】

　　　　　　　燕呢喃雕梁上对语，未知它诉着何意？

　　　　　　　料应说着，衷肠如是：两个镇双飞，双双来，双双去。

　　　　　　　算何时似你？

孙必贵　　（唱）【同前】

　　　　　　　算人生百年有几，不欢乐更待何时！

　　　　　　　大都三万六千日，何不遇花遇酒，

　　　　　　　花前饮，花下醉？且开怀自舒。

李琼梅　　（唱）【红绣鞋】

　　　　　　　谢得东君留意，留意；

　　　　　　　将来头醉霞卮，霞卮。

　　　　　　　赏芳菲，惜花意。

　　　　　　　不妨做，锦屏围。

　　　　　　　莫令人，乱攀折。

孙必达　　（唱）【同前】

　　　　　　　幸得花□①相会，相会；

　　　　　　　好似崔生觅水，觅水。

　　　　　　　怕别后，忆年时。

　　　　　　　桃面花，两东西。

　　　　　　　甚时节，再相会？

孙必达

孙必贵　　（合唱）【刮鼓令】

朱邦杰　　　　花影渐移，红日相将坠。

李琼梅　　　　对花一恁拚沉醉，共插着花几枝。

　　　　　　　花篮轿儿香韵奇，花荫柳下人渐稀。

　　　　　　　当歌对酒醺醺地，教人道醉扶归。

孙必达　　酒钱多少？

李琼梅　　这个不妨，看官人与多少。

孙必达　　略有些小银子，权当酒钱。

李琼梅
梅　香　　（合）谢得官人！

孙必达　　娘子，酒阑人散醉扶归，细柳轻云拂地垂，何时连理枝？

李琼梅　　官人，桃艳美，杏艳美，若得栏干遮盖围，方宜结果时。

孙必达　　娘子不须忧虑，如蒙不外，待小生多将些金珠，去官司

---

　　① 此处缺失一个字。

小孙屠

王緻

花影渐移,红日相将坠。
对花一恁拚沉醉,共插着花几枝。

上下使了，与娘子落籍从良，不知意下如何？

李琼梅　　只怕奴家无此福分。若得官人如此周庇之时，待奴托与终身，未为晚矣。

孙必达　　卑末乍别。

（朱邦杰醉扶介）

孙必达
孙必贵　　（合唱）【粉蝶儿】
　　　　　　　　一饮千钟，醺醺殢人扶路，醉酕醄怎生移步。

李琼梅　　（唱）爱花心，须仗托，栏杆遮护。
孙必达　　（唱）恼柔肠，教人九回千顾。

〔并下。

第四出

〔孙必达、孙必贵母亲上。

孙　母　　（唱）【金鸡叫】
　　　　　　　　老景催人去，年华事暗随流水。
　　　　　　　　愿家筵无虑萦心绪，晨夕清香，一炷谢人地。
家道萧疏未足忧，且随缘分度春秋。
月过十五光明少，人到中年万事休。
老身是开封人氏。夫主姓孙，亡过数载。只有两个孩儿：大的必达，自亡夫主，自曾读数行诗书之礼，乃是个儒人；小的必贵，为人聪惠，性气刚强，只要提刀弄斧，如今在街坊做个屠户，养育老身。日来听得孙二要出外打旋，不知如何？等它来时，把几句劝它则个。

〔孙必贵上。

孙必贵　买卖归来汗湿衫，算来方觉养家难。自家姓孙，排行第二，在这街坊有上，屠宰为生，人口顺只叫做小孙屠。数日来不得买卖，意下要买些人事，投乡外几个相识行打旋一遭。免不得说与我母亲知道。（孙必贵见介）

孙　母　孩儿，我听得道你要出外打旋，怕家中得过且过，出去做甚的？

孙必贵　告得妈妈：常言道坐吃箱空，孩儿去寻得些少盘缠便回，母亲放心！

孙　母　孩儿，心去意难留，留着是冤仇。去则不妨，只是早回便了。

孙必贵　孩儿便回。

孙　母　（唱）【铧锹儿】
　　　　　　从来你行惯，曾途中历遍。
　　　　　　今日此行，须是意莫留连。
　　　　　　遣我朝夕恁忧煎，望得孩儿眼穿。
　　　　　　子母心，两处悬。

孙　母
孙必贵　（合唱）鸿飞不到处，总被利名牵。

孙必贵　（唱）【同前】
　　　　　　孩儿告娘，休得忧怨。
　　　　　　人言小富由命，大富由天。
　　　　　　但得安乐是的前缘，坐享不能自然。
　　　　　　暂离家，即便转。

孙　母
孙必贵　（合）去处莫迟延，
　　　　　　娘亲望眼穿。

孙　母　雁飞不到处。

孙必贵	人被利名牵。
	〔并下。

第五出

〔孙必达上。

孙必达	（唱）【天下乐】
	一种相思聚两眉，因娇貌可人意。
	只得拚却千金买，把花名籍字除。
	天涯海角不穷时，惟有相思无尽处。卑人每日在家观书览史，侍奉萱亲，只因那一日西郊丽春园内游春，杏花深处，得遇李琼梅当垆官卖酒，此妇人生得肌莹琼台片雪，脸如红杏鲜妍。见它不觉惹起鸳鸯之恨，欲求鸾凤之欢。说道：若得落籍除名，愿为夫妇。如今不免多将些金帛，前往衙前，寻那旧契张面前，去那本官根前说则个。
	〔孙必贵上。
孙必贵	昨晚那孙必达所托之事，已自从本官跟前覆过了。今日特来这里，说与那人知道。（孙必贵见孙必达介）
孙必达	张面前，昨日所托之事如何？
孙必贵	昨晚已曾本官跟前说过了当，请哥哥来。
孙必达	小生不多，先有银子两锭，上下使用。哥跟前小生当自重重拜谢！
孙必贵	不须如此。
孙必达	（唱）【光光乍】
	仁兄听我言，千万与周全。

若得一力维持，感恩即非浅。

孙必贵 （唱）【同前】

夫妻是宿缘，当与你作宛转。

放下心肠休忧虑，管教你成姻眷。

眼望旌捷门施，耳听好音消息。

〔孙必达、孙必贵下。

第六出

〔官员上。

官　员 （唱）【西地锦】

下官心平公正，卑职掌开封。

但民歌千里明忠，正报和气春风。

下官权行千里，职掌开封。胸次澄清，但绝非公之扰；稀奇政事，判绝有理之权。真个沾恩皆乐业，一朝朝家庇喜安康。此心如兰之馨，如秤之平。真个行处莫教高唱道，恐惊林外野人家。当日的令史过来。

〔朱邦杰上。

朱邦杰 将相本无种，男儿当自强。

自家姓朱，名杰，见在充本府正名司吏，满街都叫我做朱外郎。夜来有张面前说李琼梅一事，今日本官坐厅，与此人完备此勾当。

（见官员了叫李琼梅介）

〔李琼梅上。

李琼梅 （唱）【风马儿】

闻得提携寸心喜，来厅下听台旨。

〔梅香上。

梅　香　　（接唱）娘行离脱风尘去，从今且免得，人折柳梢枝。

（见官员除名介）

李琼梅　　（唱）【鹅鸭满渡船】
　　　　　　谢得恩官，且免妾为娼妓。
　　　　　　这些恩德处，怎忘之！
　　　　　　甚时能结学韩珠？

李琼梅
梅　香　　（合唱）从今系籍名字除，付凭据从此去。
　　　　　　免怨嗟，琉璃井。幸脱离。

官　员　　（唱）【同前】
　　　　　　自来平心地，为你多娇媚。
　　　　　　堕落烟花内，本无礼。
　　　　　　快疾速移改迟便追！

朱邦杰　　（唱）【同前】
　　　　　　今日除名字，皆是我恩德。

李琼梅　　（唱）人非土木的，不敢忘恩义。

朱邦杰
李琼梅　　（合唱）幸然脱得花门去，心欢喜鸳鸯情，免沉迷。
　　　　　　如花貌，绝风雨。

官　员　　（唱）【同前】
　　　　　　本官心地，事由公理。踢脱这些儿，果有阴德处。

梅　香　　（唱）【同前】
　　　　　　念奴娘子，本是良人女。
　　　　　　早晚办名香，答谢天和地。

朱邦杰　　莫忘当初共把杯。

官　员	除却花名李琼梅。
朱邦杰	（合）当权若不行方便，
官　员	如入金山空手回。

〔并下。

第七出

〔孙必贵打旋上。

孙必贵　（唱）【北曲一枝花】
　　　山遥江水长，人远天涯近。
　　　去驼登紫陌，迤逦践红尘。
　　　自离家乡，寂寞无人问。
　　　朝朝愁闷损。然虽路上堪行，俺则是心中未稳。

（唱）【梁州第七】
　　　蓦蓦地古道西风峻岭，
　　　过了夕阳流水孤村，
　　　如今尘随马足何年尽！
　　　常就劳落，不必艰辛。
　　　几番回首，几度忘魂。
　　　只为家中年老慈亲，朝夕侍奉无人。
　　　明知孝悌人之大本，
　　　想着受煦劳育我全身，不能够落业安平。
　　　自俺甫临行，曾把哥哥禀，常侍奉莫因循。
　　　只怕哥哥把话不准，迷恋着红裙。

（唱）【黄钟尾】

　　如今未遭际汉风雷信，有一日得到家乡桃李春。

　　打旋回来分，

　　参拜了母亲，答谢了众神，便受了奔波正的本。

〔孙必贵下。

第八出

〔孙母上。

孙　母　（唱）【凤时春】

　　得失荣枯在命，夫妻事岂非天为。

　　我的孩儿今成夫妇，论此姻缘，事皆前定。

男大须婚，女大须嫁。老身大的孩儿必达，不曾婚娶。半月前有媒婆来曾说亲，不拟三言两句便说成，就选今朝好日子，便取将归来。只一件，小的孩儿必贵出外打旋未回，况是屠宰之家，他归来必有言语。这的不妨。今朝这早晚不见媒婆来。

〔媒婆上。

媒　婆　媒婆开口成匹配，举口合凤凰。

〔孙必达上。

孙必达　（唱）【迎仙客】

　　谢娘子，恁提携，料想前生曾会伊。

　　燕双飞，一对儿。

媒　婆
孙必达　（合唱）算来姻契，斗合非容易。

〔李琼梅上。

李琼梅 （唱）【同前】

　　念奴家，好人女，幸遇君家才貌奇。

　　似鸾凤。一对儿。（合同前）

孙　母 （唱）【同前】

　　我孩儿，恁聪惠，娶得媳妇百事宜。

　　郑州梨，一对儿。（合同前）

〔梅香上。

梅　香 （唱）【同前】

　　我娘子，果娇媚，幸遇官人俊貌美。

　　似鸳鸯，一对儿。（合同前）

孙必达　天生一对共谐和。

李琼梅　便觉门栏喜气多。

孙　母　遇饮酒时须饮酒。

合　　得高歌处且高歌。

〔朱邦杰先下。

孙　母 （唱）【绣带儿】

　　娘言语儿听取：如今景傍桑榆，

　　男毕结女正当笄年，娘心免得忧虑。

　　忻喜，愿得偕老百岁期，得荣贵我心欢喜。

孙　母

孙必达 （合唱）真奇异一双两美，排宴饮双双效于飞。

李琼梅

孙必达 （唱）【同前】

　　必达告娘行听启：姻缘事非容易，

　　今日里情分和谐，妈妈免得忧虑。

　　难比，艳妆娇貌多俊美，论西施则如是。（合同前）

李琼梅　　（唱）【同前】

　　　　　　奴自小良人女．谢君家提携到这里。
　　　　　　不弃取甘为箕帚，只愿尽老连理。
　　　　　　和你，共偕百岁直到底，更无二心三意。（合同前）

梅　香　　（唱）【同前】

　　　　　　听取梅香拜启：幸今日到此岂非容易。
　　　　　　今日里惜分和谐，谢恩家不惜千金买断花为主。
　　　　　　应是，此生缘分天际会，愿百岁永同鱼水。（合同前）

〔孙必贵上。

孙必贵　　欢来不似今朝，喜来那似今日。相逢必贵，多谢得众家行院相识赍发。幸喜回来。恰才城外见二三个伴当，吃了两三杯酒，须索到家看母亲。（见孙母拜介）

孙　母　　孙二，你回来了。欢喜咱！

孙必贵　　欢喜甚的？

孙　母　　你的哥哥娶嫂嫂。

（孙必贵见孙必达、李琼梅介）

孙必贵　　（唱）【朱哥儿】

　　　　　　哥哥听兄弟拜启：她须烟花泼妓，
　　　　　　水性从来怎由己，缘何会做得人头妻？
　　　　　　伊不听，兄弟劝时，也须看前人例。

孙必达　　（唱）【同前】

　　　　　　我兄弟说得自是，她如今须脱了名籍。
　　　　　　我见她真实娶她归，娘亲老待她看侍。

孙必达
孙　母　　（合唱）今日里，成亲爱喜，休口快胡言语。

李琼梅　　（唱）【同前】

　　　　　　叔叔好不傍道理，奴原是好人儿女。

坠落烟花怎由己？将奴骂泪珠偷滴。（合同前）

孙　母　（唱）【同前】
　　　　劝孩儿休得要恁地，你嫂嫂看来也贤德。
　　　　自今一家要和气，改日与你娶房妻儿。（合同前）

梅　香　（唱）【同前】
　　　　休得听闲说是非，劝娘行也休得呕气。
　　　　这般闲争甚巴臂，傍人听是何张志。（合同前）

孙必达　兄弟心性太疏狂。
孙必贵　哪堪门户不相当。
孙　母　今日夫妻成大礼，
合　　　一齐攀送入兰房。

〔并下。

第九出

〔朱邦杰上。

朱邦杰　无因驻清景，日出事还生。自家暗想李氏，在先我在她家中来往，多使了些钱。后来因些闲言语上，不曾踏上她门。如今孙大娶她为妻，见说孙大每日殢一盏酒，此妇人奈其心不定；又和孙二争叉。我待去她家走一遭，又无因由。真个是眉头一点愁，终是不能消。在先这妇女和我做伴时，曾借我三锭钞。休昧心说，这钱还我了，争奈我文书不曾把还她。我如今只把这文书做索钱为由，去她家里走一遭。恐怕她是姻缘未断，三言两句成合了。正是：不施万丈深潭计，怎得骊龙项下珠？

〔朱邦杰下。

〔李琼梅上。

李琼梅　　（唱）【梁州令】

　　　　　　一对鸾凰共宴乐。

　　　　　　恨连日抛弹。

　　　　　　这冤家莫竟信刁唆，把奴家，恩和爱，尽奚落。

鸳鸯本是飞禽性，养杀终须不恋家。自嫁孙家，将谓如鱼似水，效学鸾凤。谁知把我新婚密爱，如同白水，连日不见回来。知它是争名夺利？知它是恋酒迷花？使奴无情无绪，困倚绣床，如何消遣！

（唱）【梧桐树】

　　　　　　思量闷上心，人去无踪影。

　　　　　　悄似随风柳絮无凭准，却与旧日心不应。

　　　　　　误我良宵寂寞守孤灯，数尽更筹夜长人初静，

　　　　　　教人恨杀活短命。

（唱）【同前】

　　　　　　无情弄绣针，镇日心不定。

　　　　　　落得凄惶为他成孤另，终日黯约何情兴。

　　　　　　挨到黄昏月上小窗明，

　　　　　　泪眼通宵揾湿鸳鸯枕，晓来时懒对孤鸾镜。

（外扶孙必达上叫开门介）（李琼梅开门介）

〔外下。

（孙必达睡叫介）

李琼梅　　（唱）【北曲新水令】

　　　　　　却踏过满庭芳草看花回，怨正孙不思折桂。

　　　　　　每日上小楼沽美酒，销金帐卫共传杯。

　　　　　　吃酒沉醉扶归，不由我不伤情苦萦系。

（唱）【南曲风入松】

　　记前日席上泛绿蚁，做夫妻永同连理。

　　谁知每日贪欢会？醺醺地不思量归计。

　　你那里谁人共美？教奴自守孤帏。

（唱）【北曲折桂令】

　　几回价守定香闺，转无眠情绪如痴。

　　直哭得绛蜡烟消，银蟾影坠，宝篆香微。

　　才听得促织儿声沉四壁，又听得叫残早报晓邻鸡。

　　只影孤凄，心下伤悲。

　　一弄儿凄凉，总促在愁眉。

（唱）【南曲风入松】

　　我一心指望你攻书。

　　要改换门闾。

　　如今把奴成抛弃，朝朝望朝朝不至。

　　好教人鸳衾里冷落，须闲了我一个枕头儿。

（唱）【北曲水仙子】

　　好姻缘间阻武陵溪，辜负花前月下期，

　　彩云易散琉璃脆，亏心底不似你，

　　耽搁了少年夫妻。

　　不枉了真心真诚意，不把我却寒知暖妻。

　　不能够步步相随。

（唱）【南曲犯衮】

　　想伊聪惠，伊伶俐，伊冷戏，今日里怎如是？

　　念奴娇媚，奴风韵，奴占卦，谁和我手同携。

（唱）【北曲雁儿落】

　　谁同莺燕期？

　　谁展鸳鸯被？

谁双斟鹦鹉觞？

谁匹配鸾凤对？

（唱）【南曲风入松】

细思量教我泪双垂，使奴虚度良时。

绣房懒入拈针指，终朝里没情没绪。

枕屏边声声叫你，情脉脉转无语。

（唱）【北曲得胜令】

则笑卓氏女忒心痴，她被这睡魔王厮禁持。

则想醉里乾坤大，全不想花间云雨期。

身靠着屏围，魂梦谁根底？

酒病好难医，今朝醒觉迟。

（唱）【南曲风入松】

看刘伶酒自半醒时，不似你沉醉如泥。

当初李白曾题记，它得遇唐朝皇帝。

李太白醉时，杨妃捧砚，力士脱靴，龙巾拭唾，御手调羹。今日也是醉。

（唱）枉教人千般告你，别寻个解绦底。

〔朱邦杰上。

朱邦杰	事不关心，关心者乱。到得孙大门首。（朱邦杰叫门介）
李琼梅	谁叫我小名？
朱邦杰	是朱邦杰。
李琼梅	原来是朱外郎。（李琼梅开门介）外郎怎生稀行？
朱邦杰	我今日特来与娘子贺喜则个！
李琼梅	外郎，你说这话，如今奴家不比在先门户。
朱邦杰	你在先借我三锭钞。不曾还我。
李琼梅	在先钞都还外郎了。
朱邦杰	我不曾得。

李琼梅	（李琼梅背介）外郎莫是把为名，故意来此。
朱邦杰	这睡的是谁？
李琼梅	是丈夫。
朱邦杰	怎中？
李琼梅	不妨！醉也。
	（朱邦杰介）
李琼梅	外郎，休恋故乡生处好，受恩深处便为家。
	（唱）【石榴花】
	奴家从小流落在风尘，几番和你共枕同衾。
	如今踢脱做良人，谁知到此，倍觉伤情。
	幸君家殷勤到这里，想姻缘已曾结定。
李琼梅 朱邦杰	（合唱）花前宴乐同欢会，伊和我两同心。
朱邦杰	（唱）【同前】
	娘子貌美铅华鬌堆云，梳妆巧煞精神。
	金莲三寸太轻盈，言谈举止多风韵。
	咱庞儿青春，青春俏勤，教人道果然厮称。（合同前）
	〔孙必贵上。
孙必贵	野花不种年年有，烦恼无根日日生。自家当朝一日，和那妇人叫了一和，两下都有言语。我早起晚西，看它有些小破。今朝听得我哥出去，和相识每吃酒，我投家里去走一遭。（孙必贵作听科介）杀人可恕，无礼难容。我哥哥不在家，谁在家吃酒？
	（孙必贵踏开门。朱邦杰走下。孙必贵行杀介）
孙必达	（唱）【驻马听】
	洒困沉沉，睡里听得人斗争。
	是我荒惊恼觉，自觉一身，战战兢兢。

　　　　　　　方知欲问这原因，忽然见兄弟持刀刃，连叫两三声。
　　　　　　　莫不是嫂嫂不钦敬？

孙必贵　　（唱）【同前】
　　　　　　　听说原因：她原是娼家一妇人，
　　　　　　　瞒着哥哥浓睡，
　　　　　　　自与傍人，并枕同衾。
　　　　　　　我欲持刀一意捕奸情，
　　　　　　　几乎杀害我哥哥命。

李琼梅　　我有奸夫，你不拿住他！

孙必贵　　（唱）你言语怎生听？一场公事惊人听！

李琼梅　　（唱）【同前】
　　　　　　　哀告君听：奴在房儿里欲睡寝？
　　　　　　　怎知叔叔来此，巧言花语，扯奴衣襟。

孙必贵　　孙二须不是这般样人。

李琼梅　　（连唱）因奴家不肯便生嗔，将刀欲害伊家命。

孙必贵　　哥哥休听她家说，孙二不敢。

李琼梅　　（连唱）只得叫邻人，将奴赶得没投奔。

孙必达　　（唱）【同前】
　　　　　　　此事难凭，两下差池人怎明？

孙必贵　　哥哥，甚不明处？养着奸夫。

李琼梅　　（接唱）叔叔声声只道，养着奸夫。奸夫你说是何人？

孙必贵　　明养着奸夫。

李琼梅　　（连唱）叔叔你忒煞把人轻！

孙必贵　　你道没，敢罚咒？

李琼梅　　（李琼梅唾）是命。
　　　　　　（唱）青青须有天为证。

孙必贵　　你敢道一个没！

李琼梅	没！
孙必贵	（唱）你休得强惺惺，杨花水性无凭准。
孙必达	家丑从来不外扬。
李琼梅	谁知骨肉也参商。
孙必贵	大家飞上梧桐树。
合	自有旁人说短长。

〔并下。

第十出

〔孙母上。

孙　母　（唱）【转山子】
　　　　　　因甚家中闹声沸？
　　　　　　听言沿差池。
　　　　　　心下探自觉猜疑，还未知何般凶吉？
　　　　　　到堂前探取，免心下多虑。
　　　　人无远虑，必有近忧。不知夜来家中为甚喧闹？待老媳妇叫过小孙屠出来，问他则个。孙屠在哪里？

孙必贵　当言不言谓之讷，不言强言谓之儯。夜来只为那贱人，险些不做出一场事来，这事只得自相灭。母亲叫只得走一遭。（孙必贵见孙母介）

孙　母　孩儿，夜来为甚吵闹？教我知道。

孙必贵　妈妈说甚底。妈妈只是当日间信哥说，娶了这妇人，有许多价事济。母亲休问。

孙　母　孩儿，休要大惊小怪。毕竟事已成了，他是个这般人，

|孙必贵| 把这言语都休说。我从你爷爷在日,已曾许下东岳三年香愿。已还两年了,今年一年便还足。孙儿,你如今与我收拾行李,和我一同去还心愿,也免在家闲争合口。

孙必贵　　母亲也说得是。孩儿如今便收拾行李;母亲和哥哥说一声,就教送出路上去便回□①。

孙　母　　如今你速办行装去,不惮重重叠叠山。

〔孙必贵下。

(孙母吊场)

孙　母　　(唱)【挂真儿】
　　　　　东岳灵祠几程路,还心愿只得前去。
　　　　　只虑家中,无人看觑,叫出孩儿说与。

〔孙必达上。

孙必达　　(唱)【同前】
　　　　　燕尔新婚正欢聚,何曾肯暂离一步。

〔李琼梅上。

李琼梅　　(唱)蓦然闻得,萱亲有旨,同向堂前施礼。

孙　母　　(唱)【奈子花】
　　　　　相将岳帝生乾日,欲同去烧香献纸。

孙必达　　(唱)便理会行装前去,但家务深虑之。

李琼梅　　(唱)为家虑恐难脱离,须叫取叔叔前去。

合　　　　(唱)只交必贵办行装,相同去便回归。

孙　母　　(唱)【同前】
　　　　　如今即便登途,家缘事分付汝。

孙必达　　(唱)告妈妈宽心行路,两下里休虑忆。

李琼梅　　(唱)妈妈须是早早回归,路途上自宜小心。(合同前)

① 此处缺失一个字。

〔孙必贵上。

孙必贵　　（唱）【赚】
　　　　　　　听娘有旨，目今要往东岳去。

李琼梅　　（唱）恨分离，家中无人管顾奴。

孙必达　　（唱）我如今，相送娘行出外去，侧耳先回故里。

孙必贵　　（唱）更莫待迟。

李琼梅　　（唱）叫梅香安排数杯。

〔梅香上。

梅　香　　听娘呼至。

梅　香　　（唱）【红芍药】
　　　　　　　今去东岳，一杯助和气。

孙　母　　（唱）梅香媳妇在房帏，须是照管家计。

李琼梅　　（唱）三人路途须仔细，不妨早作归计。

孙　母
李琼梅　　（合唱）名香一炷告神祇，合家保无危。

梅　香　　（唱）【同前换头】
　　　　　　　酌酒东郊已先醉，门前早已排轿儿。
　　　　　　　两日三朝望你归。

东峰东岳甚威灵，名香一炷办虔诚。
万事劝人休碌碌，举头三尺有神明。

〔孙必贵、孙必达、孙母先下。

（李琼梅吊场）

李琼梅　　落花有意随流水，流水无心恋落花。梅香，我当初指望共他同行同坐，一步不离。谁知今日，随风倒舵，飘然而去。空使鸳衾闲半壁，何日是归期。

梅　香　　娘子不须忧虑。

李琼梅　　（唱）【梧叶儿】

　　　　　　　欲说破，有谁听，不记暗叮咛。
　　　　　　　飘然去，悄如水上萍。
　　　　　　　尽把恩情，悄似梧叶儿一片轻。

梅　香　　（唱）【同前】
　　　　　　　娘休虑，且宽心，何必自伤情。
李琼梅　　（唱）虽然出去便回程，房儿里好凄清。
　　　　　　　长叹两三声，他热如火我冷如冰。
　　　　　　（唱）【同前】
　　　　　　　休只管，恋他每，入眼便为勤。
　　　　　　　不须急性，有日称心，莫把恩情悄似冰。

李琼梅　　梅香，他既然出去，我镇日没情没绪，你入去安排三两杯酒来，待我自消遣则个。

梅　香　　理会得。三杯和万事，一醉解千愁。
　　　　　〔梅香先下。
　　　　　〔朱邦杰上。

朱邦杰　　静中检点平生事，闲里搜寻白所为。前日不是我走得急，险些个遭小孙屠脚手。我如今见说，她家里婆婆和孙大孙二一同出去烧香，只有那妇人在家，不免去走一遭。
　　　　　（见李琼梅介）

李琼梅　　朱令史，你今日来得恰好，我正安排几杯酒，和你对饮。
朱邦杰　　前日我好险！
李琼梅　　不是你眼快，险做下来。今日他们出去烧香，便回来也三朝两日。如今不免叫过梅香将酒过来。
　　　　　〔梅香上。

梅　香　　酒逢知己饮，诗向会人吟。酒在此。（梅香见朱邦杰介）
李琼梅　　梅香，这官人是我的兄弟。你去安排些食物，一就与我关了外门，待我和官人吃几杯酒。

梅　香　　　天上人间，方便第一。

〔梅香先下。

李琼梅　　（唱）【淘金令】

灯前报蕊，鹊噪檐前喜。

今日见你，果是非容易。

浅斟低唱，放些娇痴，怕甚花梢风雨。

办坚着意，一杯劝君须记取。

李琼梅
朱邦杰　　（合唱）同携素手，并着香肌，共入罗帏效连理。

朱邦杰　　（唱）【同前】

姻缘契合，算来非容易。

一双两美，我也成忔戏。

几曾间阻，两下分离□①。（合同前）

朱邦杰　　而今便叫梅香过来，正好下手。

李琼梅　　说得是。梅香过来。

〔梅香上。

梅　香　　（唱）【桃李争放】

听得叫梅香，只得堂前听取使。

（白）姐姐，这个人是甚么人？你只管留他在家吃酒做甚底？

李琼梅　　不干你事！

（朱邦杰杀梅香。扮梅香作李琼梅死尸科。除梅香头介）

李琼梅
朱邦杰　　（合）不施万丈深潭计，怎得骊龙项下珠！

〔并下。

---

① 此处缺失一个字。

第十一出

〔官员上。

官　员　（唱）【梅子黄时雨】
　　　　清正当权，公明无倦，民无枉合□①无飞。麾下十铤墨五铤墨，写下千枝万枝树。引得林禽扮到来，踏枝不着空归去。下官职判开封一郡黎民，今日早衙，门前闹哄，不知甚事？左右过来。

〔朱邦杰上。

朱邦杰　（朱邦杰说关杀人）宁可昧神祇，不可失道理。厅上官人唤，只是孙大杀人事走一遭。（见官员说关介）

官　员　这的是人命事，非同小可，不打不招。

朱邦杰　打了。

〔押孙必达上。

孙必达　（唱）【锦天乐】
　　　　且停威，告恩官略慈念。
　　　　昨日我萱亲去烧香，卑人送到半途回转。
　　　　谁把我妻谋骗？
　　　　首级无有鲜血染，望恩官乞赐明验。
　　　　回心转，言念无辜，怎生屈受刑宪？
　　（唱）【上小楼】
　　　　公吏人排列两边，不由我心惊胆战。

---

① 此处缺失一个字。

　　　　　怎推这铁锁沉枷，麻捶撒子？

　　　　　受尽熬煎。假若使心似铁，这官法如炉烧炼。

　　　　　休悲我枉屈后，死而无怨。

　　（唱）【同前换头】

　　　　　列今日怎知道，番成罪愆？

　　　　　略略望哀怜，常言道公门可行方便。

　　　　　人易唬，天须见，拷打千般神魂乱。

　　　　　空有日月须明，不照覆盆下面，便招作鬼死也埋冤。

　　（唱）【红绣鞋】

　　　　　拷的我魂飞魄散，打的我肉烂皮穿。

　　　　　告你个有鉴察曹司，望周全。

　　　　　你是一纸救天赦，飞下九重天，杀人罪愆，怎的免？

　　（孙必达招了介）

官　员　　朱令史，既招成了，枷收在牢里，待首级完备决断。

　　（唱）【四边静】

　　　　　将它短招读一遍，把词因好生看。

　　　　　休要顺人情，依法自行遣。

官　员
朱邦杰　　（合唱）这场罪愆，怎生躲免？一一与招成，三年待决断。

孙必达　　（唱）【同前】

　　　　　谁知命运遭乖蹇，今朝受刑宪。

　　　　　免教受捆扒，感恩即非浅。（合同前）

朱邦杰　　（唱）【同前】

　　　　　分明是你把妻儿骗，今日怎胡言？

　　　　　拷打更拼扒，如今怎躲免。

朱邦杰　　（唱）【一撮棹】

　　　　　吃黄连，心苦向谁言？

	无处语,莫得告苍天。
官　员	（唱）枷收了,明日要归勘。将就理,实说早周全。
孙必达	（唱）怎禁枷和锁,铁心肠泪涟涟。 情最苦,身落在罪囚禁。
官　员	朝朝问取莫迟延,但要公平不要钱。
孙必达	兄弟未归谁管顾?娘亲谁把信音传?
朱邦杰	当初只道文章贵,到此方知狱吏严。
	〔并下。

第十二出

〔孙母上。

孙　母　（唱）【望远行】
　　　　　离了故乡,跋涉崎岖劳攘。
　　　　　水宿风餐,旅况怎消遣?

〔孙必贵上。

孙必贵　（唱）那日方离家乡,回首家乡怎想?
　　　　　且缓步徐徐行上。

孙　母　（唱）【四犯腊梅花】
　　　　　高山叠叠途路长,
　　　　　何时得到东狱殿,赛还心愿一炉香?
　　　　　人寂寂,奴凄惶,相随只有儿共娘。
　　　　　奔波在旅邸。满眼是山花夹岸傍。

孙必贵
孙　母　（合唱）路上逢花酒,自徜徉,一程管教分作两程行。

孙必贵　　（唱）【同前】
　　　　　　　暮宿村店朝又往，
　　　　　　　宽心放怀休惆怅，拜还心愿一炉香。
　　　　　　　身康健，回故乡，朝行暮止儿共娘。
　　　　　　　一心愿得学，拜舞彩衣堂上。（合同前）
孙　母　　孩儿，我身己自觉有些不快，你可早寻个安歇处。
孙必贵　　妈妈，前面便是草桥茅店，且歇了，明日早上殿还愿。
孙　母　　孩儿，早寻旅店且安宿，身安便是无量福。
孙必贵　　赛还香愿早回家。
　　　　　〔并下。

第十三出

〔李琼梅上。
李琼梅　　（唱）【夜行船】
　　　　　　　百岁夫妻重会画，由天付岂非人与。
　　　　　〔朱邦杰上。
朱邦杰　　（唱）不入深渊，惊人波浪，争得大海明珠？
李琼梅　　不入惊人浪。
朱邦杰　　难逢得意鱼。
李琼梅　　朱外郎，不是奴家设此一计，今日怎得和君家相会？
朱邦杰　　谢得娘子！
李琼梅　　官人，休听世上相思曲，且尽樽前不老杯。
李琼梅　　（唱）【绣停针】
　　　　　　　自从那日，打散鸳鸯侣镇长叹吁。

　　　　　　　袖罗红湿胭脂泪，愁到那人提起。
　　　　　　　谢老天开方便眼，施小计恰早投机。
　　　　　　　自今一步不厮离，
　　　　　　　在天只愿效于飞，在地同为连理。

朱邦杰　　　（唱）【同前】
　　　　　　　雨约云期，最苦情浓处变成间离。
　　　　　　　寸心岂恋鸳鸯被，争奈咫尺千里。
　　　　　　　今难学庄周梦蝶，愿飞到伊行根底，
　　　　　　　同坐同行同衾睡……

李琼梅　　　（唱）【同前】
　　　　　　　望伊做主，莫待傍人的讲论是非。
　　　　　　　绣衾香暖罗帏里，恩情愿似当时。
　　　　　　　论阳台朝云暮雨，争如我怜惜欢娱，
　　　　　　　共伊终久不厮离……

朱邦杰　　　（唱）【同前】
　　　　　　　看伊貌美，最苦秋波觇人似痴。
　　　　　　　脸桃红露樱唇媚，淡扫蛾眉傍人怎比。
　　　　　　　宛然似春光结蕊，幸然折在屏帏里。
　　　　　　　从今契合非容易，
　　　　　　　把闲愁从此勾除，办坚心休提是共非。

李琼梅
朱邦杰　　　（合）在天同归碧落，入地共返黄泉。

　　　　　　　〔并下。

第十四出

〔孙必贵上。

孙必贵 世上万般哀苦事,无过死别与生离。苦也!去时同着母亲去,归时只有独自归。谁知母亲还了香愿,在房店中已自死了。如今却只带得她骸骨归来,且喜到得家乡。思量着起来,心如刺痛,泪似珠倾。

(唱)【北曲端正好】

当日重意离京城,谁想今日耽愁闷,

急回来不沙闷的独自个和泪而行。

去时节喜滋滋亲母登山岭,

回来呵,背着个磕可可匣相随定。

(唱)【南曲锦缠道】

奔行程,哀哀不曾住声,各不定珠泪如倾。

挑着个纸幡儿,招展痛苦伤情。

这骨匣一回价又轻,一回价又觉还沉。

莫不是亲母显威灵,娘相扶相随,相佑到帝京。

到得家中后,见哥哥诉原因。

(唱)【北曲脱布衫】

白日里泣雨愁云,到晚西役梦劳魂。

多则是俺嫂嫂占迫我小名,似若在家亡也有些名分。

(唱)【南曲刷子序】

心中自忖,怨亲娘可煞孤命。

你若家里死后,便累七追享,不免请几个僧人。

只不过做两三夜道场,看几卷忏文《心经》。

暗自省也落得草草,出殡在西城。

惭愧!且喜到得城外。则这般不敢家去,把这骨匣儿在门外具德寺里,前到家去说与哥哥知道,请几个僧人取去。(寄骨匣介)(回家介)(掩门介)常言道:福无双至,祸不单行。我家怎地吃官司封了门?不免去隔壁邻舍王婆叫一声。(孙必贵叫)

〔王婆出。

王　婆	来,来。谁?

(孙必贵、王婆相见科)

王　婆	孙二,你母亲不曾回来?
孙必贵	好教婆婆得知,一言难尽。孙二同母亲一路里去到草桥店,母亲身已不快;还了香愿,到得店里,已自死了。婆婆,不知我家里怎地吃官司封了门?
王　婆	你哥哥不听人说话,娶了这个妇女,不知做了不良事济,你哥哥把她杀了。如今官司拿去问成,关在大牢里。
孙必贵	(唱)【锁南枝】

　　婆婆听,我拜启:随娘往东岳去,

　　谁信道得中途,蓦忽娘倾弃。

　　将尸骨,亲带归。

　　到家中,因何把门闭?

王　婆	(唱)【同前换头】

　　听我诉因依,不觉泪暗滴。

　　你自和娘还愿,争奈你哥哥,与妻闲争气。

　　杀死她,吃控持。

　　到如今,禁在牢内。

孙必贵	你如今怎生教我见哥哥一面也好。

| 王　婆 | 你如今只把送饭为由，见得他。 |
| 孙必贵 | 孙二回来，委是没分文。 |

（饭科）

| 朱邦杰 | 孩儿，我与你说：若见哥哥，不要大惊小怪。 |
| 孙必贵 | 理会得。见时不敢高声哭，恐怕人闻也断肠。 |

〔并下。

第十五出

〔孙必达担枷上。

孙必达　（唱）【金珑璁】

清平天地里，是我屈死难当，

哽咽泪汪汪。

亲娘无信息，共我兄弟何方？

不道我落在牢房。

〔孙必贵上。

孙必贵　不信好人言，果有今朝难。今日果然如此。来到牢门前，只得叫送饭。（叩门科介）（见孙必达送饭㾂饭介）

（唱）【孝顺歌】

我哥不是，怨自谁？

痴迷那得人似你。

兄弟好言语，伴伴总不理，如风过耳。

她是风尘，烟花泼妓。

你娶为妻，不思量有今日。

孙必达　　（唱）【同前换头】

　　　　　　你却说得是，教人泪暗滴。
　　　　　　我当初娶她归，将谓好行止。
　　　　　　谁知甚的？
　　　　　　事到头来，全无区处。
　　　　　　受尽凌迟，如今悔之无及。

（孙必达问孙母科）

孙必贵　　好教哥哥得知，一言难尽。孙二和母亲去到草桥店，母亲身已不快；还了香愿，已是死了。

孙必达　　苦也！

　　　　　（唱）【忆多娇】

　　　　　　心痛悲，珠泪暗滴。
　　　　　　不知我娘为下鬼，儿在囚牢谁看觑？

孙必贵
孙必达　　（合唱）祸不单行，苦也娘亲怎知？

孙必贵　　（唱）【同前】

　　　　　　作事济，不点实。
　　　　　　如今怎生来救你？早晚粥食休忧忆。（合同前）

〔朱邦杰上推孙必贵押孙必达下。

朱邦杰　　假饶人心似铁，怎逃官法如炉？

〔孙必达下。

（孙必贵吊场。见朱邦杰许物科）

孙必贵　　今日得君提拔起，免教身在污泥中。

〔并下。

第十六出

〔李琼梅上。

李琼梅 （唱）【临江仙】

假意成谋居此处，分明中我圈套。

〔朱邦杰上。

朱邦杰 （唱）今生得遂我心期，欢娱嫌夜短，快乐少人知。

李琼梅 奴家当脱得花门柳户，与孙官人为夫妻，只望尽老今生百年，谁知他朝夕殢酒。不是奴家设此一计，把这梅香杀了，和朱外郎共同一处，多少是好。

朱邦杰 （朱邦杰说孙母死介）今日我便把这孙大杀了，我与你同谐鸾凤之欢，永享百年之乐。

李琼梅 计就月中擒玉兔，谋成日里捉金乌。

〔并下。

第十七出

〔孙必贵上计物件科。

（见箱介）

〔朱邦杰上拿孙必贵。

朱邦杰 浑身是口不能言体排牙说不得。

〔并下。

〔官员上。

官　员　（唱）【惜奴娇】

　　　　职判开封，冤枉人心顽如铁，枉然官法如炉自灭。

〔朱邦杰上说关介。

官　员　孙必达，那杀人正贼，已自拿获得了。如今将你省会宁家听候。

〔孙必贵担枷上。

（见孙必达介）

孙必达　苦也天！

（唱）【红衲袄】

　　　　我当初不三思，撞着冤家如醉痴。

　　　　最苦娘亲又倾弃，家私坏了懊恨迟。

　　　　今日遭横死，痛苦人怎知？

　　　　情愿拚死在黄泉，阴府去理。

孙必贵　（唱）【同前】

　　　　望停息虎狼威，害良民朱令史。

　　　　屈坏平人怎为例？

　　　　下民易欺天怎欺？

　　　　落在罗网里，杀人还是准？

　　　　我情愿替哥哥，做个刀下鬼盆吊杀。

（孙必贵介）

〔并下。

第十八出

〔梅香做鬼上。

梅　香　（唱）【高阳台】

　　　　一点幽魂，满怀冤苦，冥冥杳杳鲜悲。
　　　　鲜血流红，痛和泪滴交垂。
　　　　无端怨冲天地，恨那人无语长吁。
　　　　冤仇须报，只争来早与来迟。

　　　（唱）【山坡羊】
　　　　怨气冲天盈地，怨魂冥冥何处？
　　　　滴滴底鲜血沾衣袂。
　　　　李琼梅，和你假意儿，将人杀了谐连理。
　　　　万劫冤仇难如你，冤家，终须会见你。

　　　（唱）【后庭花】
　　　　教奴怨恨你，魂灵儿无所归。
　　　　冤枉难申诉，苍天不可欺。
　　　　你不与，外人知。
　　　　施呈巧计。
　　　　使这般狼儿识，眼将咱一命倾。

　　　（唱）【水红花】
　　　　衔冤痛恨苦难追，被伊亏。
　　　　悲风动处，藏形无倚更无依。
　　　　最难悲，黄昏微雨。
　　　　尽在芭蕉叶底。

　　　　怨魂飞，㦧人泪珠垂，也罗。
　（唱）【折桂令】
　　　　休想我死心塌地，
　　　　有一朝天地轮回，我那从前已往冤仇记。
　　　　你好忘恩义，李琼梅，到阴司，万剐凌迟。
〔梅香下。

第十九出

〔禁子开关拖孙必贵上。
〔禁子开关下。
〔东岳泰山府君上。

东岳泰山　（唱）【少年游】
　　　　瞬目一观，霎时已列凡世。
　　莫瞒天地莫瞒心，心不瞒人祸不侵。
　　十二时中行好事，灾星过了福星临。
　　小圣乃是东岳泰山府君。劝君莫做亏心事，东岳新添速报司。切见李琼梅淫妇，谋杀人命，孙必贵屈死郊中。此人平日孝心可重，今日有此之难。上帝敕旨，差下小圣，降数点甘雨，其苏醒此人。孙必贵，甘雨沾身魂梦醒，醒来冤枉自分明。从空伸出拿云手，提起天罗地网人。
〔东岳泰山下。

孙必贵　（孙必贵活醒了介）（唱）【北新水令】
　　　　梦魂中只听得雨滋滋，原来是死生别处。
　　　　浑身上都破损，疼痛怎支吾？

朱邦杰，于你有何辜？

天怜念小孙屠。

（唱）【锁南枝】

神魂乱，手脚麻，争些半霎时身亡化。

若不是老天周全，甘雨从空下，

魂梦中，把我头面洒。

醒觉来，自嗟呀。

（见棒介）

（唱）【北甜水令】

拄杖身边，谁人撇下，手颤怎生拿？

东倒西歪，我怎生提拔？

战兢兢气力，难加。

（唱）【香柳娘】

想哥哥那里，你还知么，兄弟在此身亡化？

黄泉无旅店，今夜宿谁家？

一命掩黄沙。

我如今挣？

将拄杖按拿，魂飞魄讶。

〔孙必达将锄头纸钱上介。

孙必达　（见孙必贵介）有鬼！

孙必贵　哥哥，兄弟不是鬼。在牢中遭盆吊死，把我撇在郊外，谢天降几点儿甘雨，把我救醒。哥哥，兄弟不是鬼，是人。

孙必达　兄弟，你端的是人来？兄弟款款地起来，扶着杖子行，□□①到家，却作区处。

〔李琼梅上。

---

① 此处缺失两个字。

李琼梅	（唱）【花儿】
	荒郊傍晚，星月相将渐生日沉西。
	车马游人尽稀散，潜步两情厮绾。
	（见孙必达、孙必贵介）
李琼梅	有鬼！
孙必达 孙必贵	（合）你是鬼是人？
李琼梅	奴家不是鬼，是人。
孙必达 孙必贵	（合）你不是鬼，那死的却是谁？
李琼梅	那死的却是梅香。你两个出去，我和朱令史商量，把梅香杀了，切去了头，假作我的尸首，诬赖你杀了奴家，把你兄弟囚禁牢中，谋害你两个性命。这的是我和朱令史同谋来。
孙必达 孙必贵	（合）原来是你这贼人和朱令史谋坏我兄弟来。朱令史如今在哪里？
李琼梅	在五里外庄子上。
孙必达 孙必贵	（合）你引我到那里去。只教从前做过事，没兴一齐来。

〔并下。

第二十出

〔朱邦杰上。

朱邦杰 哼息！自家今日眼跳，有些个不好。李琼梅缘何到如今不来，知她是怎生？

〔孙必达、孙必贵、李琼梅上。

（擒朱邦杰介）

孙必达 （唱）【念佛子】

听此语，方知是，把梅香杀死逃避。

假尸形陷我落在圈围。

李琼梅 （唱）听取，可笑伊忒不是。

为我每厮像伊妻，把人一继擒住。

（唱）【同前换头】

因为经过这里，蓦见伊形如鬼，逐惊慌寸心如水。

孙必达
孙必贵 （合唱）你分明，说此就理。怎地胡推拒？

到今日更难分理。

（合唱）【同前】

李琼梅，料造恶，贯满当诛。如今怎生饶你？

李琼梅 （唱）是前日不合恁的。

一时同设计，到今日自伏不是。

孙必达
孙必贵　（合唱）【同前换头】

　　　　　幸逢你，谁知三见鬼，一齐都擒住。

　　　　　千般受险危，幸得天天周济。

　　　　　两人怎插翅？

　　　　　口遍身如何分理？

　　　　　是共非，到龙图阶下听取台旨。

（孙必达、孙必贵、梅香擒住李琼梅、朱邦杰）

孙必达
孙必贵　（合）今日一齐擒去龙图厅下，分理便了。

　　　　正是：休言长钓秋江上，也有收纶罢钓时。

　　　　〔并下。

第二十一出

〔包公上。

包　公　（唱）【七娘子】

　　　　　判断甚严明，受人间阴府幽冥。

　　　　　负屈衔冤，从公决断，心无私曲明如镜。

人间私语，天闻若雷。包拯便是。奉敕命云间下，敕判断开封。日判阳间夜判阴，管取人人无屈，定教个个无冤。远远望见一簇人来，恐有疏虞，不当稳便。左右过来。

〔孙必达、孙必贵、梅香擒李琼梅、朱邦杰上。

孙必达
孙必贵　　（合唱）【紫苏丸】
　　　　　　　　谁知假意将人害，李琼梅见今擒在。

梅　香　　（唱）在阴间衔冤怨痛伤悲。

朱邦达
李琼梅　　（合唱）谁知冤报冤和债。

包　公　　你算有何冤抑，各个从头供状一遍。

孙必达　　（唱）【缕缕金】
　　　　　　　　她原卖酒，接佳宾。
　　　　　　　　花牌上除姓名，做良人。
　　　　　　　　娶她为夫妇，水性无准。
　　　　　　　　把梅香杀死私奔，教我枉受刑禁，教我枉受刑禁。

李琼梅　　（唱）【同前】
　　　　　　　　龙图□①，听原因：奴家从幼小，在风尘。
　　　　　　　　为他娶归为夫妇。
　　　　　　　　心儿不定。
　　　　　　　　共朱邦杰一意私奔，
　　　　　　　　把梅香杀死一命，把梅香杀死一命。

孙必贵　　（唱）【同前】
　　　　　　　　哥哥底，娶为亲。
　　　　　　　　谁知心走锟，便忘恩。
　　　　　　　　共着朱邦杰，同谐鸳枕。
　　　　　　　　把悔香杀死苦平人，教我枉丧幽冥，教我枉丧幽冥。

包　公　　（唱）【同前】
　　　　　　　　朱邦杰，李琼梅，把梅香杀死了，共私淫。

---

① 此处缺失一个字。

诬赖他兄弟,在牢中囚禁。

谋夫杀叔罪非轻,

你两个合偿它命,你两个合偿它命。

(白判)朱邦杰是把法犯法,李琼梅是谋杀故杀。同谋杀死梅香,诬赖孙大杀死妻室。即系因奸谋杀其夫,凌陷其弟,事干恶逆。除将朱邦杰妻小家产给偿孙大兄弟;将朱邦杰李琼梅二人,押赴市曹,偿还梅香性命。

孙必达　　(唱)【山花子】

今朝谢得高明主,赐黄金与作周庇。

李琼梅瞒心昧己,和它暗约共同谋计。

孙必达
梅　香　　(合唱)感龙图今朝断理,生离死别心痛,梅香免得为怨鬼。

冤报冤家,幸从今脱离。

孙必贵　　(唱)【同前】

贱人你自为娟妓,哥哥把伊提携。

岂知杨花怎拘,做事更不存理。(合同前)

李琼梅　　(唱)【同前】

心寒胆碎,悔之作不是。

不合共他设计,都是一时情意。(合同前)

梅　香　　(唱)【同前】

不念梅香当初事,你指望共偕今世。

谁信蓦生狂意,共奸夫故杀奴身已。(合同前)

包　公　　(唱)【同前】

李琼梅感煞忘恩,朱邦杰不仁不义。

依公断并押街头,受凌迟。(合同前)

朱邦杰　　(唱)【同前】

是当初不合谋,告公相周全宽恕。

包　公　　（唱）休要狂口胡言,便押去!（合同前）
　　　　　驿程上拿获兄弟,房店中亡过尊灵。
　　　　　无半点夫妻恩义,怀一片狠毒心肠。
　　　　〔并下。

〔剧终〕

琵琶记

《琵琶记》，元代高明作。高明，字则诚，自号菜根道人，生年不详（约1305年），卒年有至正十九年（1359年）和明初（1370年）两说。温州瑞安（今属浙江）人。高明出生于诗人兼隐士家庭，他的长辈、兄弟均能诗擅文。至正四年（1344年）乡试中举，次年以《春秋》登进士第。曾任处州（今浙江丽水）录事、江浙行省丞相掾、福建行省都事等职。高明为官清明练达，关心民间疾苦，受到治下百姓爱戴，处州期满离任时，百姓曾为其立碑。为官的经历使之对时政颇为失望，感悟"功名为忧患之始"，萌生了隐遁的念头。约在至正十六年（1356年）之后，隐于明州（宁波）栎社之沈氏楼，以词曲自娱，《琵琶记》便是作于此时期。他曾求学于名儒黄溍门下，黄为官清廉，并以至孝见称。高明的思想、品格受家庭、老师影响颇深。

《琵琶记》写书生蔡伯喈欲在家侍奉年迈的双亲，但老父以光耀门庭为由命其进京赶考，无奈蔡伯喈只得离开爹娘和新婚两个月的妻子赵五娘。考中状元后，牛丞相奉旨招其为婿，蔡伯喈极力推辞，不允；蔡伯喈向皇帝辞官，又不允。蔡伯喈只得与牛小姐成婚，虽身处富贵之中，蔡伯喈却深感愁苦。其时，家乡遭遇饥荒，赵五娘自食糠秕，奉养公婆。公婆死后，五娘罗裙包土，自筑坟台，埋葬公婆。五娘携带公婆真容，身背琵琶，进京寻夫。在牛小姐的帮助下，五娘与蔡伯喈团聚，后蔡伯喈携五娘与牛小姐回乡为父母守孝，蔡氏一家得到朝廷的旌奖。

　　蔡伯喈赵五娘的故事在说唱中早已流传。宋代戏文也有《赵贞女蔡二郎》，演"伯喈弃亲背妇，为暴雷震死"事（徐渭《南词叙录·宋元旧篇》）。《琵琶记》基本上继承了《赵贞女》故事的框架，但其中最大的改动是将原来不忠、不孝、不仁、不义的蔡伯喈形象全面改造成一个"极欲行孝而不得"的形象，相比于原故事，蔡伯喈形象的改动为剧本赋予了全新而丰富的意义。

　　《琵琶记》的思想意蕴主要有三个方面：1.对孝义、贤德的宣扬；2.世俗名利对伦理的践踏及深深的无奈之感；3.对官场的厌倦和对隐逸生活的向往。另外，作品中也有一些对社会黑暗的揭露。该剧的核心情节是"三不从"：蔡伯喈辞试不从，辞婚不从，辞官不从。使得蔡伯喈欲在家尽孝而不得，最终双亲因饥荒受饿而死。蔡伯喈并非无功名之念，但他对之并不十分热衷，赵五娘更是不为功名利禄所动，他们都将伦理亲情置于名利之上。真正看重名利的是蔡伯喈的老父蔡公，虽然他希望孩子荣身显贵，也饱含对儿女之爱，但这点名利之心，实是剧中痛苦的根源。牛丞相看重状元之名，不顾蔡伯喈亲不能养，将女儿强嫁于伯喈；皇帝因自身之利益，违背了他所宣扬的"孝义者风俗之本"的教义，使伯喈不能还乡尽孝。《琵琶记》的深刻之处在于，揭示出这"名缰利锁"不是某个人的名缰利锁，而是整个社会的名缰利锁，锁住了其中的每一个人。所以，在剧中蔡伯喈处处流露出无奈之感。本剧称蔡伯喈是"全忠全孝"，然而实际上剧中主要写蔡伯喈之"孝"，而较少写其"忠"。一般意义上，"忠"是指忠于朝廷、国家。剧中体现了尽忠与尽孝的矛盾，然而这并不只是封建时代的矛盾，而是古今永恒的无奈。抱着这种无奈与对官场束缚的厌倦，蔡伯喈多次表达了对田园隐居生活的向往。然而，在人世间能够对抗"名缰利锁"的，只有这作品中高扬的贤德与仁义，多一份贤德与仁义，世间才能多一份感人的真情。这是高明在剧中宣扬"孝义"的思想根源。

《琵琶记》的成就是多方面的。它描写人情，真实细腻，婉转曲折，极能打动人心。王世贞《曲藻》说："则诚所以冠绝诸剧者，不唯其琢句之工，使事之美而已。其体贴人情，委曲必尽，描写物态，仿佛如生，问答之际，了不见扭造，所以佳耳。"《琵琶记》的语言，文采和本色两种兼备。能根据不同人物的身份，使用两种不同风格的语言，是高度贴合人物的戏剧语言。《琵琶记》的结构布置最为人称道。剧中蔡伯喈与赵五娘双线交错发展，以富衬贫，以喜衬悲，二者形成鲜明对比。吕天成《曲品》称赞其"串插甚合局段，苦乐相错，具见体裁，可师可法，而不可及也"。此外，在戏曲的声调格律方面，《琵琶记》也十分考究，改变了早期南戏不讲究宫调配合的状态，在此方面也成为明清传奇的圭臬。

高明的《琵琶记》是把民间戏文与文人创作结合起来的成功之作。它把南戏创作提高到艺术上比较成熟、能为雅俗共赏的新阶段。《琵琶记》因此成为南戏创作的范本，获得"曲祖"（魏良辅《曲律》）、"南曲之宗"（黄图珌《看山阁集闲笔》）的称誉。在流传与演出上，"自胜国（指前朝）已遍传宇内矣"（明代雪蓑渔者《宝剑记序》），"演习梨园几半天下"（明代胡应麟《庄岳委谈》），对后世的戏剧创作发生了深远的影响。自它以后，文人雅士、名公大臣纷纷起而制作戏文，以致蔚然成风。它还被译为英文、法文、德文、日文，传播国外。

《琵琶记》的版本流传有两个系统。清陆贻典钞本《蔡伯喈琵琶记》、明嘉靖苏州坊刻巾箱本，较接近原貌。今人钱南扬有《元本琵琶记校注》。其他明刊本种类尚多，如黄氏尊生馆刻本、容与堂刻李卓吾评本、汲古阁"六十种曲"本等，经过后人改动，与原本有一定的差异。

（徐龙飞）

琵琶记

[元]高明

题目：

　　极富极贵牛丞相　　施仁施义张广才

　　有真有烈赵真女　　全忠全孝蔡伯喈

人物表：

蔡伯喈　　生扮演，娶妻赵五娘。科举高中后又娶牛小姐。

赵五娘　　旦扮演，蔡伯喈原配妻房，孝顺公婆，后寻夫相认。

牛小姐　　贴扮演，牛太师之女，蔡伯喈之后妻。

蔡　公　　外扮演，蔡伯喈之父。

蔡　婆　　净扮演，蔡伯喈之母。

老姥姥　　净扮演，牛太师府里下人。

惜　春　　丑扮演，牛太师府里丫环。

张太公　　末扮演，蔡伯喈邻居，急公好义。

老　院　　末扮演，牛太师府里老院公。

媒婆一、媒婆二、书生甲、书生乙、书生丙、驿丞、首领官、陪宴官、令史、黄门、拐儿、院子、里正、李社长、站官、县官、皂隶、放粮官、五戒、口㘇、胡厮、长老、山神、白猿使者、黑虎将军、李旺

版本出处：臧懋循，编《元曲选》浙江古籍出版社，1998年3月。

毛晋，编《六十种曲》中华书局，1958年5月。

校对人：允昂

第一出

〔副末上。

副　末　（白）【水调歌头】

　　秋灯明翠幕，夜案览芸编。

　　今来古往，其间故事几多般。

　　少甚佳人才子，也有神仙幽怪，琐碎不堪观。

　　正是：不关风化体，纵好也徒然。

　　论传奇，乐人易，动人难。

　　知音君子，这般另作眼儿看。

　　休论插科打诨，也不寻宫数调，只看子孝共妻贤。

　　正是：骅骝方独步，万马敢争先。

（问内科）且问后房子弟，今日敷演谁家故事？哪本传奇？

内　（应科）三不从琵琶记。

副　末　原来是这本传奇。待小子略道几句家门，便见戏文大意。

（白）【沁园春】

　　赵女姿容，蔡邕文业，两月夫妻。

　　奈朝廷黄榜，遍招贤士；高堂严命，强赴春闱。

　　一举鳌头，再婚牛氏，利绾名牵竟不归。

饥荒岁，双亲俱丧，此际实堪悲。

堪悲赵女支持，剪下香云送舅姑。

把麻裙包土，筑成坟墓；琵琶写怨，径往京畿。

孝矣伯喈，贤哉牛氏，书馆相逢最惨凄。

重庐墓，一夫二妇，旌表耀门闾。

正是：极富极贵牛丞相，

施仁施义张广才。

有贞有烈赵贞女，

全忠全孝蔡伯喈。

第二出

〔蔡伯喈上。

蔡伯喈 （唱）【瑞鹤仙】

十载亲灯火，论高才绝学，休夸班马。

风云太平日，正骅骝欲骋，鱼龙将化。

沉吟一和，怎离却双亲膝下？

且尽心甘旨，功名富贵，付之天也。

（白）【鹧鸪天】

宋玉多才未足称，子云识字浪传名。

奎光已透三千丈，风力行看九万程。

经世手，济时英，玉堂金马岂难登？

要将莱彩欢亲意，且戴儒冠尽子情。

蔡邕沉酣六籍，贯串百家。自礼乐名物，以及诗赋词章，皆能穷其妙；由阴阳星历，以至声音书数，靡不得其精。

抱经济之奇才，当文明之盛世。幼而学，壮而行，虽望青云之万里；入则孝，出则弟，怎离白发之双亲？到不如尽菽水之欢，甘齑盐之分。正是：行孝于己，责报于天。自家新娶妻房，才方两月。却是陈留郡人，赵氏五娘。仪容俊雅，也休夸桃李之姿；德性幽娴，尽可寄苹蘩之托。正是：夫妻和顺，父母康宁。《诗》中有云："为此春酒，以介眉寿。"今喜双亲既寿而康，对此春光，就花下酌杯酒，与双亲称寿，多少是好。昨已嘱付五娘子安排，不免催促则个。娘子，酒席完备了未？请爹妈出来。

〔赵五娘内应，蔡公、蔡婆上。

蔡　公	（唱）【宝鼎现】
	小门深巷里，春到芳草，人闲清昼。
蔡　婆	（唱）人老去星星非故，春又来年年依旧。

〔赵五娘上。

赵五娘	（唱）最喜得今朝春酒熟，满目花开如绣。
合	（唱）愿岁岁年年人在，花下常斟春酒。
蔡　公	孩儿，你请我两个出来做什么？
蔡伯喈	（跪）告爹妈得知：人生百岁，光阴几何？幸喜爹妈年满八旬，孩儿一则以喜，一则以惧；当此青春光景，闲居无事，聊具一杯蔬酒，与爹妈称庆歇子。
蔡　婆	（笑）阿老有得吃。
蔡　公	阿婆，这是子孝双亲乐，家和万事成。
蔡伯喈	（进酒）（唱）【锦堂月】
	帘幕风柔，庭帏昼永，朝来峭寒轻透。
	亲在高堂，一喜又还一忧。
	惟愿取百岁椿萱，长似他三春花柳。
合	（唱）酌春酒，看取花下高歌，共祝眉寿。

赵五娘　　（唱）【前腔换头】

　　　　　　辐辏，获配鸾俦。

　　　　　　深惭燕尔，持杯自觉娇羞。

　　　　　　怕难主苹蘩，堪侍奉箕帚。

　　　　　　惟愿取偕老夫妻，长侍奉暮年姑舅。（合前）

蔡　公　　（唱）【前腔换头】

　　　　　　还愁，白发蒙头，红英满眼，心惊去年时候。

　　　　　　只恐时光，催人去也难留。

　　　　　　孩儿，惟愿取黄卷青灯，及早换金章紫绶。（合前）

蔡　婆　　（唱）【前腔换头】

　　　　　　还忧，松竹门幽，桑榆暮景，明年知他健否安否？

　　　　　　叹兰玉萧条，一朵桂花难茂。

　　　　　　媳妇，惟愿取连理芳年，得早遂孙枝荣秀。（合前）

蔡伯喈　　（唱）【醉翁子】

　　　　　　回首，叹瞬息乌飞兔走。

赵五娘　　（唱）喜爹妈双全，谢天相佑。

蔡伯喈　　（唱）不谬，更清淡安闲，乐事如今谁更有。

合　　　　（唱）相庆处，但酌酒高歌，共祝眉寿。

蔡　公
蔡　婆　　（合唱）【前腔】

　　　　　　卑陋，论做人要光前耀后。

　　　　　　劝我儿青云万里，万里驰骤。

蔡伯喈　　（唱）听剖，真乐在田园，何必区区公与侯。（合前）

蔡伯喈
赵五娘　　（合唱）【侥侥令】

　　　　　　春花明彩袖，春酒满金瓯。

　　　　　　但愿岁岁年年人长在，父母共夫妻相劝酬。

蔡　公	（合唱）【前腔】
蔡　婆	夫妻好厮守，父母愿长久。
	坐对两山排闼青来好，看将一水护田畴，绿绕流。
合	（唱）【十二时】
	山青水绿还依旧，叹人生青春难又，
	惟有快活是良谋。
蔡　公	逢时对酒合高歌，
蔡　婆	须信人生能几何？
蔡伯喈	
赵五娘	（合）万两黄金未为宝，
	一家安乐值钱多。

〔并下。

第三出

〔老院公上。

老院公　风送炉香归别院，日移花影上闲庭。

　　　　昼长人静无他事，惟有莺啼三两声。

　　　　小子不是别人，却是牛太师府里一个院子。若论我那太师富贵，真个：只有天在上，更无山与齐；举头红日近，回首白云低。怎见得那富贵？只见势压中朝，富倾上苑。白日映沙堤，清霜凝画戟。门外车轮流水，城中甲第连山。琼楼酾月十二层，锦帐藏春五十里。香散绮罗，写不尽园林景致；影摇珠翠，描不就庭院风光。好要子的油壁车轻金犊肥，没寻处的流苏帐暖春鸡报。画堂内持觞劝酒，走动的是紫绶金貂；绣屏前品竹弹丝，摆列的是红妆粉面。玳瑁筵前爇宝香，真个是朝朝寒食；琉璃影里烧银烛，果然是夜夜元宵。这般福地洞天，可知有仙姝玉女。休言富贵牛太师，且说贤德小娘子。看她仪容娇媚，一个没包弹的俊脸，似一片美玉无瑕；体态幽闲，半点难勾引的芳心，似几寸清冰彻底。珠翠丛中长大，倒欣着雅淡梳妆；绮罗阵里生来，却厌他繁华气象。怪听笙歌声韵，惟贪针指工夫。爱此清幽，整白日何曾离绣阁；笑人游冶，傍青春哪肯出香闺。开遍海棠花，也不问夜来多少；飞残杨柳絮，竟不道春去如何。要知他半点真心，惟有穿琐窗皓月；能使他一双娇眼，除非翻翠帐清风。决非慕司马的文君，肯学选伯鸾的德耀。更羡他知书知礼，是一个不趋跄的秀才；若论他有德有行，好一个戴冠儿的君子。多应是相门相种，可惜不做厮儿；少什么王子王孙，争要求为佳配。呀！理会得么？他是玉皇殿前掌书仙，一点尘心谪九天。莫怪兰香熏透骨，霞衣曾惹御炉烟。好怪么！只见老姥姥和惜春养娘舞将出来做甚么？

〔老姥姥跳舞上。

老姥姥　（唱）【雁儿落】

　　　　　深院重重，怎不怨苦？

　　　　　要寻个男儿，并无门路。

〔惜春跳舞上。

惜　春　（唱）甚年能够，和一丈夫，一处里双双雁儿舞？（唱舞介）
老院公　老姥姥拜揖。
老姥姥　院子万福。
老院公　惜春姐拜揖。
惜　春　院公万福。

老院公	我且问你两个,每常间不曾恁地戏耍,怎的今日十分快活?
惜　春	院公,你不得知,我吃小娘子苦,并不许我一步胡踏,并不要说男儿边厢去。苦咳!你弗要男儿,我须要他。也道我和他相似,也不放我笑一笑。今日天可怜见,吃我千方百计去说化他,只限我一个时辰,去花园中赏玩一番。苦咳!我如何的不快活?
老姥姥	便是我,也千不合万不合前生不种福地,把我这里做丫头,苦如何说得?做丫头老了,并不曾有一日得眉头开。今日得老相公出去,我且来这里游赏歇子。
老院公	原来恁地,可知你快活也。
老姥姥	院子,你服侍老相公,公的又撞着公的!我服侍小娘子,雌的又撞着雌的。
老院公	又道是凤只鸾孤。老姥姥,惜春年纪小,也怪她伤春不得。你老老大大,也这般说,甚么样子?
老姥姥	哼口息!老畜生,吃你识秋茄晚结,迟花晚发;老自老,似京枣,外面皱,里面好。你不见东村李太婆?年七十岁,头光光的,也只是要嫁人。人问他:你老了,嫁甚的?这婆子做四句诗,做得好。
老院公	四句诗如何说?
老姥姥	道是:人生七十古来稀,不去嫁人待何时?下了头髻做新妇,枕头上放出大擂槌。
老院公	你有些欠尊重。
惜　春	便是西村有个张太婆,年六十九岁,一个公公见他生得好,只是要取她。这婆子道:你做得四句诗。做得好。
老院公	如何说?
惜　春	道是:青春年少莫蹉跎,床公尚自讨床婆,红罗帐里做夫

	妇，枕头上安着两个大西瓜。
老姥姥	休闲说，今日能够得在此闲戏歇子，也不是容易。正撞着院公在此，咱每两三个自作耍歇子。
惜　春	还是做什么耍好？
老姥姥	踢气球耍。
老院公	不好。
老姥姥 惜　春	（合）怎的不好？
老院公	（白）【西江月】 　　白打从来逞势，官场自小驰名。 　　如今年老脚□①胅疼，圆社无心驰骋。 　　空使绣襦汗湿，谩罗袜生尘。 　　兀的是少年子弟俏门庭，不似宝妆行径。
惜　春	斗百草耍。
老院公	也不好。
老姥姥	怎的不好？
老院公	（白）【西江月】 　　香径里扳残草色，雕栏畔折损花容。 　　又无巧艺动王公，枉费了工夫何用？ 　　惊起娇莺语燕，打开浪蝶狂蜂。 　　若还寻得并头红，早把你芳心引动。
老姥姥 惜　春	（合）打秋千耍。
老院公	这个却好。

---

① 此处缺失一个字。

老姥姥 惜　春	（合）打秋千怎的便中？
老院公	你听我说：

（白）【西江月】
　　　　玉体轻流香汗，绣裙荡漾明霞。
　　　　纤纤玉手把彩绳拿，真个堪描堪画。
　　　　本是北方戎戏，移来上苑豪家。
　　　　女娘撩乱隔墙花，好似半仙戏耍。

老姥姥 惜　春	（合）恁地便打秋千。只是哪里有秋千架？
老院公	我这花园里哪讨秋千架？一来相公不忺，二来娘子又不好，纵有也拆了。
惜　春	院公，没奈何，咱每三个在这里，厮论做个秋千架，一人打，两人抬。（做架介）
老院公	谁先打？
老姥姥 惜　春	（合）我两人抬，院公，你先打。（介）
牛小姐	（在戏房内叫）老姥姥，将我的《列女传》哪里去了？ （老姥姥、惜春放，老院公跌介）
老院公	（起）你两人骗得我好也！
老姥姥	今番当我打。
老姥姥 惜　春	（合）老姥姥打。

（老姥姥打介）

牛小姐	（又叫介）惜春，将我针线箱儿哪里去了？ （老院公、惜春放，老姥姥不跌介）
老院公	你奸得我索性。

惜　春	今番当我打，疾忙着。（打介）
	〔牛小姐上。
牛小姐	莫信直中直，须防仁不仁。
	〔老院公、老姥姥放走下。
惜　春	（做不知介）又要，罢罢，来么！轮当我打，便奚落人。
	（牛小姐扯惜春耳，惜春惊介）
牛小姐	贱人！你直恁的为人不自重，只要闲嬉并闲哄。
惜　春	娘子，交人怎不去闲嬉？
牛小姐	怎的？
惜　春	你看么，秋千架尚兀自走动。
牛小姐	贱人！我只教你在此赏玩片时，谁许你在此闲哄？
惜　春	娘子，奴家名唤做惜春，见这春去，自伤春起来，如何不闷？
牛小姐	你有甚伤春？
惜　春	娘子，我早晨间见疏剌剌寒风，吹散了一帘柳絮；晌午间只见淅零零小雨，打坏了满树梨花。一霎时啭几对黄鹂，猛可地叫数声杜宇。见此春去，如何不闷？
牛小姐	春光自去，你有甚么闷来？我和你去习些女工便了。
惜　春	苦咳！这般天气，谁不去闲嬉？娘子却教惜春去习女工，兀的不是闷杀惜春么？
牛小姐	妇人家谁许你闲嬉？不习女工，有甚勾当？你却不学不出闺门的。
惜　春	娘子，你有千箱罗绮，满头珠翠，少甚么子，却这般自苦？
牛小姐	贱人！好怪么？做生活是你本分的事，问有和不有做甚么？
惜　春	恁的，惜春辞娘子去了，我服侍别人，与他传消递息，

随趁也得些快活。服侍着你，见男儿也不许我抬眼。前日艳阳天气，花红柳绿，猫儿狗儿也动心，你也不动一动；如今暮春时候，鸟啼花落，谁不伤情？你也不愁一愁。惜春其实难和娘子过活。

牛小姐　贱人！你是狂是颠？我对老相公说，教好生施行你。

惜　春　娘子可怜见，惜春心里闷，自这般说。

牛小姐　你看么？

（唱）【祝英台近】

　　绿成阴，红似雨，春事已无有。

惜　春　（唱）闻说西郊，车马尚驰骤。

牛小姐　（唱）怎如柳絮帘栊，梨花庭院，

合　　　（唱）好天气清明时候。

惜　春　（白）【玉楼春】

　　清明时节单衣试，争奈昼长人静重门闭？

牛小姐　我芳心不解乱萦牵，羞见游丝与飞絮。

惜　春　绣窗欲待拈针指，忽听莺燕双双语。

牛小姐　无情何处管多情？任取春光自来去。

惜　春　娘子。有甚法度教惜春休闷了？

牛小姐　（唱）【祝英台序】

　　把几分春三月景，分付与东流。

惜　春　鸟啼花落，须烦恼你。

牛小姐　（唱）啼老杜鹃，飞尽红英，端不为春闲愁。

惜　春　不闲愁，也去赏玩节否？

牛小姐　（唱）休休，妇人家不出闺门，怎去寻花穿柳？

惜　春　不游赏，只怕消瘦了你。

牛小姐　（唱）把花貌，谁肯因春消瘦？

惜　春　（唱）【前腔换头】

	春昼，只见燕双飞，蝶引队，莺语似求友。
牛小姐	你是人物，说那虫蚁做甚么？
惜　春	（唱）那更柳外画轮，花底雕鞍，都是少年闲游。
牛小姐	这贱人，你是妇人家，说那少年事做甚么？
惜　春	（唱）难守，孤房清冷无人，也寻一个佳偶。
牛小姐	呀，贱人！你到思量男儿。
惜　春	（唱）这般说，终身休配鸾俦。
牛小姐	（唱）【前腔换头】
	知否？我为何不卷珠帘，独坐爱清幽？
惜　春	清幽，清幽，争奈人愁！
牛小姐	（唱）千斛闷怀，百种春愁，难上我的眉头。
惜　春	只怕你不长恁地。
牛小姐	（唱）休忧，任他春色年年，我的芳心依旧。
惜　春	只怕风流年少哄着你。
牛小姐	（唱）这文君，可不耽搁了相如琴奏。
惜　春	（唱）【前腔换头】
	今后，方信你彻底澄清，我好没来由。
牛小姐	你怎的不收拾了心下？
惜　春	（唱）想象暮云，分付东风，情到不堪回首。
牛小姐	你怎不学我？
惜　春	（唱）听剖：你是蕊宫琼苑神仙，不比尘凡相诱。
牛小姐	恁地，自随我习些女工便了。
惜　春	（唱）谨随侍，窗下拈针挑绣。
牛小姐	休听枝上子规啼，
惜　春	闷在停针不语时。
牛小姐	窗外日光弹指过，
合	席前花影坐间移。

〔并下。

第四出

〔蔡伯喈上。

蔡伯喈 （唱）【一剪梅】

浪暖桃香欲化鱼，期逼春闱，诏赴春闱。

郡中空有辟贤书，心恋亲闱，难舍亲闱。

世间好物不坚牢，彩云易散琉璃脆。蔡邕本欲甘守清贫，力行孝道。谁知朝廷黄榜招贤，郡中把自家保申上司去了；一壁厢来辟召，自家力以亲老为辞。这吏人虽则已去，只怕明日又来，我只得力辞。正是：人爵不如天爵贵，功名争似孝名高？

（唱）【宜春令】

虽然读万卷书，论功名非吾意儿。

只愁亲老，梦魂不到春闱里。

便教我做到九棘三槐，怎撇得萱花椿树？

我这，衷肠一点孝心，对谁人语？

〔张太公上。

张太公 （唱）【前腔】

相邻并，相依倚，往常间有事来相报知。

蔡伯喈 来的却是张太公。公公拜揖。

张太公 解元拜揖。解元：

（唱）试期逼矣，早办行装前途去。

蔡伯喈 双亲老了，不敢去。

张太公　　（笑介，唱）子虽念亲老孤唯，亲须望孩儿荣贵。
　　　　　　解元，趁此青春不去，更待何日？
　　　　　解元既不肯去，更待老员外和大娘子出来，看如何说；也只是劝解元去分晓。道犹未了，兀的便是老员外来。
　　　　　〔蔡公上。
蔡　公　　（唱）【前腔】
　　　　　　时光短，雪鬓垂，守清贫不图着甚的。
　　　　　　有儿聪慧，但得他为官吾足矣。
　　　　　（蔡公、张太公相见介）
蔡　公　　（唱）孩儿，天子诏招取贤良，秀才每都求着科试。
　　　　　　快赴春闱，急急整着行李。
　　　　　孩儿，如今黄榜招贤，郡中既然辟召你，你如何不去赴选？
张太公　　兀的大娘子也出来了。
　　　　　〔蔡婆上。
蔡　婆　　（唱）【吴小四】
　　　　　　眼又昏，耳又聋，家私空又空。
　　　　　　只有孩儿肚内聪，
　　　　　　他若做得官时运通，我两人不怕穷。
　　　　　我倒不合娶媳妇与孩儿，只得六十日，便把我孩儿都瘦了；若更过三年，怕不做一个骷髅。
张太公　　只要他不谐。
蔡　公　　孩儿，如今黄榜招贤，试期已迫，你这般人才，如何不去赴选？
张太公　　老员外和大娘子，不可不作成秀才走一遭。
蔡伯喈　　告爹爹，孩儿非不要去，争奈爹妈年老，家中无人侍奉。
蔡　婆　　苦么！你又没七子八婿，只有一个孩儿。老贼！你眼又

		昏，耳又聋，又走动不得，教孩儿出去，万一有些差池，教兀谁管来？你真个没饭吃便着饿死，没衣穿便着冻死。
蔡　公		你理会得甚么？孩儿做官，也改换门闾，如何不教他去？
蔡伯喈		孩儿难去。
		（唱）【绣带儿】
		亲年老光阴有几？行孝正是今日。
		终不然为着一领蓝袍，却落后了戏彩斑衣。
		思之，此行荣贵虽可拟，怕亲老等不得荣贵。
蔡　公		（唱）春闱里纷纷大儒，难道是没爹娘的孩儿方去？
张太公		（唱）【前腔】
		休迷！
		男儿汉凌云志气，何必苦恁淹滞？
		可不干费了十载青灯，枉挨半世黄齑？
		须知，此行是亲志休故拒。
		秀才，你那些个养亲之志？
蔡　婆		（唱）百年事只有此儿，老贼！难道是庭前森森丹桂？
蔡　公		（唱）【太师引】
		他意儿难提起，这其间就里我自知。
张太公		他为甚么？
蔡　公		（唱）他恋着被窝中恩爱，舍不得离海角天涯。
		你是读书人，说个比仿与你：
		（唱）涂山四日离大禹，你直恁地舍不得分离。
张太公		敢是如此。秀才，你贪鸳侣守着凤帏，多误了鹏程鹗荐的消息。
蔡　婆		（唱）【前腔】
		他意里只要供甘旨，又何曾贪欢恋妻。
		自古道曾参纯孝，何曾去应举及第？

功名富贵天付与，天若与不求须来至。

蔡伯喈　（唱）娘行是望爹行听取。

孩儿恋媳妇不肯去呵，

（唱）天须鉴孩儿不孝的情罪。

告爹爹：教孩儿出去，把爹爹妈妈独自在家，万一有些差池，一来别人道孩儿不孝，撇了爹娘去取功名；二来道爹娘所见不达，只有一子，教他远离；以此上不相从。

蔡　公　不从我的言语也由你，但说如何唤作孝？

蔡　婆　老贼！你年七八十岁，也不识做孝。披麻带索便是孝。

（张太公收介）

蔡伯喈　告爹爹：凡为人子者，冬温而夏清，昏定而晨省，问其寒燠，搔其疴痒，出入则扶持之，问所欲则敬进之。是以父母在，不远游；出不易方，复不过时。古人的大孝，也只如此。

蔡　公　孩儿，你说的都是小节，不曾说那大孝。

蔡　婆　老贼！你又不死，只管教他做大孝。赶出去赴选不得。

张太公　这话有些不祥。

蔡　公　孩儿，你听我说：夫孝始于事亲，中于事君，终于立身。身体发肤，受之父母，不敢毁伤，孝之始也。立身行道，扬名于后世，以显父母，孝之终也。是以家贫亲老，不为禄仕，所以为不孝。你去做官时节，也显得父母好处，不是大孝，却是甚么？

蔡伯喈　爹爹说得自是。知他是去做官不做官？若还不中时节，又不能勾事君，又不能勾事亲，可谓两耽阁了。

张太公　秀才，说话错了。老汉常听得秀才每说道：幼而学，壮而行；怀宝迷邦，谓之不仁。孔席不暇暖，墨突不得黔，伊尹负鼎俎以干汤，百里奚把五羊之皮自鬻，也只要顺时行

	道,济世安民。秀才,这个正是学成文武艺,合当货与帝王家。秀才,你这般人才,如何不去做官,济世安民?
蔡　婆	你都有言语劝我儿,我有个故事说与你听:在先东村有个李员外孩儿,他爹爹每日只闲吵。只是教孩儿去做官。他吃不过爹爹闲吵,去到长安,那里无人抬举他,流落教化,见平章宰相,疾忙田地上拜着。丞相可怜见他,道:我与你个养济院头目,去管你爹娘。这个人道:做养济院头目,如何去管得爹娘?比及他回来,爹娘果在养济院里。他爹问他娘道:我教孩儿去的是?今日我孩儿做头目,人也不敢欺负我。你今日去,千万取个养济院头目,卑田院大使回来,也休教人欺负我。
张太公	只有乞丐相,教我听了半日。
蔡　公	孩儿,你便去。
蔡伯喈	孩儿去则不妨,爹妈教谁看管?
张太公	秀才,自古道:千钱买邻,八百买舍。老汉既忝在邻舍,秀才但放心前去,不拣有甚欠缺,或是大员外老安人有些疾病,老汉自当早晚应承。
蔡伯喈	如此,谢得公公!凡事专托公公周济。如此,卑人没奈何,只得收拾行李便去。
	(唱)【三学士】
	谢得公公意甚美,凡事仗托维持。
	假饶一举登科日,难道是双亲未老时。
	只恐锦衣归故里,双亲的怕不见儿。
蔡　公	(唱)【前腔】
	萱室椿庭衰老矣,指望你换了门闾。
	你休道无人供奉。你做得呵,
	(唱)三牲五鼎供朝夕,

　　　　　　　须胜似啜菽并饮水。

　　　　　　　你若锦衣归故里，我便死呵，一灵儿终是喜。

张太公　（唱）【前腔】

　　　　　　　托在邻家相倚依，专当效峰区区。

　　　　　　　秀才，你为甚在十年窗下人间？

　　　　　　　只图个一举成名天下知。

　　　　　　　你若不锦衣归故里，谁知你读万卷书？

蔡　婆　（唱）【前腔】

　　　　　　　一旦分离掌上珠，我这老景凭谁？

　　　　　　　忍将父母饥寒死，博换得孩儿名利归。

　　　　　　　你纵然衣锦归故里，补不得你名行亏。

蔡　公　急办行装赴试闱。
蔡伯喈　父亲严命怎生违？
合　　　一举首登龙虎榜，
　　　　十年身到凤皇池。
　　　　〔并下。

第五出

〔赵五娘、蔡伯喈上。

赵五娘　（唱）【谒金门】

　　　　　　　春梦断，临镜绿云撩乱。

　　　　　　　闻道才郎游上苑，又添离别叹。

蔡伯喈　（接唱）苦被爹行逼遣，脉咏此情何限。

　　　　　　　骨肉一朝成拆散，可怜难舍弃。

赵五娘	解元，云情雨意，虽可抛两月之夫妻；雪鬓霜鬟，更不念八旬之父母。功名之念一起，甘旨之心顿忘，是何道理？
蔡伯喈	娘子，休说那话。膝下远离，岂无眷恋之意？奈堂上父母力勉，不听分剖之辞，教卑人如何是得？
赵五娘	我多猜着你了：

     （唱）【忒忒令】

       你读陪思量要做状元，我只怕你学疏才短。

蔡伯喈	我不曾才短。
赵五娘	（唱）只是孝经，曲礼，你早忘了一半。
蔡伯喈	我不曾忘了。
赵五娘	你身曾忘了：

     （唱）却不道夏清与冬温，昏须定，晨须省，亲在游怎远？

| 蔡伯喈 | （唱）【前腔】 |

       我哭哀哀推辞了万千，他闹吵吵抵死来相劝。
       将我深罪，不由人分辨。

赵五娘	罪你甚么？
蔡伯喈	（唱）只道我恋新婚，逆亲言，贪妻爱，不肯去赴选。
赵五娘	（唱）【沉醉东风】

       你爹行见得你好偏，只一子不留在身畔。
      （介）我和你去说咱。
       休休，他只道我不贤，要将你迷恋。
       苦！这其间怎不悲怨？

| 合 | （唱）为爹泪涟，为娘泪涟，何曾为着夫妻上意牵？ |
| 蔡伯喈 | （唱）【前腔】 |

       做孩儿节孝怎全？做爹行不从人几谏。
       呀！俺为人子，不当恁地说。
       也不是要埋冤，影只形单，

　　　　　我出去有谁来看管。（合前）
　　　　娘子，爹爹妈妈来，你且揾了眼泪。
　　　　〔蔡公、蔡婆上。

蔡　公　（合唱）【腊梅花】
蔡　婆　　　我孩儿出去在今日中，爹爹妈妈来相送。
　　　　　但愿得鱼化龙，青云得路，桂枝高折步蟾宫。

蔡　公　孩儿，安排行李了未？
蔡伯喈　安排已了。
蔡　公　安排既了，如何不去？
蔡　婆　他若出去，家中更无第二人，只有一个媳妇，如何不分付他几句？
蔡伯喈　孩儿没别事，只等张太公来，把爹娘托付与他，教他早晚应承，孩儿庶可放心前去。
赵五娘　张太公早来。
　　　　〔张太公上。
张太公　仗剑对樽酒，耻为游子颜。所志在功名，离别何足叹。（相见介）
蔡伯喈　卑人如今出去，家中并无亲人。爹爹妈妈，年老衰倦；一个媳妇，只是女流之辈，她理会得甚么？凡事全赖公公相与扶持，早晚看管；家中有些欠缺，亦望公公周济。昨日已蒙亲许，今日特此拜恳。卑人稍有寸进，自当效结草衔环之报，决不敢忘恩！
张太公　受人之托，必当终人之事。况一言既出，驷马难追。昨日已许秀才，去后决不相误。
蔡伯喈
赵五娘　（合）谢得公公！

蔡　公　　　孩儿去。

蔡伯喈　　　孩儿拜辞爹妈便去。

（拜唱）【园林好】

儿今去，爹妈休得要意悬。

儿今去今年便还，但愿得双亲康健。

合　　　　（唱）须有日拜堂前，须有日拜堂前。

蔡　公　　（唱）【前腔】

我孩儿不须挂牵，爹只望孩儿贵显。

若得你名登高选，

合　　　　（唱）须早把信音传，须早把信音传。

蔡　婆　　（唱）【江儿水】

膝下娇儿去，堂前老母单，

临行只得密缝针线。

眼巴巴望着关山远，

冷清清倚定门儿遍，

教我如何消遣？

合　　　　（唱）要解愁烦，须是寄个音书回转。

赵五娘　　（唱）【前腔】

妾的衷肠事，万万千，

说来又怕添萦绊。

六十日夫妻恩情断，

八十岁父母如何展？

教我如何不怨？（合前）

张太公　　（唱）【五供养】

贫穷老汉，托在邻家，事体相关。

此行须勉强，不必恁留连。

你爹娘早晚，早晚里我专来陪伴。

	丈夫非无泪，不洒别离间。
合	（唱）骨肉分离，寸肠割断。
蔡伯喈	（跪介唱）【前腔】
	公公可怜，俺的爹娘，望你周全。
	此身还贵显，自当效衔环。
赵五娘	（唱）有孩儿也枉然，你爹娘倒教别人来看管。
	此际情何限，偷把泪珠弹。（合前）
蔡　公	（唱）【玉交枝】
	别离休叹，我心下非不痛酸。
	非爹苦要轻拆散，也只是要图你荣显。
蔡　婆	（唱）蟾宫桂枝须早扳，北堂萱草时光短。
合	（唱）又不知何日再圆？又不知何日再圆？
蔡伯喈	（唱）【前腔】
	双亲衰倦，你扶持着他老年。
	饥时劝他加餐饭，寒时频与衣穿。
赵五娘	（唱）做媳妇事舅姑不待你言，
	你做孩儿离父母何日返？（合前）
蔡　公	（唱）【川拨棹】
	归休晚，莫教人凝望眼。
蔡伯喈	（唱）但有日回到家园，怕回来双亲老年。
合	（唱）怎教人心放宽？不由人不泪弹。
赵五娘	（唱）【前腔换头】
	我的埋冤怎尽言？我的一身难上难。
蔡伯喈	（唱）娘子，你宁可将我来埋冤，
	莫将我爹娘来冷看。（合前）
	此行勉强赴春闱，

蔡　公	
蔡　婆	
张太公	（合）专望你明年衣锦归。
赵五娘	
合	世上万般哀苦事，无过死别共生离。

〔蔡公、蔡婆、张太公先下。

（蔡伯喈、赵五娘在场）

赵五娘	秀才，你如何割舍便去？
蔡伯喈	教卑人如何是得？
赵五娘	（唱）【尾犯】

    懊恨别离轻，悲岂断弦，愁非分镜。
    只虑高堂，怕风烛不定。

蔡伯喈	（唱）肠已断欲离未忍，泪难收无言自零。
合	（唱）空留恋，天涯海角，只在须臾顷。
赵五娘	（唱）【尾犯序】

    无限别离情，两月夫妻，一旦孤另。
    此去经年，望迢迢玉京。
    思省，奴不虑山遥路远，奴不虑衾寒枕冷；
    奴只虑，公婆没主一旦冷清清。

蔡伯喈	（唱）【前腔换头】

    何曾，想着那功名？
    欲尽子情，难拒亲命。
    我年老爹娘，望伊家看承。
    毕竟，你休怨朝雨暮云，只得替着我冬温夏清。
    思量起，如何教我割舍得眼睁睁。

赵五娘	（唱）【前腔】

    儒衣才换青，快着归鞭，早办回程。

十里红楼，休重娶娉婷。

叮咛，不念我芙蓉帐冷，也思亲桑榆暮景。

亲祝付，知他记否空自语惺惺。

蔡伯喈　　（唱）【前腔】

宽心须待等，我肯恋花柳，甘为萍梗？

只怕万里关山，那更音信难凭。

须听，我没奈何分情破爱，谁下得亏心短行？

合　　　　（唱）从今去，相思两处一样泪盈盈。

赵五娘　　官人去，千万早早回程。

蔡伯喈　　卑人有父母在上，岂敢久恋他乡！

蔡伯喈　　（唱）【鹧鸪天】

万里关山万里愁。

赵五娘　　（唱）一般心事一般忧。

蔡伯喈　　（唱）亲闱暮景应难保，客馆风光怎久留？

〔蔡伯喈先下。

赵五娘　　（唱）他那里，漫凝眸，正是马行十步九回头。

归家只恐伤亲意，阁泪汪汪不敢流。

〔赵五娘下。

正是：才斟别酒泪先流，

郎上孤舟妾倚楼。

片帆渐远皆回首，

一种相思两处愁。

第六出

〔老院公上。

老院公 大道青楼御苑东，玉栏朱户闭帘栊。金铃犬吠梧桐月，朱鬣马嘶杨柳风。小人却是牛太师府中一个老院子。这几日老相公出朝，不知有甚勾当，久留省中，未曾回府。闻知府中几个姑妈和老姥姥，幸得相公出去，每日在后花园闲耍；今日想必知道相公回来，都不见了。小人免不得洒扫厅堂，安排书馆，等相公回来。好怪么！只见一个婆婆走入来做甚么？

〔媒婆一上。

媒婆一 （唱）【字字双】

我做媒婆甚妖娆，谈笑。

说开说合口如刀，波俏。合婚问卜若都好，有钞。

只怕假做庚帖被人告，吃拷。

老院公 婆婆，来做什么？

媒婆一 院公万福！老媳妇特来与张直阁做媒。

老院公 我这小娘子不比别的，老相公不轻许，且慢着。又有一个媒婆来。

〔媒婆二上。

媒婆二 （唱）【前腔】

我做媒婆甚艰辛，寻趁。

有个新郎要求亲，最紧。

我每只得便忙奔，讨信。

	（介）路上更有早行人，心闷。
老院公	婆子，你来做甚么？
媒婆二	老媳妇特来与李承奉求亲。
老院公	我方才却对那婆婆说，你这媒怕难做。
媒婆二	原来这婆子也来做媒。苦咳！我是李府媒婆，几年在府前住，今日这媒吃你做？
媒婆一	偏你会做媒？但是门当户对的便了。终不然你在府前住，定要你做媒，你与乞儿做媒，也嫁他？
老院公	休闹！等相公回来，自有区处。
	〔牛太师上。
牛太师	（唱）【齐天乐】
	凤凰池上归环佩，衮袖御香犹在。
	棨戟门前，平沙堤上，何事车填马隘？
	星霜鬓改，怕玉铉无功，赤舄非才。
	回首庭前，凄凉丹桂好伤怀。
老院公	（白喏）
媒婆一 媒婆二	（合）相公万福！
牛太师	这两个婆子做什么？
媒婆一	奴家是张尚书府里来求亲。
媒婆二	奴家是李枢密家里特来做媒。
牛太师	不拣什么人，但是有才学，一笔扫尽千张纸的，方可中选。
媒婆一	告相公：奴家的新郎，一笔扫尽一千五百张纸。
媒婆二	直屁！我的新郎，一笔扫尽三万三千三百三十单三张纸。
老院公	（收介）休得这里闲吵！
牛太师	不要胡说，除非做得天下状元，方可嫁他，若是别人，不许问亲。

| 媒婆一 | 告相公：这个新郎庚帖，人算他命，道他做得天下状元。 |
| 媒婆二 | （背后抢介）相公，他的不做状元；奴家这个庚帖，定做状元。 |

（媒婆一又抢相打介）

| 牛太师 | （怒）这两人到来我家里无礼！左右，与我搜看，不拣有什么庚帖婚书，都与我扯碎。 |

（老院公搜扯破介，媒婆一、媒婆二哭介）

牛太师	左右，把她两个吊在厅前，各打十八。
老院公	领钧旨。（介）
牛太师	急把媒婆打离厅。
老院公	除非状元方可问姻亲。
媒婆一 媒婆二 合	（合）干吃十八下黄荆杖，那些个成与不成吃百瓶？

〔老院公、媒婆一、媒婆二先下，牛太师在场。

| 牛太师 | 光阴似箭催人老，日月如梭趱少年。自家没了夫人，只有一个女儿，如今不觉长大成人，又未曾问亲。只是一件，我的女孩儿，性格温柔，是事实会，若教她嫁一个膏粱子弟，怕坏了她；只教她嫁个读书人，成就她做个贤妇，多少是好？这几日自不在家，听得使唤每日都去后花园中闲耍，这是我的女孩儿不拘束她。如今人来做媒，相将做人媳妇，怎不教道她？孩儿和惜春、老姥姥过来。 |

〔牛小姐上。

| 牛小姐 | （唱）【花心动】 |

　　　幽阁深沉，问佳人：为何懒添眉黛？
　　　针线日长，图史春闲，解屡傍妆台？
　　　绛罗深护奇葩小，还不许蜂识莺猜。

老姥姥	
惜　春	（合唱）笑琐窗，多少玉人无赖！
牛小姐	爹爹万福！
牛太师	孩儿，妇人之德，不出闺门，你如何不省得？我这几日出朝去，见说道几个使唤都在后花园闲耍，却是你不拘束他。你如今年纪长大，今日是我孩儿，他日做别人媳妇，你如今不拘束他，倘或他做出歹事来，也把你名儿污了。
牛小姐	谢得爹爹教道，孩儿再来自拘束他。
牛太师	老姥姥，你年纪大矣，你做管家婆婆，倒哄着女使每闲嬉，是何所为？
老姥姥	不干老姥姥事，都是惜春。
惜　春	这都是你。（介）
老姥姥	是你。（介）
牛太师	（唱）【惜奴娇】

　　孩儿来，杏脸桃腮，

　　又当有松筠节操，蕙兰襟怀。

　　闺中言语，不出阃阈之外。

　　老姥姥，不教孩儿伊之罪。惜春，这风情今休再。

合	（唱）记再来，但把不出闺门的，语言相戒。
牛小姐	（唱）【前腔】

　　堪哀，萱室先摧。叹妇仪姆训，未曾谙解。

　　蒙爹严命，从今怎敢不改！

　　老姥姥，早晚望伊家将奴诲。

　　惜春，改前非休违背。（合前）

老姥姥	（唱）【黑麻序】

　　听浼：父母心，婚姻事要早谐。

　　劝相公，早毕儿女之债。

牛太师	（唱）休呆,如何女子前,将此口乱开。
合	（唱）记今来,但把不出闺门的,语言相戒。
惜　春	（唱）【前腔】
	轻浼,我受寂寞担烦恼,教我怎挨?
	细思之,怎不教人珠泪盈腮?
牛小姐	（唱）宽待,温衣并美食,何须苦挂怀?（合前）
牛太师	妇人不可出闺门。
牛小姐	多谢家尊教育恩。
合	休道成人不自在,
	须知自在不成人。
	〔并下。

第七出

〔蔡伯喈上。

蔡伯喈	（唱）【满庭芳】
	飞絮沾衣,残花随马,轻寒轻暖芳辰。
	江山风物,偏动别离人。
	回首高堂渐远,叹当时恩爱轻分。
	伤情处,数声杜宇,客泪满衣襟。

〔书生甲上。

书生甲	（唱）【前腔】
	萋萋芳草色,故园人望,目断王孙。
	漫憔悴邮亭,谁与温存?

〔书生乙,书生丙上。

书生乙	
书生丙	（合唱）闻道洛阳近也，还又隔几个城闉。
合	（唱）浇愁闷，解鞍沽酒，同醉杏花村。
蔡伯喈	（白）【浣溪沙】
	千里莺啼绿映红，
书生丙	水村山郭酒旗风，
书生乙	行人如在画图中。
书生甲	不暖不寒天气好，或来或往旅人逢，
合	此时谁不叹西东。
蔡伯喈	（唱）【甘州歌】
	衷肠闷损，叹路途千里，日日思亲。
	青梅如豆，难寄陇头音信。
	高堂已添双鬓雪，俺客路空瞻一片云。
合	（唱）途中味，客里身，争如流水蘸柴门？
	休回首，欲断魂，数声啼鸟不堪闻。
书生甲	（唱）【前腔】
	风光正暮春，便纵然劳役，何必愁闷？
	绿英红雨，征袍上染惹芳尘。
	云梯月殿图贵显，水宿风餐莫厌贫。
合	（唱）乘桃浪，跃锦鳞，一声雷动过龙门。
	荣归去，绿绶新，休教妻嫂笑苏秦。
书生乙	（唱）【前腔】
	谁家近水滨，见画桥烟柳，朱门隐隐。
	秋千影里，墙头半出红粉。
	他无情笑语声渐杳，却不道恼杀多情墙外人。
合	（唱）思乡远，愁路贫，肯如十度谒侯门？
	行看取，朝紫宸，凤池鳌禁听丝纶。

书生丙　　（唱）【前腔】
　　　　　　遥望雾霭纷，想洛阳宫阙，行行将近。
　　　　　　程途劳倦，欲待共饮芳樽。
　　　　　　垂杨瘦马莫暂停，只见那古树昏鸦栖渐尽。

合　　　　（唱）天将暝，日已曛，一声残角断樵门。
　　　　　　寻宿处，行步紧，前村灯火已黄昏。

　　　　　（唱）【余文】
　　　　　　向人家，忙投奔，
　　　　　　解鞍沽酒共论文，今夜雨打梨花深闭门。
　　　　　　正是：江山风物自伤情，
　　　　　　　　　南北东西为利名。
　　　　　　　　　路上有花并有酒，
　　　　　　　　　一程分作两程行。
　　　　　〔并下。

第八出

〔赵五娘上。

赵五娘　　（唱）【破齐阵】
　　　　　　翠减祥鸾罗幌，香销宝鸭金炉。
　　　　　　楚馆云闲，秦楼月冷，动是离人愁思。
　　　　　　目断天涯云山远，人在高堂雪鬓疏，
　　　　　　缘何书也无？
　　　　　（白）【古风】
　　　　　　明明匣中镜，盈盈晓来妆。

忆昔事君子，鸡鸣下君床。
　　　临镜理笄总，随君问高堂。
　　　一旦远别离，镜匣掩清光。
　　　流尘暗绮练，青苔生洞房。
　　　零落金钗钿，惨淡罗衣裳。
　　　伤哉憔悴容，无复蕙兰芳。
　　　有怀凄以苦，有路阻且长。
　　　妾身岂叹此，所忧在姑嫜。
　　　念彼猿猱远，眷此桑榆光。
　　　愿言尽妇道，游子不可望。
　　　勿弹绿绮琴，弦绝令人伤。
　　　勿听白头吟，哀音断人肠。
　　　人事多错迕，羞彼双鸳鸯。
奴家嫁与伯喈，才方两月。指望与他同侍双亲，偕老百年。谁知公公严命，强他赴选。自从去后，到今并无一个消息。把公婆抛撇在家，教奴家独自应承。奴家一来要成丈夫之孝，二来要尽为妇之道，尽心竭力，朝夕奉养。正是：天涯海角有穷时，只有此情无尽处。

（唱）【风云会四朝元】
　　　春帏催赴，同心带绾初。
　　　叹阳关声断，送别南浦，早已成间阻。
　　　谩罗襟上泪渍，谩罗襟上泪渍，和那琴瑟尘埋，锦被羞铺。
　　　寂寞琼窗，萧条朱户，空把流年度。
　　　哈，酪子里自寻思，妾意君情，一旦如朝露。
　　　君行万坦途，妾心万般苦。
　　　君还念妾，迢迢远远也索回顾。

（唱）【前腔】

朱颜非故，绿云懒去梳。

奈画眉人远，傅粉郎去，镜鸾羞自舞。

把归期暗数，把归期暗数，

只见雁杳鱼沉，凤只鸾孤。

绿遍汀洲，又生芳杜。

空自思前事。哈，日近帝王都，芳草斜阳，教我望断长安路。

君身岂荡子，妾非荡子妇。

其间就里，千千万万有谁堪诉？

（唱）【前腔】

轻移莲步，堂前问舅姑。

怕食缺须进，衣绽须补，要行须与扶。

奈西山景暮，奈西山景暮，教我倩着谁人，传语我的儿夫。

你身上青云，只怕亲归黄土，临别也曾多嘱咐。

哈，那些儿个意孜孜，只怕十里红楼，贪着人豪富。

虽然是忘了奴，也须索念父母。

无人说与，这凄凄冷冷怎生辜负？

（唱）【前腔】

文场选士，纷纷都是才俊徒。

少甚么镜分鸾凤，都要榜登龙虎，偏他将我误。

也不索气苦，也不索气苦，

既受托了苹蘩，有甚推辞？索性做个孝妇贤妻，也得名书青史，省了些闲凄楚。

哈，俺这里自支吾，休得污了他的名儿，左右与他相回护。

　　　　你腰金与衣紫，须记得钗荆与裙布。
　　　　一场愁意绪，堆堆积积宋玉难赋。
　　正是：高堂回首日已斜，
　　　　　游子何事在天涯？
　　　　　红颜胜人多薄命，
　　　　　莫怨春风当自嗟。
　〔并。

第九出

〔首领官上。

首领官　朝为田舍郎，暮登天子堂。
　　　　将相本无种，男儿当自强。
　　　　自家不是别人，却是河南府中首领官。每年状元及第，赴琼林宴，游街三日，不拣鞍马、酒席供设，乐人祗应，都是河南府尹提调办事。今年蔡伯喈做状元，今日赴宴，俺府尹相公不出来，委着自家提调。昨日已分付太仆寺掌鞍马祗候，洛阳县管排设的令史，鸣鼓三通，都要到此聚会，听点视。（擂鼓介）掌鞍马的祗候哪里？

〔令史上。

令　史　有问即对，无问不答。
首领官　鞍马备办了未曾？
令　史　告郎中：马多在。先有一万好马。
首领官　怎见得好马？
令　史　但见耳批双竹，鬃散五花。展开凤臆龙鬐，抬起乌头虎颔。响笃笃翠蹄削玉，点滴滴赤汗流珠。隅目青荧夹镜悬，肉鬃磊碨连钱动。一跳时尾挢云汉，只蓦过玄圃崆峒；一霎时走遍神州，直赶上流星奔电。九方皋管教他称赏，千金价也不枉追求。

首领官 有甚颜色的？

令　史 布汗、论圣、虎刺、合里、乌赭、哑儿爷、屈良、苏卢、枣骝、栗色、燕色、兔黄、真白、玉面、银鬃、秀膊、青花。

首领官 有甚好名儿？

令　史 飞龙、赤兔、騕褭、骅骝、紫燕、骈骊、啮膝、逾晖、骐骥、山子、白义、绝尘、浮云、赤电、绝群、逸骠、騄骊、龙子、骥驹、腾霜骢、皎雪骢、凝露骢、悬光骢、决波騟、飞霞骠、发电赤、流金弧、翔麟紫、奔红赤、照夜白、一丈乌、九花虬、望云骓、忽雷驳、拳毛䯄、狮子花、玉逍遥、红叱拨、紫叱拨、金叱拨。

正是：青海月氏生下，大宛越朕将来。

首领官 有甚么好马厩？

令　史 飞龙、祥麟、吉良、龙媒、驹騄、駃騠、鹓鸾、六群、天花、凤苑、奔星、内驹、左飞、右飞、左方、右方、东南内、西南内。正是：尽印三花飞凤字，中藏万匹好龙媒。

首领官 怎的打扮？

令　史 锦鞯灿烂披云，金镫荧煌耀日，香罗帕深护金鞍，紫游缰牵动玉勒。玛瑙妆就辔头，珊瑚做成鞍子。

首领官 如今选几个在这里？

令　史 告郎中：如今无了。只有一万匹马，一千三百个漏蹄，二千七百个抹䯑，三千八百个熟瘸，二千二百个慈眼。鞍鞯又破损，坐子又欹倾。抽䪗尽是麻绳，鞭子无非荆杖。饿老鸱全然拉搭，雁翅板片片雕零。鞍䪗并不周全，牵

	鞯何曾完备，其实不中。
首领官	休胡说！若还不完备时节，我对府尹相公说，好生打你。
令　史	郎中可怜见，小人一壁厢自理会。
首领官	马完备时节，牵在五门外厢，候状元谢恩出来，骑马游街。
令　史	不妨事，只教春风得意马蹄疾，一日看尽长安花。

〔令史先下。

首领官	洛阳县管排设的令史过来。

〔驿丞上。

驿　丞	厅上一呼，阶下百喏。
首领官	排设完备了未？
驿　丞	都完备了。但见珠帘高卷，翠幕低垂。珊瑚席逼逻精神，玳瑁筵安排奇巧。金炉内慢腾腾的焚瑞瑙，玉瓶内娇滴滴的插奇花。四围环绕画屏山，满座重铺锦褥子。金盘犀箸光错落，掩映异果珍羞；银海琼舟影荡摇，翻动蒲萄玉液。洒扫干干净净，并无半点尘埃；安排整整齐齐，另是一般气象。正是：移将金谷繁华景，整点琼林富贵天。
首领官	怎的，你去那里等候。一霎时不完备，定施行你。
驿　丞	琼林深处风光好，别是人间一洞天。

〔驿丞下。

首领官	（白）【临江仙】
	日映宫花明翠幕，蓝袍嫩绿新裁。
	五花门外榜初开，
	金鞍乘骏马，敕赐上天阶。
	十里红楼帘尽卷，美人争看名魁。
	黄旗影里闹咳咳，大家齐雅静，看取状元来。

〔下。

〔蔡伯喈、驿丞、令史骑马上。

蔡伯喈
驿　丞　　　（合唱）【窣地锦裆】
令　史　　　　　　姮娥剪就绿云衣，
　　　　　　　　　折得蟾宫第一枝。
　　　　　　　　　宫花斜插帽檐低。
　　　　　　　　　一举成名天下知。
　　　　　　（唱）【哭岐婆】
　　　　　　　　　洛阳富贵，花如锦绮。
　　　　　　　　　红楼数里，无非娇媚。
　　　　　　　　　春风得意马蹄疾，天街赏遍方归去。
　　　　　　〔蔡伯喈、驿丞先下。
令　史　　　（坠马介）救我！爹爹、奶奶、媳妇、孩儿、哥哥、嫂嫂、兄弟、伯伯、叔叔，都来救我歇子。
　　　　　　〔陪宴官骑马上。
陪宴官　　　（唱）【水底鱼儿】
　　　　　　　　　朝省尚书，昨日蒙圣旨：
　　　　　　　　　道状元及第，教咱去陪宴席。（马跳过令史身上）
令　史　　　（叫）跌坏了人胎！
陪宴官　　　（介马不行介，唱）越着鞭越退，遣人心下疑。
令　史　　　（叫介）救命！救命！
陪宴官　　　（下马见介叫令史，唱）转头回望，叫我的还是谁？
　　　　　　汉子，你是谁？
令　史　　　我是坠马的状元。
陪宴官　　　（陪宴官扶令史介）快起来。
令　史　　　问你是谁？
陪宴官　　　我是中书省陪宴官。你为甚坠马？
令　史　　　（唱）【北叨叨令】

　　　　　　　闹吵吵街市上游人乱，

陪宴官　　你马惊了？

令　史　　（唱）乖头口抵死要回身转。

陪宴官　　怎的不勒过？

令　史　　（唱）战兢兢只怕缰绳断，

陪宴官　　为甚不打它？

令　史　　（唱）怯书生早已神魂散。

陪宴官　　不害事么？

令　史　　（唱、呻吟介）险跌折了腿也么哥，险桩破了头也么哥，
　　　　　　我好似小秦王三跳涧。

陪宴官　　你马哪里去了。

令　史　　知它哪里去。伤人乎？不问马。

陪宴官　　犹骨自文骤骤的。我就这里人家借一个与你骑。

令　史　　休静办，若借马与小子骑，更着死。

陪宴官　　怎地便着死？

令　史　　你不闻孔夫子说：有马者借人乘之，今亡矣夫！

陪宴官　　一口胡柴。远远望见有二个人来，你在这里等着，怕他有马，就借一个与你骑。

　　　　　　〔蔡伯喈、驿丞骑马上。

蔡伯喈
驿　丞　　（唱）【窣地锦裆】
　　　　　　荷衣新惹御香归，
　　　　　　引领群仙下翠微。
　　　　　　杏园惟有后题诗，
　　　　　　此是男儿得志时。

令　史　　（叫）同行也好！我撇得浑身都粉磕麻碎了，你二人自去了。

驿　丞	原来足下坠马。
令　史	可知。
陪宴官	不是小子相搭救时节,险送了他性命。
蔡伯喈	
驿　丞	(合)如此,更赖相公之力。
令　史	你二人自去赴宴,我去太平坊下李郎中家里去便来。
蔡伯喈	
驿　丞	(问)去做甚么?
陪宴官	
令　史	我去医撅扑伤损疮。
蔡伯喈	
驿　丞	(合)你且来,我从人有马,索一个与你骑。
陪宴官	
令　史	小子告退,你三人自去。
陪宴官	怎道你是状元,如何不去赴宴?
令　史	赴宴也自好,只是骑马不得。休休,你三人骑马先走,我随着你提胡床来。
陪宴官	甚模样!
令　史	却有两说:路上人问,你便道是使唤的伴当;若是筵席之中,却说是打伴当人。
陪宴官	好穷对付。
合	(唱)【哭岐婆】

> 玉鞭袅袅,如龙骄骑。
> 黄旗影里,笙歌鼎沸。
> 如今端的是男儿,行看锦衣归故里。

陪宴官	这里便是杏园,请众人少驻。
令　史	马都牵将僻处去,人道四位官员,只有三个马,不恶

	模样？
陪宴官	教谁牵？
令　史	小子自牵。
陪宴官	自不怕羞。诸公既然到此，年例请留佳作。
蔡伯喈	小子措思。（介）诗有了。
驿　丞	
令　史	（合）请教。
蔡伯喈	道是：五百名中第一仙，花如罗绮柳如烟。绿袍乍着君恩重，黄榜初开御墨鲜。礼乐三千传紫禁，风云九万上青天。时人谩讶登科早，未许姮娥爱少年。
众	好诗！
驿　丞	小子也有一首诗。
蔡伯喈	
陪宴官	（合）愿闻，愿闻。
令　史	
驿　丞	道是：迟日江山丽，春风花草香。泥融飞燕子，沙暖睡鸳鸯。
蔡伯喈	
陪宴官	（合）使不得，这是别人的。
令　史	
驿　丞	魍魉贼！我三场都是别人的也中了，一首诗使别人的倒不得？
陪宴官	又道是七步成章。
驿　丞	你道我真个做不得，也将就做一首，道是：赴选何曾入贡闱，此身不拟着荷衣。三场尽是浑身代，一个全然放屁龟。自笑持杯滥叨酒，却愁把笔怎题诗？有人问我求佳作，

众	如何回他？
驿　丞	问我先生便得知。
陪宴官	又道是当仁不让于师。
令　史	尊兄诸位做律诗，小子不要说律诗，做一篇古风；尊兄都说赴选事，小子不要说那熟套，另立一题。
众	还是把甚为题？
令　史	便把小子方才坠马为题。这是奇事，不可不入咏。小子做古风。
众	愿闻。
令　史	道是君不见去年骑马张状元，跌了左腿不相连？又不见前年跨马李试官，跌了骨臀没半边？世上三般拚命事，行船走马打秋千。小子今年大拚命，也来随趁跨金鞍。跨金鞍，灾怎躲？叵耐畜生侮弄我。大叫三声不肯行，连揰两揰不是耍。便把缰绳紧紧拿，纵有长鞭怎敢打？须臾之间掉下来，一似狂风吹片瓦。昨日行过枢密院，三个军人来唱喏。小子慌忙走将归，
众	如何？
令　史	没，怕他请我交战马。
陪宴官	这梦休学。

（把酒介唱）【五供养】
　　文章高晁董，对丹墀已膺天宠。

合	（唱）赴琼林新宴，颤宫花缓引黄金鞚。
驿　丞 令　史	（唱）九重天上声名动，紫泥封已传丹凤。
合	（唱）便催归玉简侍宸旒，他日归来金莲送。
陪宴官	（唱）【山花子】

　　玳筵开处游人拥，争看五百名英雄。

蔡伯喈　　（唱）喜鳌头一战有功,荷君恩奏捷词锋。
合　　　　（唱）太平时车书已同,
　　　　　　　　干戈尽戢文教崇,人间此时鱼化龙。
　　　　　　　　留取琼林,胜景无穷。
驿　丞　　（唱）【前腔】
　　　　　　　　三千礼乐如泉涌,一笔万丈长虹。
　　　　　　　　看奎光飞缠紫宫,光摇万玉班中。（合前）
蔡伯喈　　（唱）【前腔换头】
　　　　　　　　青云路通,一举能高中,三千水击飞冲。
驿　丞　　（唱）又何必扶桑挂弓?
　　　　　　　　也强如剑倚在崆峒。（合前）
令　史　　（唱）【前腔换头】
　　　　　　　　恩深九重,络绎八珍送,无非翠釜驼峰。
陪宴官　　（唱）看吾皇待贤恁隆,
　　　　　　　　也不枉了十年窗下把书来攻。（合前）
蔡伯喈　　（唱）【大和佛】
　　　　　　　　宝篆沉烟香喷浓,
合　　　　（唱）浓云罗绣丛。
驿　丞
令　史　　（合唱）琼舟银海翻动酒鳞红,一饮尽教空。
蔡伯喈　　（悲介)(唱）持杯自觉心先痛,纵有香醪欲饮难下我喉咙。
　　　　　　　　他寂寞高堂菽水谁供奉?
　　　　　　　　俺这里传杯喧哄。
合　　　　（唱）休得要,对此欢娱意冲冲。
　　　　　　（唱）【舞霓裳】
　　　　　　　　愿取群贤尽贞忠,尽贞忠。
　　　　　　　　管取云台画形容,画形容。

|||时清无报君恩重，惟有一封书上劝东封，
|||更撰个河清德颂。
|||乾坤正，看玉柱擎天又何用？
|合|（唱）【红绣鞋】
|||猛拚沉醉东风，东风。
|||倩人扶上玉骢，玉骢。
|||归去路，望画桥东。
|||花影乱，日曈昽，
|||沸笙歌影里纱笼，纱笼。
|||（唱）【意不尽】
|||今宵添上繁华梦，明早遥听清禁钟，
|||皇恩谢了，鹓行豹尾陪侍从。
|蔡伯喈|名传金殿换青袍，
|驿　丞|
|令　史|（合）酒醉琼林志气豪。
|陪宴官|君看万般皆下品，
|合|思量惟有读书高。
|||〔并下。

第十出

〔赵五娘上。

赵五娘　（唱）【忆秦娥】
　　　　长吁气，自怜薄命相遭际。
　　　　相遭际，晚年舅姑，薄情夫婿。

（白）【清平乐】

夫妻两月，一旦成分别。

没主公婆甘旨缺，几度思量悲切。

家贫先自艰难，那更不遇丰年。

恁的千辛万苦，苍天也不相怜。

奴家自从儿夫出去，遭此饥荒；况兼公婆年老，朝不保夕。教奴家独自如何区处？婆婆日夜埋冤公公，当初不合教孩儿出去。如今饥荒，教媳妇怎生区处。公公又不伏善，只管在家闲吵。免不得等公公婆婆出来，待奴家着些产道理，劝解则个。

〔蔡公上。

蔡　公　（唱）【前腔】

孩儿一去无消息，双亲老景难存济。

〔蔡婆上。

蔡　婆　（扯蔡公耳，唱）难存济，不思前日，强教孩儿出去。

（赵五娘劝介）

蔡　婆　老贼！抵死教孩儿出去赴选，今日没饭吃，他便做得状元，济你甚事？若是孩儿在家里，也会区处裨补，也不到得恁地狠。老贼，你死休！

蔡　公　我是神仙，知道今日恁地饥荒！谁家不饥饿，谁似你这般埋冤？休休，我死，我死！今日饥荒也是死，我被你埋冤，吃不过也索死。

赵五娘　（扯住介）公公婆婆且息怒，听奴家一句分剖：当初教孩儿出去时节，不道今日恁地饥荒，婆婆难埋冤公公。今日婆婆见这般荒歉，孩儿又不在眼前，心下焦躁，公公也休怪婆婆埋冤。请自宽心，奴家如今把些钗梳首饰之类，去典些粮米，以充公婆一时口食。宁可饿死奴家，决不将公婆落后了。

蔡　婆　媳妇，你说得好，我只恨这老贼：
（唱）【金索挂梧桐】
　　区区个孩儿，两口相依倚。
　　没事为着功名，不要他供甘旨。
　　教他去做官，要改换门闾。
　　他做得官时你做鬼，老贼！
　　你图他三牲五鼎供朝夕，
　　今日里要一口粥汤却教谁与你？
　　相连累，我孩儿因你做不得好名儒。

合　　　（唱）空争着闲非闲是，空争着闲非闲是，只落得双垂泪。

蔡　公　（唱）【前腔】
　　养子教读书，只望他身荣贵。
　　黄榜招贤，谁不去登科试？
　　譬如范杞梁，差去筑城池，
　　他的亲娘埋冤谁？
　　合生合死都由命，少甚么孙子森森也忍饥。
　　休聒絮，毕竟是咱每两口受孤恓。（合前）

赵五娘　（唱）【前腔】
　　孩儿虽暂离，须有日回家里。
　　奴自有些金珠，解当充粮米。
　　公公婆婆休争么，教旁人道媳妇每，有甚差池，
　　致使公婆争恁地。
　　婆婆，他心中爱子只望功名就；
　　公公，他眼下无儿必是埋冤语。
　　难逃避，兀的不是从天降下这灾危？（合前）

蔡　公　（唱）【刘泼帽】

	我每不久须倾弃，叹当初是我不是。
	苦！不如我死了倒无他虑。
合	（唱）一度思量，一度也肝肠碎。
蔡　婆	（唱）【前腔】
	有儿却遣他出去，教媳妇怎生区处？
	媳妇，可怜误你芳年纪。（合前）
赵五娘	（唱）【前腔】
	媳妇便是亲儿女，劳役本分当为。
	但愿公婆从此去，相和美。（合前）
蔡　公	形衰力倦怎支吾？
赵五娘	口食身衣只问奴。
蔡　婆	莫道是非终日有，
合	果然不听自然无。
	〔并下。

第十一出

〔堂候官上。

堂候官　缥缈纱窗映雾烟，深沉金屋锁婵娟。

屏中孔雀人难中，幕里红丝谁敢牵。

自家是牛太师府中堂候官。这几日听得府中喧传，相公要招女婿。我这小娘子，不比别的小娘子，一来丞相之女，二来她才貌兼全。必须有文章、有官禄、有福分的，方可做得一婿，如何容易？不知招得甚么人？只在此等候相公出来，便知端的。相公早来。

〔牛太师上。〕

牛太师　（唱）【似娘儿】

　　　　华发渐星星，怜爱女欲遂姻盟，蟾宫仙子才堪并。

　　　　红楼此日，红丝待选，须教红叶传情。

左右哪里？

（堂候官喏）

牛太师　男子生而愿为之有室，女子生而愿为之有家。老夫人倾弃多年，只有一女，美貌娉婷。昨日见官里，问我：你的女孩儿嫁了未？我回道：不曾。官里道：如今蔡伯喈好人物，好才学，你招做了女婿不是好？那时节我谢恩了，官里又道：我与你主媒。我如今要唤个官媒，教他去蔡伯喈根底说亲，如何？

堂候官　告丞相：男大当婚，女长当嫁。小娘子是瑶台阆苑神仙，蔡状元是天禄石渠贵客；何况玉音主盟，金口肯与说合；若做了百年夫妇，不枉了一对姻缘。相公，佳人才子实堪夸，天付姻缘事不差。试看月轮还有意，定知仙桂近姮娥。

牛太师　既如此，你与我唤过府前媒婆来，教他去说亲。

堂候官　领钧旨。（叫介）

〔媒婆二上。〕

媒婆二　（挑鞋秤等物唱）（唱）【醉太平】

　　　　张家李家，都来唤我。

　　　　我每须胜别媒婆，

堂候官　为甚么？

媒婆二　有动使惹多。

堂候官　婆婆，我且问你：挑着恁多鞋做甚么？

媒婆二　总领哥，你不知近日来宅院中小娘子要嫁得紧了，媒婆

	与他撺掇出门去,临行做对鞋谢媒婆。今年知他撺掇了多少亲事,鞋都穿不迭,有剩的都卖了。
堂候官	有谁买?
媒婆二	只是宅院小娘子买去。
堂候官	宅院里小娘子,脚都小小的,买这鞋做甚么用?
媒婆二	魍魎贼!她要嫁得紧了,买来谢媒婆,省得做。(堂候官收科介)
牛太师	左右,媒婆哪里?
堂候官	有。(引见牛太师介)
牛太师	媒婆,你挑着恁多东西做什么?
媒婆二	复相公:这个便是媒婆的招牌。
牛太师	且问她这斧头做什么?
堂候官	婆子,相公问你:这斧头做何用?
媒婆二	毛诗里面说得好,道是"析薪如之何?匪斧弗克。娶妻如之何?匪媒不得。"以此把斧头为招牌。
堂候官	在鲁班面前掉快口。
牛太师	更问她袜做什么?
堂候官	婆婆,相公问你袜做什么?
媒婆二	是招牌。人都道做媒的执伐。
牛太师	更问她秤作何用?
堂候官	婆婆,相公问你将秤作何用?
媒婆二	最要紧用这个,唤做量秤人。凡做媒时节,先把新人新郎称过相似,方与说亲。去后夫妻便和顺不相嫌。若是轻重头了,夫妻只是相打骂了。老媳妇前日在张宅门前过,见一个小娘子在那里哭,老媳妇问那小娘子:你为甚哭?他道:嫁不得一个好人。老媳妇试把秤来与他两个称一称看,可知不是对。

牛太师	（合）如何？
堂候官	
媒婆二	新郎称得二十八斤半，新人只称得二十三斤。
堂候官	你。也不十分平等。
牛太师	且问她将绳要做什么？
媒婆二	这是赤绳。做夫妻须把绳系定他两个脚，方可做得夫妻。
堂候官	如何系？
媒婆二	我与你系看。（媒婆二系堂候官脚放自脚将来绊倒堂候官介）（堂候官叫介）知不是姻缘，自系不得了。
牛太师	休得闲说。你来，我奉圣旨，教我女孩儿嫁与蔡伯喈状元，我如今教你去蔡伯喈根底说，你好生成就这头亲事，多多赏你。
媒婆二	这有甚难处，一来奉圣旨；二来托相公威名；三来小娘子才貌兼全，是人知道。蔡伯喈状元有何不可？
堂候官	这话却说得是。
牛太师	你来，我说与听：

（唱）【琐窗郎】

　　吾家一女娉婷，不曾许与公卿。

　　昨承帝旨，选他书生。

　　媒婆，你对他说：不须用白璧、黄金为聘。

| 合 | （唱）若是姻缘前世已曾定，今日里，共欢庆。 |
| 媒婆二 | （唱）【前腔】 |

　　在东京极有名声，论媒婆非自逞。

　　今朝事体，管取圆成。

　　怕有一轻一重，全凭官秤。（合前）

| 堂候官 | （唱）【前腔】 |

　　然虽他高占魁名，得相招多少荣。

　　　　　　荣依绣幕，选中雀屏。
　　　　（白）媒婆，你此去，他必从命。（合前）
媒婆二　　管取门楣得俊才，
牛太师　　为传芳信仗良媒。
堂候官　　百年夫妇今朝合，
合　　　　一段姻缘天上来。

第十二出

〔蔡伯喈上。

蔡伯喈　（唱）【高阳台】
　　　　梦远亲闱，愁深旅邸，哪更音信辽绝。
　　　　凄楚情怀，怕逢凄楚时节。
　　　　重门半掩黄昏雨，奈寸肠此际千结。
　　　　守寒窗，一点孤灯，照人明灭。

　　　（唱）【前腔换头】
　　　　当时轻散轻别。
　　　　叹玉箫声杳，小楼明月。
　　　　一段愁烦，番成两下悲切。
　　　　枕边万点思亲泪，伴漏声到晓方彻。
　　　　锁愁眉，慵临青镜，顿添华发。

　　　（白）【木兰花】
　　　　鳌头可羡，须知富贵非吾愿。
　　　　雁足难凭，没个音书寄此情。
　　　　田园荒了，不知松菊犹存否？

> 光景无多，争奈椿萱老去何？

自家为父亲所强，来此赴选。谁知逗留在此，竟然不归？今又复拜皇恩，除为议郎。虽则任居清要，争奈父母年老，安可久留他乡？天哪！知我的父母安否如何？知我的妻室如何看待我的父母？待自家上表辞官，又未知圣意如何？正是：好似和针吞却线，刺人肠肚系人心。

〔堂候官、媒婆二上。

堂候官 媒婆二	（合唱）【胜葫芦】 　　特奉皇恩赐结亲，来此把信音传。 　　若是仙郎，肯谐缱绻， 　　一场好事管取今朝便团圆。
蔡伯喈	自家门户重重闭，春色缘何得入来？未审何人到此？
堂候官 媒婆二	（合）奉天子之洪恩，领牛公之严命，欲与状元谐一佳偶。
蔡伯喈	（唱）【高阳台】 　　宦海沉身，京尘迷目，名缰利锁难脱。 　　目断家乡，空劳魂梦飞越。 　　闲聒， 　　闲藤野蔓休缠也，俺自有正兔丝和那的亲瓜葛。 　　是谁人，无端调引，谩劳饶舌。
堂候官	（唱）【前腔】 　　华阀，紫阁名公，黄扉元宰，三槐位里排列。 　　金屋婵娟，妖娆那更贞洁。
媒婆二	（唱）欢悦，红楼此日招凤侣，遣妾每特来执伐。 　　望君家，殷勤首肯，早谐结发。
蔡伯喈	（唱）【前腔】

|||非别,千里关山;一家骨肉,教我怎生抛撇?
妻室青春,那更亲鬓垂雪。
差迭,须知少年人爱子,谩劳你姮娥提挈。
满京都,豪家无数,岂必卑末?

堂候官 （唱）【前腔】
不达,相府寻亲,侯门纳礼,你却拒他不屑。
绣幕奇葩,春光正当十八。

媒婆二 （唱）休撇,知君是个折桂手,留此花待君来扳折。
况亲奉,丹墀诏旨,非我自相撺掇。

蔡伯喈 （唱）【前腔】
心热,自小攻书,从来知礼,忍使行亏名缺。
父母俱存,娶而不告须难说。
悲咽,门楣相府须要选,奈窭廖佳人,实难存活。
纵有花容月貌,怎如我自家骨血。

堂候官 （唱）【前腔】
迂阔,他势压朝班,威倾京国,你却与他相别。
只怕他转日回天,那时须有个决裂。

媒婆二 （唱）虚设,江空水寒鱼不食,笑满船空载明月。
下丝纶,不愁无处,笑伊村杀。

蔡伯喈 休闲说。果如是,果蒙圣恩,我明日上表辞官,一就辞婚便了。

堂候官
媒婆二 （合）君王诏旨不相从。

蔡伯喈 明日封书奏九重。
合 正是有缘千里能相会,
无缘对面不相逢。
〔并下。

第十三出

〔牛太师上。

牛太师 （唱）【出队子】

　　朝夕萦挂，只为孩儿多用心。
　　不知月老事如何？为甚冰人没信音？
　　颙望多时，情绪转深。

目断青鸾瞻碧雾，情深红叶看金沟。
自家昨遣院子和官媒去蔡伯喈处说亲，怎的不见回来？不免颙俟则个。

〔堂候官、媒婆二上。

堂候官
媒婆二 （合唱）【前腔】

　　秀才堪笑，故阻佯推不肯从。
　　岂是我无佳婿得乘龙？
　　他有甚福缘能跨凤？
　　料想书生，只是命穷。

牛太师 媒婆，你来了。事体若何？肯不肯？

媒婆二 他千不肯，万不肯，既不肯，又不肯，定不肯，硬不肯，都不肯，只是不肯，不肯。

堂候官 你住休。告相公，蔡状元道：已娶妻室，双亲年老。娶妻不告，实难从命。

牛太师 （怒唱）【双鸂鶒】

　　听伊说教人怒起。

　　　　　汉朝中惟我独贵，我有女，偏无贵戚亲家匹配！
　　　　　奉圣旨，使我每招状元为婿。
　　　　媒婆，不知他回话，有何言语？
媒婆二　（唱）【前腔】
　　　　　媒婆告相公知：
　　　　　恨那人作怪跷蹊。
　　　　　道始得及第，纵有花貌休提。
　　　　　骂相公，骂小娘……
牛太师　他骂小娘做甚么？
媒婆二　（唱）道脚长尺二。
堂候官　（收介）这般说谎没巴臂。
　　　　（唱）【前腔换头】
　　　　　恩官且听咨启：
　　　　　蔡状元闻说愁眉。忠和孝，恩和义。
　　　　　念父母八十年余，况已娶了妻室，再婚重娶非礼。
　　　　　待早朝，上表文，要辞官家去，请相公别选一佳婿。
牛太师　（笑介，唱）【前腔换头】
　　　　　他原来要奏丹墀，敢和我厮挺相持。
合　　　读书辈，没道理，不思量违背圣旨。只教他辞婚辞官俱未得。
牛太师　院子，你和官媒再去蔡伯喈处说，看他如何？我如今去朝中奏官里，只教不准他上表便了。
　　　　　枉把封书奏帝宫，
堂候官
媒婆二　（合）不如及早便相从。
合　　　只教做就羁縻鸾凤青丝网，
　　　　　劳碌鸳鸯碧玉笼。

〔并下。

第十四出

〔牛小姐上。

牛小姐　（唱）【剔银灯】
　　　　忒过分爹行所为，但索强全不顾人议。
　　　　背飞鸟硬求来谐比翼，隔墙花强攀做连理。
　　　　姻缘，还是怎的？
天哪，我待对爹爹说呵，
（唱）婚姻事女孩儿家怎提？
姻缘、姻缘，事非偶然。好笑我爹爹定要将奴家招赘蔡状元为婿，那状元不肯，俺这里也索罢了。谁想爹爹苦不放过。天哪，他既不肯，便做了夫妻，到底也不和顺。奴家待将此事对爹爹说，只是此事不是女孩儿每说的话。好闷呵！
〔老姥姥上。

老姥姥　（魆地上探介）惭愧、惭愧，今日也能够得小姐闷心。小姐，你想着什么？
牛小姐　我不想着什么。
老姥姥　你既不想着什么，为何手托香腮，在此忧闷？我且问你：你往常间件件不烦恼，事事不动情，我想起来你都是佯诈，今日莫不是对景伤情么？
牛小姐　老姥姥，你说哪里话？我为爹爹做事不停当，以此忧闷。
老姥姥　老相公做甚事不停当？

牛小姐	我爹爹要将奴家嫁与蔡状元，使官媒婆去说，状元不肯从命。他既然不肯，俺这里也索罢了。如今爹爹苦不放过他，又叫媒婆去说。老姥姥，你怎生与我对爹爹说一声也好。
老姥姥	小姐，这是你爹爹的主意，如何肯听我每说？
	（唱）【桂枝香】
	书生愚见，忒不通变，
	不肯坦腹东床，谩自去哀求金殿。
	想他每就里，想他每就里，将人轻贱。
	（白）小姐，非爹胡缠，怕被人传——
牛小姐	呀，怕人传什么？
老姥姥	道你是相府公侯女，不能够嫁状元。
牛小姐	（唱）【前腔】
	百年姻眷，须教情愿。
	他那里抵死推辞，俺这里不索留恋。
	想他每就里，想他每就里，有些牵绊。
老姥姥	有甚牵绊？
牛小姐	怕恩多成怨。满皇都，少什么公侯子，何须去嫁状元？
老姥姥	（唱）【大迓鼓】
	非干是你爹意坚，只怕春花秋月，误你芳年。
	况兼他才貌真堪羡，又是五百名中第一仙。
	故把嫦娥，付与少年。
牛小姐	（唱）【前腔】
	姻缘虽在天，若非人意，到底埋怨。
	料想赤绳不曾绾，多应他无玉种蓝田。
	休把嫦娥，强与少年。
	正是：匹配本自然，

何须苦相缠?

眼前虽成就,

到底也埋怨。

第十五出

〔黄门上。

黄　门　　（唱）【北点绛唇】

　　　　　　夜色将阑,晨光欲散。

　　　　　　把珠帘卷,移步丹墀,摆列着金龙案。

　　　　（唱）【北混江龙】

　　　　　　官居宫苑,谩道是天威咫尺近龙颜。

　　　　　　每日间亲随车驾,只听鸣鞭。

　　　　　　去螭头上拜跪,随着豹尾盘旋。

　　　　　　朝朝宿卫,早早随班。

　　　　　　做不得卿相当朝一品贵,先随着朝臣待漏五更寒。

　　　　　　空嗟叹,山寺日高僧未起,算来名利不如闲。

　　　　自家是汉朝一个小黄门。往来紫禁,侍奉丹墀。领百官之奏章,传一人之命令。正是:主德无瑕因宦习,天颜有喜近臣知。如今天色渐明,正是早朝时分,官里升殿,怕有百官奏事,只得在此祗候。

〔内问:怎见得早朝时分?

黄　门　　但见银河清浅,珠斗斑斓。

　　　　数声角吹落残星,三通鼓报传清曙。

　　　　银箭铜壶,点点滴滴,尚有九门寒漏;

琼楼玉宇,声声隐隐,已闻万井晨钟。
疃疃曚曚,苍茫红日映楼台;
拂拂霏霏,葱菁瑞烟浮禁苑。
袅袅巍巍,千寻玉掌,几点瀼瀼露未晞;
澄澄湛湛,万里璇空,一片团团月初坠。
三唱天鸡,咿咿喔喔,共传紫陌更阑;
百转流莺,间间关关,报道上林春晓。
午门外碌碌刺刺,车儿碾得尘飞;
六宫里呕呕哑哑,乐声奏如鼎沸。
只见那建章宫、甘泉宫、未央宫、长杨宫、五柞宫、长秋宫、长信宫、长乐宫,重重叠叠,万万千千,尽开了玉关金锁;
又见那昭阳殿、金华殿、长生殿、披香殿、金銮殿、麒麟殿、太极殿、白虎殿,隐隐约约,三三两两,俱卷上绣箔珠帘。
半空中忽听得一声轰轰烈烈,如雷如霆,震耳的鸣梢响,合殿里只闻得一阵氤氤氲氲,非烟非雾,扑鼻的御炉香。
缥缥缈缈,红云里雉尾扇遮着赭黄袍;
深深沉沉,丹陛间龙鳞座覆着彤芝盖。
左列着森森严严,前前后后的羽林军、旗门军、控鹤军、神策军、虎贲军,花迎剑佩星初落;
右列着济济锵锵,高高下下的金吾卫、龙虎卫、拱日卫、千牛卫、骠骑卫,柳拂旌旗露未干。
金间玉、玉间金、闪闪烁烁、灿灿烂烂的神仙仪从;
紫映绯、绯映紫、行行列列、整整齐齐的文武官僚。
螭头陛下,立着一对妖妖娆娆,花容月貌,绣鸾袍、鸳鸯靴的奉引昭容;

豹尾班中，摆着一对端端正正，铜肝铁胆，白象简、獬豸冠的纠弹御史。

拜的拜，跪的跪，哪一个敢挨挨拶拶纵喧哗？

升的升，下的下，哪一个不钦钦敬敬依礼法？

但愿得常瞻仙仗，圣德日新日新日日新；

与群臣共拜天颜，圣寿万岁万岁万万岁。

从来不信叔孙礼，今日方知天子尊。

道犹未了，一个奏事官人早到。

蔡伯喈 （唱）【点绛唇】

月淡星稀，建章宫里，千门晓。

御炉烟袅，隐隐鸣梢杳。

忽忆年时，问寝高堂早。

鸡鸣了，闷萦怀抱，此际愁多少。

不寐听金钥，因风想玉珂。

明朝有封事，数问夜如何？

自家为父母在堂，故上表辞官，回去侍奉。如今天色已明，这是午门外厢，不免进入去咱。

黄　门 奏事官搢笏三舞蹈。

蔡伯喈 （唱）【神仗儿】

扬尘舞蹈，扬尘舞蹈，遥瞻天表，

见龙鳞日耀，咫尺重瞳高照。

遥拜着赭黄袍，遥拜着赭黄袍。

（唱）【滴漏子】

臣邕的，臣邕的，荷蒙圣朝。

臣邕的，臣邕的，拜还紫诰。

黄　门 状元，你莫不是嫌官小么？

蔡伯喈 念邕非嫌官小，奈家乡万里遥，双亲又老。干渎天威，

	万乞恕饶。
黄　门	状元，吾乃黄门，职掌奏章。有何文表，就此批宣。
蔡伯喈	（跪介）（唱）【入破第一】

　　议郎臣蔡邕启：

　　今日蒙恩旨，除臣为议郎之职，重蒙赐婚牛氏。

　　干渎天威，臣谨诚惶诚恐，稽首顿首：

　　伏念微臣，初来有志，诵诗书，力学躬耕修己，不复贪荣利。

　　事父母，乐田里，初心愿如此而已。

　　不想州司，谬取臣邕充试。

　　到京畿，岂料蒙恩，叨居上第。

（唱）【破第二】

　　重蒙圣恩，婚赐牛公女。

　　臣草茅疏贱，如何当此隆遇？

　　况臣亲老，一从别后，光阴又几。

　　庐舍田园，荒芜久矣。

黄　门	老亲在堂，必自有人侍奉，状元不必忧虑。
蔡伯喈	（唱）【衮第三】

　　但臣亲老鬓发白，筋力皆癃痹。

　　形只影单，无兄弟，谁奉侍？

　　况隔千山万水，生死存亡，虽有音书难寄。

　　最可悲，他甘旨不供，我食禄有愧。

黄　门	圣上做主，太师联姻。状元，这也是奇遇。
蔡伯喈	（唱）【歇拍】

　　不告父母，怎谐匹配？

　　臣又听得，家乡里，遭水旱，遇荒饥。

　　多想臣亲，必做沟渠之鬼，未可知。

		怎不教臣，悲伤泪垂。（哭介）
黄　门	状元，此非哭泣之处，不得惊动天听。	
蔡伯喈	（唱）【中衮第四】	
		臣享厚禄，挂朱紫，出入承明地。
		惟念二亲寒无衣，饥无食，丧沟渠。
		忆昔先朝，朱买臣，守会稽，司马相如，持节锦归。
	（唱）【煞尾】	
		他遭遇圣时，皆得回乡里。
		臣何故，别父母，远乡间，没音书，此心违？
		伏望陛下，特悯微臣之志。
		遣臣归，得侍双亲，隆恩无比！
	（唱）【出破】	
		若还念臣有微能，乡郡望安置。
		庶使臣，忠心孝意得全美。
		臣无任瞻天仰圣，激切屏营之至！
黄　门	状元原来如此。吾当与状元转达天听，可在午门外厢俟候圣旨。正是：眼望旌捷旗，耳听好消息。	
	〔黄门下。	
蔡伯喈	（起介）（唱）【神仗儿】	
		扬尘舞蹈，扬尘舞蹈，
		见祥云缥缈，想黄门已到。
		料应重瞳看了，多应是，念我私情乌乌。
		颙望断九重霄，颙望断九重霄。
		黄门已将我奏章传达，未知圣意允否？
		不免乘闲祷告天地一番。
	（唱）【滴漏子】	
		天怜念，天怜念，蔡邕拜祷：

　　　　　　双亲的，双亲的，死生未保。

　　　　　　天哪，可怜恩深难报。一封奏九重，知他听否？

　　　　　　爹娘呵，俺和你会合分离，都在这遭。

　　　　　　黄门去了多时，怎的不见回报？

　　　　　　想必是官里准了。

　　　　　天哪，若能够回家侍奉父母，蔡邕何须做官？

　　　　　〔黄门奉诏同二昭容上。

黄　门　（唱）【前腔】

　　　　　　今日里，今日里，议郎进表。

　　　　　　传达上，传达上，圣目看了。

蔡伯喈　圣目看了如何说？

黄　门　道太师昨日先奏，把乘龙女婿招，多少是好！

蔡伯喈　黄门大人，你莫不是哄我？

黄　门　见有玉音，传降听剖。圣旨已到，跪听宣读。皇帝诏曰：孝道虽大，终于事君；王事多艰，岂遑报父！朕以凉德，嗣缵丕基。眷兹警动之风，未遂雍熙之化。爰招俊髦，以辅不逮。兹尔才学，允惬舆情。是用擢居议论之司，以求绳纠之益。尔当恪守乃职，勿有固辞。其所议婚姻事，可曲从师相之请，以成桃夭之花。钦予是命，裕汝乃心。谢恩。

蔡伯喈　黄门大人，烦你与我再去奏知官里，我情愿不做官。

黄　门　咳，这状元好不晓事，圣旨谁敢违背？

蔡伯喈　黄门大人，你不去时节，待我自去拜还圣旨如何？

黄　门　呀，这状元好怪么，这所在你如何去得！

蔡伯喈　（哭介）（唱）【啄木儿】

　　　　　　我亲衰老，妻幼娇，万里关山音信杳。

　　　　　　他那里举目凄凄，俺这里回首迢迢。

　　　　　　他那里望得眼穿儿不到，俺这里哭得泪干亲难保。
　　　　　　闪杀人一封丹凤诏。

黄　门　（唱）【前腔】
　　　　　　状元，你何须虑，不用焦，人世上离多欢会少。
　　　　　　大丈夫当万里封侯，肯守着故园空老？
　　　　　　毕竟事君事亲一般道，人生怎全忠和孝？
　　　　　　却不见母死王陵归汉朝。

蔡伯喈　（唱）【三段子】
　　　　　　这怀怎剖？
　　　　　　望丹墀天高听高。
　　　　　　这苦怎逃？
　　　　　　望白云山遥路遥。

黄　门　（唱）状元，你做官与亲添荣耀，高堂管取加封号，
　　　　　　与他改换门闾，偏不是好？

蔡伯喈　（唱）【归朝欢】
　　　　　　冤家的，冤家的，苦苦见招，俺媳妇埋冤怎了？
　　　　　　饥荒岁，饥荒岁，怕他怎熬？
　　　　　　俺爹娘怕不做沟渠中饿莩？

黄　门　（唱）状元，譬如四方战争多征调，
　　　　　　从军远戍沙场草，也只是为国忘家怎惮劳？
　　　　　正是：家乡万里信难通，
　　　　　　　　争奈君王不肯从？
　　　　　　　　情到不堪回首处，
　　　　　　　　一齐分付与东风。

第十六出

〔里正上。

里　正　（唱）【普贤歌】

　　　　身充里正实难当,杂泛差徭日夜忙。
　　　　官司点义仓,并无些子粮,拼一顿拖翻吃大棒。
　　我做都官管百姓,另是一般行径。
　　破靴破帽破衣掌,打扮须要厮称。
　　到官府百般下情,下乡村十分豪兴。
　　讨官粮大大做个官升,卖私盐轻轻弄条乔秤。
　　点催首放富差贫,保解户欺软怕硬。
　　猛拼打强放泼,毕竟是个毕竟。
　　谁知天不由人,万事皆从前定。
　　骗得五两十两,到使五锭十锭。
　　田园尽都典卖,并无些子余剩。
　　叵耐厅前首领,嫌恨司房乔令。
　　把我千样凌辱,将我万般督并。
　　动不动去了破帽,打得我黄肿成病。
　　几番要自缢投河,不要了这条性命。
　　今番又点义仓,并无粮米抵应。
　　若还把我拖翻,便叫高台明镜。
　　小人也不是都官,也不是里正,休将屈棒错打了平民。

〔内问:你是谁?

里　正　我是搬戏的副净。

〔内：休道出本来面目。

里　正　　苦！往常间把义仓谷子偷将家去，养老婆孩儿了。今日上司官点义仓放谷，赈济贫民，仓中没有一些，哪里讨还他？没奈何我待把家私并老婆儿子都卖了，也赔不起。不免去与李社长商量则个，转弯抹角，兀的便是李社长家里。李社长，李社长。

〔李社长上。

李社长　　谁叫老爷？

里　正　　咦，你惯要做大，且出来。

李社长　　（唱）【前腔】
　　　　　身充社长管官仓，老小一家都在仓里养。

里　正　　好好，你一家老小都在仓里养。事发时节，如何摆布？

李社长　　事发尽不妨，里正先吃棒。

里　正　　尊兄，饶得你过么？

李社长　　（唱）【前腔】
　　　　　先打了都官，方才打社长。
　　　　　老夫年傍八旬，家中只有三人。
　　　　　因充社长勾当，谁知也不安宁。
　　　　　又要告官书题粉壁，
　　　　　又要劝民栽种翻耕，
　　　　　又要管淘河砌磡，
　　　　　又要办木桶麻绳。
　　　　　若有人家嫁娶，须索请我去做宾。
　　　　　人人称我年高伏众，个个叫我社长官人。
　　　　　若得一纸状子，强似厅上县丞。
　　　　　原告许我银子三锭五锭，被告送我猪脚十斤廿斤。
　　　　　若还得了两家财物，只得蒙眬写个回文。

	每日去干得泄水功德,竟不知自家家里祸因。
	大的孩儿不孝不义,小的媳妇逼撺离分。
	单单只有第三个孩儿本分,常常抢去了老夫的头巾。
	激得我老夫性发,只得唱个陶真。
里　正	呀,陶真怎的唱?
李社长	呀,到被你听见了。也罢,我唱你打和。
里　正	使得。
李社长	孝顺还生孝顺子。
里　正	打打咳莲花落。
李社长	点点滴滴不差移。
里　正	打打咳莲花落。不信但看檐前水。
里　正	打打咳莲花落。
李社长	忤逆还生忤逆儿。
里　正	打打咳莲花落。
李社长	住休。
里　正	你若不叫住,我直唱到天明。
李社长	里正,你叫我出来,有甚事说?
里　正	社长哥,今日官司给散义仓,仓中又无稻子,如何是好?我和你不免合赔些子。
李社长	呀,仓中稻子都是你搬去吃了,怎的叫我和你合赔?小畜生到不亏了你。上司来时,干我甚事。我自回去抱子弄孙嬉他娘。正是:闭门不管窗前月,一任梅花自主张。〔李社长下。
里　正	苦!李社长又去了,上司官又来了。如何是好?呀,喝道声渐渐近了,只得迎接则个。〔外放粮官、末皂隶上。
放粮官	(唱)【前腔】

亲承朝命赈饥荒，

皂　隶　　（唱）跃马扬鞭到此方。

里　正　　里正接老爷。

皂　隶　　（唱）起去，疾忙开义仓，支与百姓粮。

从实支收休要谎。

放粮官　　里正将支收簿来看。

里　正　　簿在此。

放粮官　　（读）原管二十九石，新收三十六石，除支一十九石，见在四十六石。左右开仓，呀，这仓里哪有四十六石？

里　正　　有有，相公。

放粮官　　左右与他取了甘结，一面着他唤饥民来支粮。

里　正　　一心忙似箭，两脚走如飞。

放粮官　　左右，这厮说谎，仓里哪得这些稻子？

皂　隶　　相公且由他。若是不足数，只要他赔偿便了。

放粮官　　也说得是。

〔瞎子上。

瞎　子　　（唱）【吴小四】

肚又饥，眼又昏，家私没半分，子哭儿啼不可闻。

闻知相公来济民，请些官粮去救贫。

（作错跪介）相公可怜见。

皂　隶　　相公在这里。

放粮官　　老的姓甚名谁？家里有几口？

瞎　子　　小的姓丘名乙己，家住上大树，有三千七十口。

放粮官　　胡说，哪里有许多口？

瞎　子　　告相公得知：上大人，丘乙己，化三千，七十士。

皂　隶　　一口胡柴。

放粮官　　你实有几口？

瞎　　子　　小的夫妻两口，孩儿两口。

放粮官　　支粮与他。

皂　　隶　　支四口粮了。

瞎　　子　　多谢相公。正是：一日不识羞，三日不忍饿。

〔瞎子下。

〔聋子上。

聋　　子　　（唱）【前腔】

叹连朝，饥怎忍？

家中有五六人。

前日老婆典了裙，

今日媳妇又典裤，恰好遇官司来济贫。

相公可怜见。

放粮官　　老的姓甚名谁？家里有几口？

〔聋子作聋状，放粮官复问。

聋　　子　　小的姓大，名比丘僧。住在只树给孤独园，有一千二百五十口。

放粮官　　胡说，哪里有许多口？

聋　　子　　告相公得知：《弥陀经》中道：只树给孤独园，与大比丘僧一千二百五十人俱。

皂　　隶　　佛口蛇心。

放粮官　　你实有几口？

聋　　子　　小的有两个媳妇，三个孩儿，和我共六口。

放粮官　　支粮与他。

皂　　隶　　支六口粮了。

聋　　子　　多谢相公。正是：今日得君提掇起，免教人在污泥中。

〔聋子下。

〔赵五娘上。

| 赵五娘 | （唱）【捣练子】

嗟命薄，

叹年艰，含羞忍泪向人前，犹恐公婆悬望眼。

路逢险处难回避，事到头来不自由。

奴家少长闺门，岂识途路。

今日见官司放粮济贫，只得去请些稻子，以救公婆之命。
| 放粮官 | 妇人，你姓甚名谁？来此怎的？
| 赵五娘 | 告相公：奴家姓赵，名五娘。公公蔡崇简。因儿夫出外，特来请些粮米，以救公婆之命。
| 放粮官 | 你丈夫哪里去了，使你妇人家来请粮？
| 赵五娘 | （唱）【普天乐】

儿夫一向留都下。
| 放粮官 | 你家里还有谁？
| 赵五娘 | （唱）只有年老爹和妈。
| 放粮官 | 有弟兄么？
| 赵五娘 | 弟和兄更没一个。
| 放粮官 | 既没有弟兄，谁看承你的爹妈？
| 赵五娘 | （唱）看承尽是奴家。
| 放粮官 | 这般说起来，你好苦呵！妇人家不出闺门，你何不使个男子汉来请粮。
| 赵五娘 | （作悲介）历尽苦，谁怜我？

（唱）相公，怎说得不出闺门的清平话？
| 放粮官 | 你家里有几口？
| 赵五娘 | 只有三口。
| 放粮官 | 左右支粮与她。
| 皂　隶 | 没粮了。
| 赵五娘 | （哭、唱）若无粮，我也不敢回家。

放粮官	怎的不敢回家？
赵五娘	相公，岂忍见公婆受馁。天哪，叹奴家命薄，直恁折挫。
放粮官	左右，这仓中稻子没了。一来凑原数不起，二来这妇人说得好苦，你去拿那里正来，要这厮赔偿。
皂　隶	领钧旨。假饶走上焰摩天，脚下腾云须赶上。
赵五娘	望相公可怜见，主张些粮米，与奴家救济公婆之命。
放粮官	我自有分晓。

〔皂隶押里正上介

皂　隶	似瓮中捉鳖，手到拿来。
放粮官	里正，这仓中稻子凑原数不起，尽是你自偷了，你好好招伏。
里　正	相公，小人招不得。自古道东量西折，难教小人赔偿。
放粮官	畜生，尖斛量入，平斛量出，如何会折了许多。左右，拿下打四十。
里　正	相公不要打，小人情愿招了。（读招介） 招状人姓猫，名狸，见年三十有余。身上并无疾病，只有白带不除。今与短状招伏，因为官粮久亏。说到义仓情弊，中间无甚跷蹊。稻熟排门收敛，敛了各自将归。并无仓廪盛贮，哪有帐目收支？纵然有得些小，胡乱寄在民居。官司差人点视，便籴些谷支持。上下得钱便罢，不问仓实仓虚。假饶清官廉吏，被我影射片时。东家借得十扛，西家借得五箕。但见仓中有谷，其间就里怎知？年年把当常事，番番一似耍嬉。不道今年荒旱，不道今年民饥。不因分俵赈济，如何会泄天机？假饶奏到三十三天，我里正无甚罪过。
皂　隶	为甚的？
里　正	只是点粮诈钱的做马做驴，招状执结是实，伏乞相公

指挥。

放粮官 左右押这厮去，就要赔偿。

〔皂隶押里正下。

皂　隶 正是：惧法朝朝乐，欺公日日忧。

〔皂隶押里正上。

皂　隶 假饶人心似铁，怎逃官法如炉？

告相公，里正赔偿的稻子有了。

放粮官 支与那妇人去。

赵五娘 多谢相公。

〔皂隶与赵五娘，里正觊觎科。

里　正 由你半路去，我好歹与你夺了便罢。

赵五娘 谢得恩官为主维。

里　正 只教中路有灾危。

放粮官 当权若不行方便，如入宝山空手回。

〔放粮官、皂隶、里正下。

赵五娘 一斟一酌，莫非前定。今日奴家去请粮，谁知道里正作弊，仓中没了。若不得相公督并，里正赔偿，奴家如何得这些谷回家救济二亲？正是饥时得一口，强似饱时得一斗。

〔赵五娘欲下，里正上拦住介。

里　正 恩人相见，分外眼明。仇人相见，分外眼睁。我也会见你过来呵。你快把稻子还我，万事全休。

赵五娘 呀！相公与奴家的稻子，如何还你。

里　正 咳，方才不是你只管告不休，相公如何要我赔偿这稻子？是我卖老小卖家私的，你如何拿去？（抢介）

赵五娘 里正官人，你要用强，可怜奴家艰辛。

里　正 可怜你甚的！

赵五娘 （唱）【锁南枝】

	儿夫去，竟不还，公婆两人都老年。
	自从昨日到如今，不能够一餐饭。
里　正	你公婆没饭吃，也不干我事。
赵五娘	（唱）奴请粮，他在家悬望眼。
	念我年老公婆，做方便。
	（赵五娘拜里正介）
里　正	不要拜，不要拜。这般时年，我做不得方便，你将稻子还我便罢。
赵五娘	（唱）【前腔换头】
	乡官可怜见，
	这些稻子呵，
	是我公婆命所关。
	若是必须将去，
	宁可脱下衣裳，
	就问乡官换。
	（赵五娘作脱衣介）
里　正	不要不要，你身上也寒冷。
赵五娘	（唱）宁使奴，身上寒。
	只要与公婆，救残喘。
里　正	娘子罢罢。你说起这话，都是孝心，我不忍问。你取了，莫怪莫怪，你去罢。
赵五娘	如此多谢。
	〔里正虚下躲介。
赵五娘	谢天谢地，且喜里正去了，不免趱行几步。
	〔里正上推赵五娘夺下介。
赵五娘	（唱）【前腔】
	夺将去，真可怜，公婆望奴不见还。

　　　　　纵然他不埋冤，道我做媳妇的有何干？
　　　　　他忍饥，添我夫罪怨。
　　　　　教我怎见得我夫面？
　　　　千死万死，终久是死。不如早死为强，此间有一口古井，不免投入死休。（欲投井介）
　　　　（唱）【前腔换头】
　　　　　将身赴井泉，思量左右难。
　　　　　我丈夫当年分散，叮咛嘱付爹娘，教我与他相看管。
　　　　　苦，我死却，他形影单。
　　　　　夫婿与公婆，可不两埋怨？

蔡　公　（唱）【前腔】
　　　　　媳妇去，不见还，教人在家凝望眼。
　　　　（蔡公跌倒，赵五娘扶介）

蔡　公　呀，你在这里闲行，教我望得肝肠断。
赵五娘　公公，奴请粮，为你供午餐。又谁知被人骗。
蔡　公　媳妇却怎么说？
赵五娘　公公，奴家请得些稻子，到半途之中，却被里正夺去了。
蔡　公　（哭）天哪，原来如此。
　　　　（唱）【前腔换头】
　　　　　思量我命乖蹇，不由人不珠泪涟。
　　　　　料想终须饿死，不如早赴黄泉，免把你厮牵绊。
　　　　　媳妇，婆老年，不久延。
　　　　　你须是，好看管。
　　　　呀，原来这里有一口古井，不免投入死休。

赵五娘　（唱）【前腔】
　　　　　公公，你若身倾弃，我苦怎言？
　　　　　公还死了婆怎免？

　　　　　　你两人一旦身亡，教我独自如何展？

　　　　　　公公，你吃苦辛，其实难过遣。

　　　　　　我痛伤悲，只得强相劝。

蔡　公　　（唱）【前腔换头】

　　　　　　媳妇，你衣衫尽解典，囊箧已罄然。

　　　　　　纵使目前存活，到底日久日深，你与我难相恋。

　　　　　　苦，衣食缺，你行孝难。

　　　　　　活冤家，不如早拆散。

〔欲投井，赵五娘救介，张太公挑谷上。〕

张太公　　（唱）【前腔】

　　　　　　不丰岁，荒歉年，官司把粮来给散。

　　　　　　见一个年老的公公在那里频嗟叹，待向前仔细看。

　　　　　　呀，我道是谁，原来是蔡老员外和五娘子呵！

　　　　　　你两人在此有何干？

赵五娘　　公公，一言难尽。奴家今日闻知官司给散义仓，去请些粮米，与公婆充饥。谁想里正作弊，仓中没了稻子。谢得相公，着令里正赔纳，把些与奴家。来到半途，被里正夺去。奴家害羞回来，公公见说，也要投井死，奴家正在此劝解公公。

张太公　　咳，五娘子你差了，老夫方才也请得些官粮，正要将来分送你公公，你怎的不来与我商量？却自家出去，被那狂徒欺侮。

　　　　　　（唱）【前腔换头】

　　　　　　我听你说这言，待我赶去，骂那厮铁心肠，昧心汉。

赵五娘　　公公，他去得远了。

蔡　公　　罢罢，太公，我和你是良善之人，不要与那狂徒一般见识。只是这几日饿得难过。

张太公	员外，你且不须忧虑，我也请得些官粮，和你两下分一半。
赵五娘	这是公公请的，如何使得？
张太公	咳，五娘子，你休恁推，莫弃嫌，且将回，权做雨厨饭。
赵五娘	如此多谢了公公。
张太公	怎说这话？五娘子，你伯喈当初出去，把爹娘嘱付与老夫。今日是荒年饥岁，亏杀你独自支吾。终不然我自温饱，教你忍饥受饿。古语云：济人须济急时无，你胡乱将这些救济公姑则个。五娘子你先回去，我和你公公随后缓缓的来。
赵五娘	（唱）【洞仙歌】

　　　　苦，家私没半分，靠着奴此身。
　　　　只要救公婆，岂辞多苦辛？

| 合 | （唱）空把泪珠揾，可怜饥与贫，这苦说不尽。 |
| 蔡 公 | （唱）【前腔】 |

　　　　太公，我本为泉下人，他救我一命存。
　　　　只怕我不久身亡，报不得媳妇恩。（合前）

| 张太公 | （唱）【前腔】 |

　　　　见说不可闻，况我托在邻。
　　　　终不然我享安和，忍见你受饥窘？（合前）
　　　正是：命薄多年受苦辛，
　　　　　不如身死早离分。
　　　　　惟有感恩并积恨，
　　　　　万年千载不成尘。

第十七出

〔媒婆二上。

媒婆二 （唱）【蛮牌令】

　　　　终日走千遭，走得脚无毛。
　　　　何曾见汤水面？花红也不曾见半分毫。
　　　　倒不如做个虔婆顶老，也落得些鸭汁吃饱。
　　　　穷酸秀才直恁乔，老婆与他，故推不要。
　　　　咳，我做媒婆做到老，不曾见这般好笑。
　　　　叵耐一个秀才，老婆与他不要。
　　　　别人见了媒婆，欢欢喜喜，他反和我寻争寻闹。
　　　　老相公又不肯干休，只管在家罗唣。
　　　　把媒婆放在中间，旋得七颠八倒。
　　　　走得我鞋穿袜绽，说得我唇干口燥。
　　　　也不怕你亲事不成，也不怕你姻缘不到。
　　　　只怕你红罗帐里快活，不叫媒婆聒噪。

　　呀，恰好的状元出来了。

〔蔡伯喈上。

蔡伯喈 （唱）【金蕉叶】

　　　　愁多怨多，
　　　　俺爹娘知他怎么？
　　　　摆不脱功名奈何？
　　　　送将来冤家怎躲？

　　（相见介）

媒婆二	状元，贺喜贺喜。牛太师选定今日与小姐毕姻，请状元早赴佳期。
蔡伯喈	天哪，此事如何是好？
媒婆二	状元，事皆前定，不必再推。
蔡伯喈	（唱）【三换头】
	名缰利锁，先是将人摧挫。
	况鸾拘凤束，甚日得到家？
	我也休怨他，
	这其间，只是我不合来长安看花。
	闪杀我爹娘也，泪珠空暗堕。
合	这段姻缘，也只是无如之奈何。
媒婆二	（唱）【前腔】
	鸾台罢妆，鹊桥初驾，佳期近也，请仙郎到河。
蔡伯喈	媒婆，我去也不妨，只是一心挂两头，如何是好？
媒婆二	（唱）状元，此事明知牵挂。
	这其间，只得把那壁厢且都拚舍。
	况奉君王诏，怎生别了他。（合前）
	状元，门首轿马都已齐备了。
	正是：及早赴佳期，
	欢娱成怨悲。
	情知不是伴，
	事急且相随。

第十八出

〔牛太师上。

牛太师 （唱）【传言玉女】

烛影摇红，帘幕瑞烟浮动，画堂中珠围翠拥。

妆台对月，下鸾鹤神仙仪从。

玉箫声里，一双鸣凤。

左右何在？

〔院子上。

院　子 独立画堂听命令，珠帘底下一声传。老相公有何指挥？

牛太师 左右，我今日与小姐毕姻，筵席安排了未？

院　子 安排完备了。

牛太师 完备得如何？

院　子 （白）【水调歌头】

屏开金孔雀，褥隐绣芙蓉。

兽炉烟袅，莲台绛烛吐春红。

广设珊瑚席子，高把真珠帘卷，环列翠屏风。

人间丞相府，天上蕊珠宫。

锦遮围，花烂熳，玉玲珑。

繁弦脆管，欢声鼎沸画堂中。

簇拥金钗十二，座列三千珠履，谈笑尽王公。

正是门栏多喜气，女婿近乘龙。

牛太师 状元来未？

院　子 望见一族人马喧闹，想是状元来了。

〔蔡伯喈上。

蔡伯喈	（唱）【女冠子】

马蹄笃速，传呼齐拥雕毂。

| 牛太师 | （唱）金花帽簇，天香袍染，丈夫得志，佳婿坦腹。

惜春，状元已到，请小姐出来拜堂

〔牛小姐上。

| 牛小姐 | （唱）【前腔】

妆成闻唤促，又将彩扇重遮，羞蛾轻蹙。

〔老姥姥、惜春执掌扇上。

| 合 | （唱）这姻缘不俗。金榜题名，洞房花烛。

| 老姥姥 | 状元和小姐两个，各自立一边，请阴阳先生赞礼。

〔宾人上。

| 宾　人 | 禀相公告庙：维大汉太平年，团圆月，和合日，吉利时。嗣孙牛某，有女及笄，奉圣旨招赘新状元蔡邕为婿。以此吉辰，敢申虔告。告庙已毕，请与新人揭起方巾。

| 惜　春 | 待我来。伏以窈窕青娥二八春，绿云之上覆方巾；玉纤揭起西川锦，露出娇容赛玉真。掌礼，请喝拜。

| 宾　人 | 窃以礼重婚姻，兹实人伦之大。义当配偶，爰思宗系之承。张设青炉，荧煌花烛。祀供苹藻，首严见庙之仪；贽备枣榛，抑讲拜堂之礼。集珠履玳簪之客，环金钗玉珥之宾。庆会良宵，观光盛事。香熏宝鸭，浓腾袅袅之烟；步拥金莲，请下深深之拜。（喝拜介）拜礼已毕，请状元小姐把酒。

| 蔡伯喈 | （唱）【画眉序】

攀桂步蟾宫，岂料丝萝在乔木。

喜书中今日，有女如玉。

堪观处丝幕牵红，恰正是荷衣穿绿。

合	（唱）这回好个风流婿，偏称洞房花烛。
牛太师	（唱）【前腔】

    君才冠天禄，我的门楣稍贤淑。

    看相辉清润，莹然冰玉。

    光掩映孔雀屏开，花烂漫芙蓉隐褥。（合前）

牛小姐 （唱）【前腔】

    频催少膏沐，金凤斜飞鬓云蠢。

    喜逢他萧史，愧非弄玉。

    清风引佩下瑶台，明月照妆成金屋。（合前）

老姥姥
惜　春　（合唱）【前腔】

    湘裙展六幅，似天上嫦娥降尘俗。

    喜蓝田今日，种成双玉。

    风月赛阆苑三千，云雨笑巫山二六。（合前）

蔡伯喈 （唱）【滴溜子】

    谩说道姻缘事，果谐凤卜。

    细思之，此事岂吾意欲？

    有人在高堂孤独。

    可惜新人笑语喧，不知我旧人哭。

    兀的东床，难教我坦腹。

众　人　（唱）【鲍老催】

    翠眉谩蹙，赤绳已系夫妇足，芳名已注婚姻牍。

    状元，空嗟怨，枉叹息，休摧挫。

    画堂富贵如金谷，休恋故乡生处好，受恩深处亲骨肉。

  （唱）【滴滴金】

    金猊宝鼎香馥郁，银海琼舟泛醽醁。

轻飞彩袖呈娇舞,啭莺喉歌丽曲。

歌声断续,持觞劝酒人共祝。

人共祝,百年夫妇永和睦。

(唱)【鲍老催】

意深爱笃,文章富贵珠万斛,天教艳质为眷属。

似蝶恋花,凤栖梧,鸾停竹。

男儿有书须勤读,书中自有黄金屋,也有千钟粟。

(唱)【双声子】

郎多福,郎多福,看紫绶黄金束。

娘分福,娘分福,看花诰纹犀轴。

两意笃,两意笃,岂非福,岂非福。

似纹鸾彩凤,两两相逐。

(唱)【余文】

郎才女貌真不俗,占断人间天上福,

百岁姻缘万事足。

正是:清风明月两相宜,

女貌郎才天下奇。

正是洞房花烛夜,

果然金榜挂名时。

第十九出

〔赵五娘上。

赵五娘 (唱)【薄幸】

野旷原空,人离业败。

> 谩尽心行孝，力枯形悫。
>
> 幸然爹妈，此身安泰。
>
> 恓惶处，见恸哭饥人满道。
>
> 叹举目将谁荷赖？
>
> 旷野萧疏绝烟火，日色惨淡黯村坞。
>
> 死别空原妇泣夫，生离他处儿牵母。
>
> 睹此恓惶实可怜，思量转觉此身难。
>
> 高堂父母老难保，上国儿郎去不还。
>
> 力尽计穷泪亦竭，看看气尽知何日？
>
> 高冈黄土谩成堆，谁把一抔掩奴骨？

奴家自从丈夫去后，顿遭饥荒，衣衫首饰尽皆典卖，家计萧然。争奈公婆年老，死生难保，朝夕又无甘旨膺奉，如何是好？只得安排一口淡饭，与公婆充饥。奴家自把些谷膜米皮逼逻来吃，苟留残喘，吃时又怕公婆看见，只得回避，免致他烦恼。如今饭已熟了，不免请出公婆早膳则个。

〔蔡公、蔡婆上。

蔡 公
蔡 婆 （合唱）【夜行船】

> 苦，忍饥担饿何日了？
>
> 孩儿一去，竟无音耗。

蔡 婆 （唱）甘旨萧条，米粮缺少。

蔡 公
蔡 婆 （合唱）天哪，真个死生难保。

赵五娘 请公公婆婆早膳。

蔡 婆 媳妇，有果蔬么？

赵五娘 没有。

蔡　婆　　有下饭么？
赵五娘　　也没有。
蔡　婆　　贱人，前日早膳还有些下饭，今日只得一口淡饭。再过几日，连淡饭也没有了？快抬去。
蔡　公　　咳，这般时年，胡乱吃一口充饥，还要分什么好歹。
蔡　婆　　（唱）【锣鼓令】
　　　　　　我终朝受馁，贱人，你将来的饭教我怎吃？
　　　　　　可疾忙便抬，非干是我有些馋态。
蔡　公　　（唱）【前腔】
　　　　　　阿婆，你看她衣衫都解，好茶饭将甚去买？
　　　　　　兀的是天灾，教媳妇每难布摆。
赵五娘　　（唱）【前腔换头】
　　　　　　婆婆息怒且休罪，待奴家霎时将去再安排。
　　　　　　思量到此，珠泪满腮。
　　　　　　看看做鬼，沟渠里埋。
　　　　　　纵然不死也难挨，教人只恨蔡伯喈。
蔡　婆　　（唱）【前腔】
　　　　　　如今我试猜，多应她犯着独童病来，
　　　　　　背地里自买些鲑菜？
蔡　公　　（唱）阿婆，她哪里得钱去买？
蔡　婆　　（唱）阿公，我吃饭她缘何不在？
　　　　　　这些意儿真是歹。
蔡　公　　（唱）【前腔】
　　　　　　阿婆，她和你甚相爱，
　　　　　　不应反面直恁的乖。
赵五娘　　（背介，唱）我千辛万苦，有甚疑猜？
　　　　　　可不道我脸儿黄瘦骨如柴。

蔡　婆　　抬去，抬去。

蔡　公　　媳妇，婆婆吃不得，你且收去。

赵五娘　　（收介）婆婆耐烦。待奴家去布摆些东西，再安排过来。

蔡　婆　　你去，你去。

赵五娘　　正是哑子谩尝黄柏味，难将苦口向人言。

〔下。

蔡　婆　　阿公，亲的到底是亲，亲生儿子不留在家，倒倚靠着媳妇供养。你看前日兀自有些鲑菜；今日只得些淡饭，教我怎的吃？再过几日，连饭也没了。我看她前日自吃饭时节，百般躲避我，敢是她背地里自买些下饭受用分晓。

蔡　公　　阿婆，休要错疑了，我看媳妇不是这般样人。

蔡　婆　　恁的，等她自吃时节，我和你潜地里去探一探，便知端的。

蔡　公　　也说得是。只一件哪。

蔡　婆　　却怎的？

　　　　　正是：荒年有饭休思菜，
　　　　　　　　媳妇无良把我亏。
　　　　　　　　混浊不分鲢共鲤，
　　　　　　　　水清方见两般鱼。

第二十出

〔赵五娘上。

赵五娘　　（唱）【山坡羊】
　　　　　乱荒荒不丰稔的年岁，远迢迢不回来的夫婿。
　　　　　急煎煎不耐烦的二亲，软怯怯不济事的孤身体。

苦，衣尽典，寸丝不挂体。

几番拼死了奴身己，争奈没主公婆教谁看取？

合　　　（唱）思之，虚飘飘命怎期？

难挨，实丕丕灾共危。

赵五娘　（唱）【前腔】

滴溜溜难穷尽的珠泪，乱纷纷难宽解的愁绪。

骨崖崖难扶持的病身，战兢兢难挨过的时和岁。

这糠，我待不吃你呵，教奴怎忍饥？

我待吃你呵，教奴怎生吃？

思量起来，不如奴先死，图得不知他亲死时。（合前）

奴家早上安排些饭与公婆，非不欲买些鲑菜，争奈无钱可买。不想婆婆抵死埋怨，只道奴家背地自吃了什么东西。不知奴家吃的是米膜糠秕，又不敢教她知道。便做她埋怨杀我，我也不分说。苦！这糠秕怎的吃得下。（吃吐介）

（唱）【孝顺歌】

呕得我肝肠痛，珠泪垂，喉咙尚兀自牢嘎住。

糠哪！你遭砻被舂杵，筛你簸扬你，吃尽控持。

好似奴家身狼狈，千辛万苦皆经历。

苦人吃着苦味，两苦相逢，可知道欲吞不去。

〔蔡公、蔡婆潜上探觑介。

赵五娘　（唱）【前腔】

糠和米，本是相依倚，被簸扬作两处飞？

一贱与一贵，好似奴家与夫婿，终无见期。

丈夫，你便是米呵，米在他方没寻处。

奴家恰便似糠呵，怎的把糠来救得人饥馁？

好似儿夫出去，怎的教奴，供膳得公婆甘旨？

〔蔡公、蔡婆潜下介。

赵五娘　（唱）【前腔】
思量我生无益，死又值甚的！
不如忍饥死了为怨鬼。
只一件，公婆老年纪，靠奴家相依倚，只得苟活片时。
片时苟活虽容易，到底日久也难相聚。
谩把糠来相比，
这糠呵，尚兀自有人吃，奴家的骨头，知他埋在何处？

〔蔡公、蔡婆上。

蔡　婆　媳妇，你在这里吃什么？
赵五娘　奴家不曾吃什么。
（蔡婆搜拿介）
赵五娘　婆婆你吃不得。
蔡　公　咳，这是什么东西？
赵五娘　（唱）【前腔】
这是谷中膜，米上皮，
蔡　公　呀，这便是糠，要它何用。
赵五娘　（唱）将来逼逻堪疗饥。
蔡　婆　咦，这糠只好将去喂猪狗，如何把来自吃？
赵五娘　（唱）尝闻古贤书，狗彘食人食，也强如草根树皮。
蔡　公
蔡　婆　（合唱）恁的苦涩东西，怕不噎坏了你。
赵五娘　（唱）啮雪吞毡，苏卿犹健，餐松食柏，倒做得神仙侣。
这糠呵，纵然吃些何虑？
蔡　婆　阿公，你休听她说谎，糠秕如何吃得？

赵五娘	爹妈休疑，奴须是你孩儿的糟糠妻室。
蔡 公 蔡 婆	（看哭介，合）媳妇，我原来错埋冤了你，兀的不痛杀我也。

（闷倒，赵五娘叫哭介）

赵五娘	（唱）【雁过沙】

　　苦，沉沉向冥途，空教我耳边呼。

　　公公，婆婆，我不能够尽心相奉事，反教你为我归黄土。

　　教人道你死缘何故？

　　公公，婆婆，怎生割舍得抛弃了奴？

（蔡公醒介）

赵五娘	谢天谢地，公公醒了。公公你挣揣。
蔡 公	（唱）【前腔】

　　媳妇，你担饥事姑舅。

　　媳妇，你担饥怎生度？

赵五娘	公公且自宽心，不要烦恼。
蔡 公	媳妇，我错埋冤了你。你也不推辞，到如今始信有糟糠妇。媳妇，料应我不久归阴府。也省得为我死的，累你生的受苦。
赵五娘	（扶蔡公起介）公公且在床上安息，待我看婆婆如何？

（叫不醒介）呀，婆婆不济事了。如何是好？

（唱）【前腔】

　　婆婆气全无，教奴怎支吾？

　　咳，丈夫呵，我千辛万苦，为你相看顾，

　　如今到此难回护。

　　我只愁母死难留父，况衣衫尽解，囊箧又无。

蔡 公	媳妇，婆婆还好么？

赵五娘　　婆婆不好了。

蔡　公　　（唱）【前腔】

　　　　　　　天哪，我当初不寻思，教孩儿往帝都。
　　　　　　　把媳妇闪得苦又孤，婆婆送入黄泉路，
　　　　　　　算来是我相耽误。
　　　　　　　不如我死，免把你再辜负。

赵五娘　　公公休说这话，且自将息。

蔡　公　　媳妇，婆婆死了，衣衾棺椁，是件皆无。如何是好？

赵五娘　　公公宽心，待奴家区处。

〔张太公上。

张太公　　福无双降犹难信，祸不单行却是真。老夫为何道此两句？为邻家蔡伯喈妻房赵氏五娘，她嫁得伯喈，方才两月，伯喈便出去赴选。自去之后，连遭饥荒，公婆年纪皆在八十之上，家里更没个相扶持的。甘旨之奉，亏杀这五娘子。把些衣服首饰之类，尽皆典卖，办些粮米，供给公婆，却背地里把糠秕逼逻充饥。这般荒年饥岁，少什么有三五个孩儿的人家，供膳不得爹娘。这个小娘子，真个今人中少有，古人中难得。那婆婆不知道，颠倒把她埋冤；适来听得她公婆知道，却又痛心，都害了病。如今不免到她家里探望则个。呀，五娘子，你为甚的慌慌张张？

赵五娘　　公公，天有不测风云，人有旦夕祸福。奴家婆婆死了。

张太公　　咳，你婆婆既死了，你公公如今在哪里？

赵五娘　　在床上睡着。

张太公　　待我看一看。

蔡　公　　太公休怪，我起来不得了。

张太公　　老员外快不要劳动。

赵五娘	太公，我婆婆衣衾棺椁，是件皆无，如何是好？
张太公	五娘子，你不要愁烦，我自有区处。
赵五娘	（唱）【玉胞肚】
	千般生受，教奴家如何措手？
	终不然把他骸骨，没棺材送在荒丘？
合	（唱）相看到此，不由人不泪珠流，不是冤家不聚头。
张太公	（唱）【前腔】
	五娘子，不必多忧，资送婆婆，在我身上有。
	你但小心承直公公，莫教他又成不救。（合前）
蔡　公	（唱）【前腔】
	张公护救，我媳妇实难启口。
	孩儿去后，又遇饥荒，把衣衫典卖无留。（合前）
张太公	老员外，你请进里面去歇息。待我一霎时叫家童讨棺木来，把老安人殡敛了。选个吉日，送在南山安葬去。
蔡　公	如此，多谢太公周济。
	正是：只为无钱送老娘，
	须知此事有商量。
	归家不敢高声哭，
	惟恐猿闻也断肠。

第二十一出

〔蔡伯喈上。

蔡伯喈　（唱）【一枝花】

　　　闲庭槐影转，深院荷香满。

　　　　帘垂清昼永，怎消遣？

　　　　十二栏杆，无事闲凭遍。

　　　　闷来把湘簟展，梦到家山，又被翠竹敲风惊断。

　　（白）【南乡子】

　　　　翠竹影摇金，水殿帘栊映碧阴。

　　　　人静昼长无个事，沉吟，碧酒金樽懒去斟。

　　　　幽恨苦相寻，离别经年没信音。

　　　　寒暑相催人易老，关心，却把闲愁付玉琴。

　　　院子将琴书过来。

　　　〔院子将琴书上。

院　子　黄卷看来消白日，朱弦动处引清风。

　　　　炎蒸不到珠帘下，人在瑶池阆苑中。

　　　　相公，琴书在此。

蔡伯喈　院子，你与我唤那两个学童过来。

　　　〔院子叫介。学童执扇、学童持香上。

学　童　（唱）【金钱花】

　　　　自少承值书房，书房。

　　　　快活其实难当，难当。

　　　　只管打扇与烧香，荷亭畔好乘凉，吃饭饭上眠床。

　　（参见介）

蔡伯喈　我在先得此材于爨下，斫成此琴，即名焦尾。自来此间，久不整理。今日当此清凉，试操一曲，以舒闷怀。你三人一个打扇，一个烧香，一个管文书，休得嫚误。

众　　　领钧旨。

蔡伯喈　（操琴介）（唱）【懒画眉】

　　　　强对南熏奏虞弦，只觉指下余音不似前，

　　　　哪些个流水共高山？

　　　　　　呀！只见满眼风波恶，似离别当年怀水仙。
　　　　（学童困掉扇介）
院　子　　告相公：打扇的坏了扇。
蔡伯喈　　背起打十三，那厮不中用，只教他烧香。
院　子　　领钧旨。
蔡伯喈　　（唱）【前腔】
　　　　　　顿觉余音转愁烦，
　　　　　　似寡鹄孤鸿和断猿，又如别凤乍离鸾。
　　　　　　呀！只见杀声在弦中见？敢只是螳螂来捕蝉。
　　　　（学童困灭香介）
院　子　　告相公：烧香的灭了香。
蔡伯喈　　背起打十三，那厮不中用，只教他管文书。
院　子　　领钧旨。
蔡伯喈　　（唱）【前腔】
　　　　　　蓝田日暖玉生烟，似望帝春心托杜鹃，
　　　　　　好姻缘翻做恶姻缘。
　　　　　　只怕眼底知音少，争得鸾胶续断弦。
　　　　（院子掉文书介）
学　童　　告相公：管文书的乱了文书。
蔡伯喈　　背起打十三。
　　　　〔牛小姐上。
蔡伯喈　　左右，夫人来也，且各回避。
众　　　　（合）正是有福之人人服侍，无福之人服侍人。
　　　　〔院子、学童下。
牛小姐　　（唱）【满江红】
　　　　　　嫩绿池塘，梅雨歇熏风乍转。
　　　　　　瞥然见新凉华屋，已飞乳燕。

簟展湘波纨扇冷，歌传金缕琼卮暖。

众	（合唱）炎蒸不到水亭中，珠帘卷。
牛小姐	相公，原来在此操琴呵。
蔡伯喈	夫人，我当此清凉，聊托此以散闷怀。
牛小姐	奴家久闻相公高于音乐，如何来到此间，丝竹之音，杳然绝响。斗胆请再操一曲，相公肯么？
蔡伯喈	夫人待要听琴。弹什么曲好？我弹一曲《雉朝飞》何如？
牛小姐	这是无妻的曲，不好。
蔡伯喈	呀，说错了，如今弹一曲《孤鸾寡鹄》何如？
牛小姐	两个夫妻正团圆，说什么孤寡。
蔡伯喈	不然弹一曲《昭君怨》何如？
牛小姐	两个夫妻正和美，说什么宫怨。相公，当此夏景，只弹一曲《风入松》好。
蔡伯喈	这个却好。（弹介）
牛小姐	相公，你弹错了。
蔡伯喈	呀，倒弹出《思归引》来。待我再弹。
牛小姐	相公，你又弹错了。
蔡伯喈	呀，又弹出个《别鹤怨》来。
牛小姐	相公，你如何恁的会差。莫不是故意卖弄，欺侮奴家。
蔡伯喈	岂有此心，只是这弦不中用。
牛小姐	这弦怎的不中用？
蔡伯喈	俺只弹得旧弦惯，这是新弦，俺弹不惯。
牛小姐	旧弦在哪里？
蔡伯喈	旧弦撇下多时了。
牛小姐	为甚撇了？
蔡伯喈	只为有了这新弦，便撇了那旧弦。
牛小姐	相公何不撇了新弦，用那旧弦？

蔡伯喈　　夫人，我心里岂不想那旧弦，只是新弦又撇不下。

牛小姐　　你新弦既撇不下，还思量那旧弦怎的？我想起来，只是你心不在焉，特地有许多说话。

蔡伯喈　　（唱）【桂枝香】
　　　　　　　夫人，旧弦已断，新弦不惯。
　　　　　　　旧弦再上不能，待撇了新弦难拚。
　　　　　　　我一弹再鼓，一弹再鼓，又被宫商错乱。

牛小姐　　相公，你敢是心变了么？

蔡伯喈　　非于心变。
　　　　　　（唱）这般好凉天，正是此曲才堪听，又被风吹别调间。

牛小姐　　（唱）【前腔】
　　　　　　　相公，非弹不惯，只是你意慵心懒。
　　　　　　　既道是寡鹄孤鸾，又道是昭君宫怨，
　　　　　　　那更思归别鹤，思归别鹤，无非愁叹。
　　　　　　　相公，我看你多敢是想着谁？

蔡伯喈　　夫人，我不想着什么人。

牛小姐　　相公，有何难见，你既不然，我理会得了，你道是除了知音听，道我不是知音不与弹。

蔡伯喈　　夫人，哪有此意？

牛小姐　　相公，这个也由你。毕竟你无心去弹他，何似教惜春安排酒过来，与你消遣何如？

蔡伯喈　　我懒饮酒，待去睡也。

牛小姐　　相公休阻妾意，老姥姥、惜春看酒来。
　　　　　　〔老姥姥、惜春持酒上。

惜　春　　（唱）【烧夜香】
　　　　　　　楼台倒影入池塘，绿树阴浓夏日长，

老姥姥　　（唱）一架荼蘼满院香。

合	（唱）和你捧霞觞，纳晚凉。
	卷起珠帘，明月正上。
牛小姐	将酒过来。
	（唱）【梁州序】
	新篁池阁，槐阴庭院，日永红尘隔断。
	碧栏杆外，寒飞漱玉清泉。
	自觉香肌无暑，素质生风，小簟琅玕展。
	昼长人困也，好清闲，忽被棋声惊昼眠。
合	（唱）金缕唱，碧筒劝。
	向冰山雪巘排佳宴，清世界几人也。
蔡伯喈	（唱）【前腔】
	蔷薇帘箔，荷花池馆，一阵风来香满。
	湘帘日永，香消宝篆沉烟。
	谩有枕歕寒玉，扇动齐纨，怎遂黄香愿？
	（作悲介）
牛小姐	相公，你为甚的下泪？
蔡伯喈	（唱）猛然心地热，透香汗，
	我欲向南窗一醉眠。（合前）
牛小姐	（唱）【前腔】
	向晚来雨过南轩，见池面红妆零乱。
	渐轻雷隐隐，雨收云散。
	只觉荷香十里，新月一钩，此景佳无限。
	兰汤初浴罢，晚妆残，深院黄昏懒去眠。（合前）
蔡伯喈	（唱）【前腔】
	柳阴中忽噪新蝉，见流萤飞来庭院。
	听菱歌何处？
	画船归晚。

	只见玉绳低度，朱户无声，此景尤堪恋。
	起来携素手，鬓云乱，月照纱橱人未眠。（合前）

老姥姥　　（唱）【节节高】
　　　　　涟漪戏彩鸳，把露荷翻，清香泻下琼珠溅。
　　　　　香风扇，芳沼边，闲亭畔。
　　　　　坐来不觉神清健，蓬莱阆苑何足羡？

合　　　　（唱）只恐西风又惊秋，不觉暗中流年换。

惜　春　　（唱）【前腔】
　　　　　清宵思爽然，好凉天，瑶台月下清虚殿。
　　　　　神仙眷，开玳筵，重欢宴。
　　　　　任教玉漏催银箭，水晶宫里把笙歌按。（合前）

众　　　　（唱）【余文】
　　　　　光阴迅速如飞电，好良宵可惜渐阑，
　　　　　管取欢娱歌笑喧。

蔡伯喈　　樵楼上几鼓了？
老姥姥　　三鼓了。
　　　　　正是：欢娱休问夜如何，
　　　　　　　　此景良宵能几何？
　　　　　　　　遇饮酒时须饮酒，
　　　　　　　　得高歌处且高歌。

第二十二出

〔赵五娘上。

赵五娘　　（唱）【霜天晓角】

难挨怎避，灾祸重重至？

最苦婆婆死矣，公公病，又将危。

屋漏更遭连夜雨，船迟又被打头风。

奴家自从婆婆死后，万千狼狈；

谁知公公病又将危。

如今赎得些药，已煎在此，不免再安排一口粥汤。

（唱）【犯胡兵】

囊无半点调药费，良医怎求？

天哪，纵然救得目前，饭食何处有？

料应难到后。

谩说道有病遇良医，饥荒怎救？

（唱）【前腔】

公公这病呵，愁万苦千俵生受，妆成这症候。

药呵，纵然救得目前，怎免得忧与愁？

料应不会久。

他只为不见孩儿，才得这病。若要这病好时呵，

（唱）除非是子孝父心宽，方才可救。

药已熟了，且扶公公出来吃些，看何如？

〔赵五娘下，扶外上。

蔡　公　（唱）【霜天晓角】

神散魂飞，料应不久矣。

赵五娘　公公请挣揣。

蔡　公　我纵然抬头强起，形衰倦，怎支持？

赵五娘　公公，药已熟了，慢慢吃些。

蔡　公　媳妇，我吃不得这药了。

赵五娘　（唱）【香遍满】

论来汤药，须索是子先尝，方进与父母。

公公，莫不是为无子先尝，恰便寻思苦？

（蔡公吃药吐介）

赵五娘	公公，且耐烦吃些。
蔡　公	媳妇，这药我吃不得了。我宁可早死了罢，免得累你。
赵五娘	公公，你须索挣揣，怎舍得一命殂？
蔡　公	媳妇你吃糠，省钱赎药与我吃，我怎的吃得下？
赵五娘	苦！

（唱）原来不吃药，也只为着糟糠妇。

公公，你既不吃药，且吃一口粥汤，看如何？

（蔡公吃粥吐介）

赵五娘	公公，还慢慢吃些。
蔡　公	媳妇，我肚腹膨胀，怎吃得下？
赵五娘	（唱）【前腔】

公公，你万千愁苦，堆积在闷怀成气蛊，

可知道吃了吞还吐。

蔡　公	媳妇，我不济事了，必是死也。孩儿又不回来，只是亏了你。
赵五娘	公公，且自宽心，不要烦恼。（赵五娘背哭介）

（唱）怕添亲怨忆，暗将珠泪堕。

蔡　公	媳妇你吃糠，却教我吃粥，我怎的吃得下哩？
赵五娘	苦，

（唱）原来不吃粥，也只为糟糠妇。

蔡　公	媳妇，我死也不妨，只怨孩儿不在家，亏杀了你。你近前来，有两句言语分付你。
赵五娘	公公如何？
蔡　公	（蔡公作跌倒拜介）（唱）【歌儿】

媳妇，我三年谢得你相奉事，

只恨我当初,把你相耽误。

天哪,我待欲报你的深恩,待来生我做你的媳妇。

怨只怨蔡伯喈不孝子,苦只苦赵五娘辛勤妇。

赵五娘　　公公,奴身不足惜。

（唱）【前腔换头】

我一怨你身死后有谁来祀;

二怨你有孩儿不得相看顾;

三怨你三年间,没一个饱暖的日子。

三载相看甘共苦,一朝分别难同死。

蔡　公　　（唱）【前腔】

媳妇,我死呵,你将我骨头休埋在土。

赵五娘　　呀,公公百岁后,不埋在土,却放在哪里?

蔡　公　　媳妇,都是我当初不合教孩儿出去,误得你怎的受苦,

（唱）我甘受折罚,任取尸骸露。

赵五娘　　公公,你休这般说,被人谈笑。

蔡　公　　媳妇,不笑着你,

（唱）留与旁人道,蔡伯喈不葬亲父。

怨只怨蔡伯喈不孝子,苦只苦赵五娘辛勤妇。

赵五娘　　（唱）【前腔换头】

公公,倘你死呵,公婆已得做一处所。

料想奴家,不久也归阴府。

苦,可怜一家,三个怨鬼在冥途。

三载相看甘共苦,一朝分别难同死。

蔡　公　　媳妇,我毕竟是死了,你替我请张太公过来。

赵五娘　　公公说犹未了,恰好张太公来也。

张太公　　岁歉无夫婿,家贫丧老亲。可怜贞节女,日夜受艰辛。

五娘子,你公公病症何如?

赵五娘	太公，我公公的病症，十分危笃。
张太公	如此，待我向前看看。老员外，你贵体若何？
蔡　公	苦，张太公。我不济事了，毕竟是个死。你今来得恰好，我凭你为证。写下遗嘱与媳妇收执，待我死后，教她休要守孝，早早改嫁便了。
赵五娘	公公，你休那般说。自古道忠臣不事二君，烈女不更二夫。公公休要写。
蔡　公	媳妇，你取纸笔过来。
赵五娘	公公，奴家生是蔡郎妻，死是蔡郎妇。千万休写，枉自劳神。
蔡　公	媳妇，你不取纸笔来，要气杀我也。
张太公	五娘子你休逆他，嫁与不嫁在乎你，且取将过来。
	（赵五娘取上）
蔡　公	（蔡公作写介）咳，这一管笔倒有千斤来重。
	（唱）【罗帐里坐】
	媳妇，你艰辛万千，是我担误了伊。
	你不嫁人呵，身衣口食，怎生区处？
	休休，当初原是我折散了你夫妻。
	我如今死了呵，终不然教你又守着灵帏？
	（放笔介）已知死别在须臾，更与什么生人做主？
张太公	（唱）【前腔】
	这中间就里，我难说怎提？
	五娘子，你若不嫁人，恐非活计；
	若不守孝，又被人谈议。
	可怜家破与人离，怎不教人泪垂。
赵五娘	（唱）【前腔】
	公公严命，非奴敢违。
	若是教我嫁人呵，

那些个不更二夫，却不误奴一世？

公公，我一马一鞍，誓无他志。

可怜家破与人离，怎不教人泪垂。

蔡　公　张太公，我凭你为证，留下这条拄杖，待我那不孝子回来，把他与我打将出去。（蔡公倒赵五娘扶介）

正是：公公病里莫生嗔，

员外宽心保自身。

正是药医不死病，

果然佛度有缘人。

第二十三出

〔蔡伯喈上。

蔡伯喈　（唱）【喜迁莺】

终朝思想，但恨在眉头，人在心上。

凤侣添愁，鱼书绝寄，空劳两处相望。

青镜瘦颜羞照，宝瑟清音绝响。

归梦杳，绕屏山烟树，哪是家乡？

（白）【踏莎行】怨极愁多，歌慵笑懒，只因添个鸳鸯伴。

他乡游子不能归，高堂父母无人管。

湘浦鱼沉，衡阳雁断，音书要寄无方便。

人生光景几多时，蹉跎负却平生愿。

（唱）【雁渔锦】

思量，那日离故乡。

记临歧送别多惆怅，携手共那人不厮放。

教她好看承，我爹娘，料她每应不会遗忘。

闻知饥与荒，只怕挨不过岁月难存养。

若望不见信音却把谁倚仗。

（唱）【二犯渔家傲】

思量，幼读文章，论事亲为子也须要成模样。

真情未讲，怎知道吃尽多磨障？

被亲强来赴选场，被君强官为议郎，被婚强效鸾凰。

三被强，衷肠说与谁行？

埋怨难禁这两厢，

这壁厢道咱是个不撑达害羞的乔相识，

那壁厢道咱是个不睹事负心的薄幸郎。

（唱）【雁渔序】

悲伤，鹭序鸳行，怎如乌鸟反哺能终养？

谩把金章，绾着紫绶；

试问斑衣，今在何方？

斑衣罢想，纵然归去，又怕带麻执杖。

只为他云梯月殿多劳攘，落得泪雨似珠两鬓霜。

（唱）【渔家喜雁灯】

几回梦里，忽闻鸡唱。

忙惊觉错呼旧妇，同问寝堂上。

待朦胧觉来，依然新人凤衾和象床。

怎不怨香愁玉无心绪？

更思想被他拦挡。

教我，怎不悲伤？

俺这里欢娱夜宿芙蓉帐，她那里寂寞偏嫌更漏长。

（唱）【锦缠雁】

谩恓怏，把欢娱都成闷肠。

菽水既清凉，我何心，贪着美酒肥羊？

闷杀人花烛洞房，愁杀我挂名在金榜。

蓦地里自思量，

正是在家不敢高声哭，只恐人闻也断肠。

院子过来。

院　子	（上）有问即对，无问不答。告相公：有何指挥？
蔡伯喈	你是我的亲的人，我有一件事和你商量，你休要走了我的言语。
院　子	相公指挥，小人怎敢漏泄！
蔡伯喈	自从离了父母妻室，来此赴选，本非我意。虽则勉强朝命，暂受职名，将谓三年之后，可作归计。谁知又被牛相公招为女婿，一向逗留在此，不能归去见父母一面。我要和你商量个计策。
院　子	不钻不穴，不道不知。小人每常见相公忧闷不乐，不知这个就里。相公何不对夫人说知？
蔡伯喈	我夫人虽则贤慧，争奈老相公之势，炙手可热，我待说与夫人知，一霎时老相公得知，只道我去也不来，如何肯放我去？不如姑且隐忍，和夫人都瞒了，直待任满，寻个归计。
院　子	这的却是。老相公若还知道，哪里肯放相公去？
蔡伯喈	我如今要寄一封书家中去，没个方便。我待使人去，又怕夫人知道。你与我出街坊上寻个便当人，待我寄一封书家去则个。
院　子	小人谨领便去。
蔡伯喈	我终朝长痛忆。
院　子	不妨，寻便寄书人。
合	正是：眼望旌捷旗，耳听好消息。

〔并下。

第二十四出

〔赵五娘上。

赵五娘 （唱）【金珑璁】

饥荒先自窘。

哪堪连丧双亲，身独自怎支分？

衣衫都典尽，首饰并没分文，无计策剪香云。

（白）【蝶恋花】万苦千辛难摆拨，力尽心穷两泪空流血。

裙布钗荆今已竭，萱花椿树连摧折。

金剪盈盈明素雪，空照乌云远映愁眉月。

一片孝心难尽说，一齐分付青丝发。

奴家在先婆婆没了，却是张太公周济。如今公公又亡过了，无钱资送，难再去求张太公。寻思起没奈何，只得剪下青丝细发，卖几贯钱为送终之用。虽然这头发值不得恁多钱，也只把做些意儿，一似教化一般。

正是：不幸丧双亲，求人不可频。

聊将青鬓发，断送白头人。

（唱）【香罗带】

一从鸾凤分，谁梳鬓云？

妆台不临生暗尘，哪更钗梳首饰典无存也，

头发，是我耽搁你，度青春。

如今又剪你，资送老亲。

剪发伤情也，只怨着结发的薄幸人。（剪又放介）

（唱）【前腔】

思量薄幸人,辜奴此身,欲剪未剪教我珠泪零。

我当初早披剃入空门也,做个尼姑去,今日免艰辛。

只一件,只有我的头发恁的,少什么嫁人的珠围翠簇兰麝熏。

呀!似这般光景,我的身死,骨自无埋处,说什么剪头发愚妇人!（介）

（唱）【前腔】

堪怜愚妇人,单身又贫。

我待不剪你头发卖呵,开口告人羞怎忍。

我待剪呵,金刀下处应心疼也。

休休,却将堆鸦髻,舞鸾鬓,

与乌鸟报答,白发的亲。

教人道雾鬓云鬟女,断送他霜鬟雪鬓人。（剪介）

（哭唱）【临江仙】

连丧双亲无计策,只得剪下香云,非奴苦要孝名传。

正是上山擒虎易,开口告人难。

头发既已剪下,免不得将去街上货卖。穿长街,抹短巷,叫几声卖头发咱。（叫介）

（唱）【梅花塘】

卖头发,买的休论价。

念我受饥荒,囊箧无些个。

丈夫出去,那更连丧了公婆,没奈何,只得卖头发,资送他。

怎的都没人问买?（介）

（唱）【香柳娘】

看青丝细发,剪来堪爱,如何卖也没人买?

若论这饥荒死丧，怎教我女裙钗，当得这狼狈？

况我连朝受馁，我的脚儿怎抬？

其实难挨。（倒介）

（再起唱）【前腔】

望前街后街，并无人在。

我待再叫呵，咽喉气噎，无如之奈。

苦！

我如今便死，暴露我尸骸，谁人与遮盖？

天哪！

我到底也只是个死。

待我将头发去卖，卖了把公婆葬埋，奴便死何害？

〔张太公上。

张太公　慈悲胜念千声佛，造恶徒烧万炷香。呀！兀的不是蔡小娘子？缘何倒在街上？

赵五娘　公公，救我则个！

张太公　（扶介）小娘子，你手里拿着头发做什么？

赵五娘　奴家公公没了，将这头发资送他。

张太公　（哭介）原来你公公也死了，你怎的不来和我商量，把这头发剪下做什么？

赵五娘　奴家多番来定害公公了，不敢来相恼。

张太公　说哪里话！

（唱）【前曲】

你儿夫曾付托，我怎生违背？

你无钱使用，我须当贷。

交你把头发剪了，又跌倒在长街，都缘是我之罪。

合　（唱）叹一家破坏，否极何时泰来？各出着泪。

赵五娘　（唱）【前腔】

　　　　　　谢公公可怜，把钱相贷，

　　　　　　我公婆在地下相感戴。

　　　　　　只恐奴此身，死也没人埋，

　　　　　　公公，谁还你恩债？（合前）

张太公　　小娘子，你先到家，我便令小二送些布帛钱米之类与你。

赵五娘　　公公收了这头发。

张太公　　我要这头发做什么？

赵五娘　　谢得公公救妾身！

张太公　　你儿夫曾托我亲邻。

合　　　　正是：从空伸出拿云手，

　　　　　　提起天罗地网人。

〔并下。

第二十五出

〔拐儿上。

拐　儿　　（唱）【打球场】

　　　　　　几年间，为拐儿，脱空说谎为最。

　　　　　　遮莫你是怎生俏俏的，也落在我圈套。

　　　　　自家脱空为活计，掏摸作生涯。

　　　　　剑舌枪唇怜俐的，也引教他懵懂。

　　　　　虚脾甜口悭吝的，也哄教他妆风。

　　　　　乡贯何曾有定居，姓名人知真实。

　　　　　妆成圈套，见了的便自入来；

　　　　　做就机关，入着的怎生出去？

骗了钟馗手里宝剑，拐了洞宾瓢里仙丹。
果然来无迹，去无踪，对面骗人如撮弄；
纵使和你行，和你坐，当场赚你怎埋冤？
拐儿阵里先锋，哄局门中大将。
何用剜墙挖壁，强如黑夜偷儿；
不索挟斧持刀，真个白昼劫贼。
正是：天不生无禄之人，地不长无根之草。

自家打听得蔡状元家住陈留，父母在堂，久无消息，他如今要寄家书回去。况我在陈留走得惯熟，颇习语音，不免妆扮做陈留人，假写他父母家书递与他，必有回音；倘或附带些金帛回家，也不见得。却觅一个小富贵，便不然也索与我些路费回家。这里便是蔡状元府前，不免进入去咱。呀，怎的不见一个人？我且咳嗽一声。

〔院子上。

院　子　侯门深似海，不许外人敲。（相见介）你是哪里人，来此有甚勾当？

拐　儿　小子从陈留来，蔡相公的老大人有家书在此。

院　子　呀，我相公正要乘便寄家书回去，你来得恰好，待我请相公出来。（请介）

蔡伯喈　（唱）【凤凰阁】
　　　　　寻鸿觅雁，寄个音书无便。
　　　　　谩劳回首望家山，和那白云不见。
　　　　　泪痕如线，想镜里孤鸾影单。

院　子　告相公得知，有一个汉子，说他从陈留郡来，有老相公的家书在此。

蔡伯喈　快请他进来。（相见介）多承足下带得我家书来呵。

拐　儿　小子奉老大人尊命，特递在此。（拐儿递书介）

蔡伯喈　　（唱）【一封书】

"一从你去离，我在家中常念你。

功名事怎的？想多应折桂枝。

幸得爹娘和媳妇，各保安康无祸危。"

谢天谢地，且喜家中多安乐。

"见家书，可知之，及早回来莫更迟。"

天哪，我岂不要回去，争奈不由我。院子，你引乡亲到后堂茶饭。一面取纸笔，待我写家书，就付与他去；可取些金珠碎银过来。（蔡伯喈写书介）（唱）【下山虎】

"男邕百拜，大人尊前：

一自离膝下，顿经数年。

目断万里关山，镇日望悬。

一向那堪音信断，名利事，叹牵绾，谩劳珠泪涟。

上表辞金殿，要辞了官，争奈君王不见怜。

（唱）【蛮牌令】

"忽尔拜尊翰，激切意悬悬。

幸喜爹娘和媳妇，尽安健。

奈儿身淹留旅邸，不能够承奉慈颜。

匆匆的聊附寸笺，草草伏乞尊照不宜。"

乡亲，我这一封书，并这金珠，托你将到俺家里，与老相公收下。传示家中大小，俺早晚便回来，教他放心，不须忧虑。

拐　儿　　小子理会得。

蔡伯喈　　这些碎银，送与乡亲路上做盘费。

拐　儿　　多谢，多谢。

蔡伯喈　　（唱）【驻马听】

书寄乡关，说起教人心痛酸。

乡亲，传示俺八旬爹妈，道与俺两月妻房，隔涉万水千山。

啼痕缄处翠绡斑，梦魂飞绕银屏远。

合 （唱）报道平安，想一家贺喜，只说道再相见。

院　子 （唱）【前腔】

遥忆乡关，有个人人凝望眼。

他频看飞雁，望断孤舟，倚遍危栏。

见这银钩飞动彩云笺，又索玉箸界破残妆面。（合前）

拐　儿 （唱）【前腔】

西出阳关，却叹今朝行路难。

念取经年离别，跋涉万里程途。

带着一纸云笺，只怕豺狼纷扰路途间，

雁鸿怕不到家乡畔。（合前）

正是：凭伊千里寄佳音，

说尽离人一片心。

须知相别经多载，

方信家书抵万金。

第二十六出

〔赵五娘上。

赵五娘 （唱）【挂真儿】

四顾青山静悄悄，思量起暗里魂销。

黄土伤心，丹枫染泪，谩把孤坟独造。

（白）【菩萨蛮】白杨萧瑟悲风起，天寒日淡空山里。

　　　　虎啸与猿啼，愁人添惨凄。
　　　　穷泉深杳杳，长夜何由晓。
　　　　洒泪泣双亲，双亲闻不闻？
奴家自从丧了公婆，家中十分狼狈。昨已多承张太公，将公婆灵柩，搬得到山，免不得造一所坟茔，把公婆葬了。争奈无钱请人，难以再去求他，只得自家搬泥运土。（裙包土介）

（唱）【五更转】
　　　　把土泥独抱，麻裙裹来难打熬。
　　　　空山静寂无人吊，但我情真实切，到此不惮劳。
　　　　苦！
　　　　何曾见葬亲儿不到？
　　　　又道是三匝围丧，那些个卜其宅兆？
　　　　思量起，是老亲合颠倒。
　　　　公公，你图他折桂看花早，
　　　　不想自把一身，送在白杨衰草。
谩自苦，（作悲介）这苦凭谁告？

（唱）【前腔】
　　　　我只凭十爪，如何能够坟土高？
　　　　苦，只见鲜血淋漓湿衣袄，
　　　　天哪，我形衰力倦，死也只这遭。
　　　　休休，骨头葬处任他血流好，
　　　　此唤做骨血之亲，也教人称道。
　　　　教人道：赵五娘真行孝。
　　　　苦！心穷力尽形枯槁，只有这鲜血，到如今也出尽了。
　　　　这坟成后，只怕我的身难保。
呀，我气力都用乏了，不免就此歇息睡觉啊。

(唱)【卜算子先】

　　坟土未曾高，筋力还先倦。(睡介)

〔山神上。

山　神　(唱)【粉蝶儿】

　　赵女堪悲，天教小神相济。

善哉！善哉！吾乃当山土地。今奉玉帝敕旨：为见赵五娘行孝，特令差拨阴兵，与他并力筑造坟台，不免叫出南山白猿使者，北岳黑虎将军，前来听用。猿虎二将何在？

〔净、丑扮猿、虎上。

山　神　吾奉玉帝敕旨：为见赵五娘独自在山筑坟，特差汝等率领阴兵，与她并力。汝等可变作人形，与她运化土石，务要顷刻完成，不得惊动孝妇。

白猿使者
黑虎将军　(合)领法旨。(造坟介)告大圣，坟台已成了。

山　神　赵五娘，你抬起头来，听吾嘱付：

(唱)【好姐姐】

　　五娘听吾道语：

　　吾特奉玉皇敕旨，怜伊孝心，故遣阴兵来助你。

合　　　(唱)坟成矣，葬了二亲寻夫婿，改换衣装往帝畿。

赵五娘，你好生记者。

正是：大抵乾坤都一照，免教人在暗中行。

〔山神、白猿使者、黑虎将军下。

赵五娘　(醒介)(唱)【卜算子后】

　　梦里分明有鬼神，想是天怜念。

呀，怪哉怪哉，奴家睡间，恍惚中似梦非梦，见神人嘱付道：坟已成了，教奴家前往京畿，寻取丈夫。我思忖起来，独自一身，几时能够得坟成？(起看介)呀，果然这坟台都成了！谢天谢地，分明是神通变化。

（唱）【五更转】

  怨苦知多少？两三人只道同做饿殍。

  公公，婆婆，今日幸赖神明救济，成此坟台，你两人已得安妥。

  只一件，我未曾葬时节，也还恰像相亲傍的一般；

  如今葬了啊，穷泉一闭无日晓，

  叹如今永别，再无由相倚靠。

  我死和公婆做一处埋呵，也得相服侍。

  只愁我死在他途道，我的骨头，何由来到？

  从今去，坟啊，只愿得中干燥，福子荫孙也都难料！

  呀，天哪，便做荫得个三公，也济不得亲老。

  泪暗滴，复把苍天来祷。

〔张太公同小二带锄器上。

张太公	（唱）【铧锹儿】 悲风四起吹松柏，山云黯淡日无色。
小二	（唱）虎啸与猿啼，怎不惨戚。
合	（唱）趱步前来到峭壁，都与孝妇添助力。
张太公	老夫张广才，只为蔡老员外夫妻相继弃世，亏杀他媳妇赵五娘子支持，如今又闻得她把裙包土，筑造坟台。我想人家造一所坟，没有千百工造不成。她独自一个女流，如何成得此事？不免带将小二，与她添助力气则个。啊！好怪哉，如何坟都成了。只见松柏森森绕四围，孤坟新土掩泉扉。五娘子，空山独自无人问，为筑坟台有阿谁？
赵五娘	太公，梦里鬼神多怪异，阴兵运石与搬泥。坟台成了亲分付，教奴寻婿到京畿。
小二	公公，自古流传多有此，毕竟感格上苍知。长城哭倒称

	姜女，五娘子，你他日芳名一样题。
合	正是：善恶到头终有报，只争来早与来迟。
赵五娘	（唱）【好姐姐】
	公公，念奴血流满指，
	独自要坟成无计，深感老天暗中相护持。
合	（唱）坟成矣，葬了二亲寻夫婿，改换衣装往帝畿。
张太公	（唱）【前腔】
	五娘子，老夫带领小二，待与你添助些力气，
	谁知有神暗中相救济。（合前）
小 二	（唱）【前腔】
	你每真个见鬼，这松柏孤坟在何处？
	恰才小鬼是我妆扮的。（合前）

正是：孝心感格动阴兵，
不是阴兵坟怎成？
万事劝人休碌碌，
举头三尺有神明。

第二十七出

〔牛小姐上。

牛小姐	（唱）【念奴娇引】
	楚天过雨，正波澄木落，秋容光净。
	谁驾玉轮来海底，碾破琉璃千顷。
	环佩风清，笙箫露冷，人在清虚境。

老姥姥 惜　春	（合唱）珍珠帘卷，庾楼无限佳兴。
牛小姐	（白）【临江仙】玉作人间秋万顷，银蓖点破琉璃。
老姥姥	瑶台风露冷仙衣，天香飘到处，此景有谁知？
惜　春	未审明年明夜月，此时此景何如？
牛小姐	珠帘高卷醉琼厄，
老姥姥 惜　春	（合）正是莫辞终夕劝，动是来年期。
牛小姐	老姥姥，今夜中秋，月色澄清，你与我请相公出来，赏玩则个。
老姥姥	是是，夫人请相公玩月。
	〔蔡伯喈内应介：我已睡了，不来。
惜　春	你什么嘴脸，可知道请他不来。
牛小姐	惜春，你再去请。
惜　春	我去请。相公，夫人请相公出来玩月。
蔡伯喈	来也。
惜　春	（笑介）老姥姥，你看我嘴儿才动一动，相公就出来了。
	〔蔡伯喈上。
蔡伯喈	（唱）【生查子】 　　逢人曾寄书，书去神亦去。 　　今夜好清光，可惜人千里。
牛小姐	相公，今夜中秋，月色可爱。我请你赏玩一番，你没事推阻怎的？
蔡伯喈	月色有甚好处？
牛小姐	相公，怎的不好？你看： （白）【酹江月】 　　玉楼金气卷霞绡，云浪空光澄澈。

|丹桂飘香清思爽，人在瑶台银阙。

蔡伯喈　　影透凤帏，光窥罗帐，露冷蛩声切。
　　　　　关山今夜，照人几处离别。

老姥姥　　须信离合悲欢，还如玉兔，有阴晴圆缺。
　　　　　便做人生长宴会，几见冰轮皎洁。

惜　春　　此夜明多，来年期远，莫放金樽歇。

老姥姥
惜　春　　（合）但愿人长久，年年同赏明月。（饮酒介）

牛小姐　　（唱）【念奴娇序】
　　　　　长空万里，见婵娟可爱，全无一点纤凝。
　　　　　十二栏杆光满处，凉浸珠箔银屏。
　　　　　偏称，身在瑶台，笑斟玉斝，人生几见此佳景？

合　　　　（唱）惟愿取，年年此夜，人月双清。

蔡伯喈　　（唱）【前腔换头】
　　　　　孤影，南枝乍冷，见乌鹊缥缈惊飞，栖止不定。
　　　　　万点苍山，何处是修竹吾庐三径？
　　　　　追省，
　　　　　丹桂曾攀，嫦娥相爱，故人千里谩同情。（合前）

牛小姐　　（唱）【前腔换头】
　　　　　光莹，我欲吹断玉箫，乘鸾归去，不知风露冷瑶京？
　　　　　环佩湿，似月下归来飞琼。
　　　　　那更，
　　　　　香雾云鬟，清辉玉臂，广寒仙子也堪并。（合前）

蔡伯喈　　（唱）【前腔换头】
　　　　　愁听，吹笛关山，敲砧门巷，月中都是断肠声。
　　　　　人去远，几见明月亏盈。
　　　　　惟应、边塞征人，深闺思妇，怪他偏向别离明。

老姥姥　　（唱）【古轮台】
　　　　　　　　峭寒生，鸳鸯瓦冷玉壶冰，
　　　　　　　　栏杆露湿人犹凭，贪看玉镜。
　　　　　　　　况万里清明，皓彩十分端正。
　　　　　　　　三五良宵，此时独胜。

惜　春　　（唱）把清光都付与酒杯倾，
　　　　　　　　从教酩酊，拚夜深沈醉还醒。
　　　　　　　　酒阑绮席，漏催银箭，香销金鼎。
　　　　　　　　斗转与参横，银河耿，辘轳声已断金井。

老姥姥　　（唱）【前腔换头】
　　　　　　　　闲评，月有圆缺阴晴，
　　　　　　　　人世上有离合悲欢，从来不定。
　　　　　　　　深院闲庭，处处有清光相映。
　　　　　　　　也有得意人人，两情畅咏；
　　　　　　　　也有独守长门伴孤另，君恩不幸。

惜　春　　（唱）有广寒仙子娉婷，
　　　　　　　　孤眠长夜，如何挨得，更阑寂静？
　　　　　　　　此事果无凭，但愿人长久，小楼玩月共同登。

众　　　　（唱）【余文】
　　　　　　　　声哀诉促织鸣，

牛小姐　　（唱）俺这里欢娱未罄。
蔡伯喈　　（唱）他几处寒衣织未成。
　　　　　　　正是：今宵明月正团圆，
　　　　　　　　　　几处凄凉几处喧。
　　　　　　　　　　但愿人生得久长，
　　　　　　　　　　年年千里共婵娟。

第二十八出

〔赵五娘上。〕

赵五娘　（唱）【胡捣练】

辞别去，到荒丘，只愁出路煞生受。

画取真容聊藉手，逢人将此免哀求。

鬼神之道，虽则难明；感应之理，不可不信。奴家昨日，独自在山筑坟，正睡间，忽梦中有神人自称当山土地，带领阴兵，与奴家助力；却又嘱咐，教奴家改换衣装，去长安寻取丈夫。待觉来果见坟台并已完备，分明是神道护持。正是：能可信其有，不可信其无。今则二亲既已葬了，只得改换衣装，将着琵琶做行头，沿街上弹几只劝行孝的曲儿，叫化将去。只是一件，我几年间和公婆厮守，一旦撇了去，如何下得？奴家从来薄晓得些丹青，何似想象画取公婆两个真容，背着一路去，也似相亲傍的一般。但过小祥忌辰，展开与他烧些香纸，奠些凉浆水饭，也是奴家心素。（介）免不得就此描模真容则个。

（唱）【三仙桥】

一从他每死后，要相逢不能够。

除非梦里，暂时略聚首。

若要描，描不就，暗想象，教我未写先泪流。

写，写不得他苦心头；描，描不出他饥证候；

画，画不出他望孩儿的睁睁两眸。

只画得他发飕飕，和那衣衫敝垢。

休休，若画做好容颜，须不是赵五娘的姑舅。

（唱）【前腔】

我待画你个庞儿带厚，你可又饥荒消瘦。

我待画你个庞儿展舒，你自来长恁皱。

若写出来，真是丑，那更我心忧，

也做不出他欢容笑口。

不是我不画着好的，我从嫁来他家，

（唱）只见两月稍优游，他其余都是愁。

那两月稍优游，可又忘了。

（唱）这三四年间，我只记得他形衰貌朽。

这画呵，便做他孩儿收，也认不得是当初父母。

休休，纵认不得是蔡伯喈当初爹娘，须认得是赵五娘近日来的姑舅。

真容已描就了，只就这里烧香纸，奠些水饭，拜辞了二亲出去。

（唱）【前腔】

公公，婆婆，非是我寻夫远游，只怕你公婆绝后。

奴见夫便回，此行安敢久。

苦！路途中，奴怎走？

望公婆，相保佑我出外州；（介）苦！他骨肉自没人倚恃，他如何来相保佑？这坟呵，只怕奴家去后，冷清清有谁来拜扫？纵使遇春秋，一陌银钱怎有？

休休，生是受冻馁的公婆，死做个绝祭祀的孤魂么姑舅。

既辞了二亲，拜了真容，便索去辞张太公。如何的张太公恰好也来到？

〔张太公上。

张太公	（白）衰柳寒蝉不可闻，西风败叶正纷纷。 　　　　长安古道休回首，西出阳关无故人。
赵五娘	奴家正要到宅上来。
张太公	如今便去哪？
赵五娘	奴家便行。
张太公	你画的是什么？
赵五娘	奴家自画着公婆真容，一路上将去借手叫化，早晚与他烧香化纸。

（张太公看介）

张太公	（白）【鹧鸪天】 　　娘子，死别多应梦里逢，谩劳孝妇写遗踪。 　　可怜不得图家庆，辜负丹青泣画工。 　　衣破损，鬓蓬松，千愁万恨在眉峰。 　　蔡郎不识年来面，赵女空描别后容。 我听得你远行，有几贯钱与你添做盘缠。
赵五娘	多多的定害公公了，又教公公生受做什么？只一件，奴家又有不识进退之恳：奴家去后，坟所早晚，公公可怜见，看这两个老亲在日的面，与我看管则个。
张太公	这个不妨。你去自去，我更有几句言语嘱咐你：小娘子，你少长闺房，岂识途路？你当原蔡郎未别去时节，你青春娇媚，你如今遭这饥年荒岁，貌短身卑。正是：桃李一岁岁相似，人面一年年不同。蔡郎当初临别之时，可不道来：若有寸进，即便回来。如今年荒亲死，一竟不归，你知他心腹事如何？正是：画虎画皮难画骨，知人知面不知心。蔡郎原是读书人，一举成名天下闻。久留不知因个甚？年荒亲死不回门。小娘子，你去京城须仔细，逢人下礼问虚真。见郎谩说千般苦，只把琵琶语句诉原因。

未可便说是他妻子，未可便说死双亲。若得蔡郎思故旧，可怜张老一亲邻。我已如今七十岁，比你公婆少一旬。你去时犹有张老送，你回来未知张老死和存。我送你去呵，正是和泪眼观和泪眼，断肠人送断肠人。

赵五娘　（唱）【忆多娇】

　　他魂渺漠，我身没倚着。

　　程途万里，教我怀夜壑。

　　此去孤坟，望公公看着。

合　（唱）举目消索，满眼盈盈泪落。

张太公　（唱）【前腔】

　　承委托，当领略。

　　孤坟我自看守，决不爽约。

　　只愿你途中身安乐。（合前）

赵五娘　（唱）【斗黑麻】

　　奴深谢公公，便辱许诺。

　　从来的深恩，怎敢忘却！

　　只怕途路远，体怯弱；病染孤身，力衰倦脚。

合　（唱）孤坟寂寞，路途滋味恶。

　　两处堪悲，万愁怎摸？

张太公　（唱）【前腔】

　　伊夫婿多应是，贵官显爵。

　　伊家去，须当市个好恶。

　　只怕你这般乔打扮，他怎知觉？

　　一贵一贫，怕他将错就错。（合前）

赵五娘　为寻夫婿别孤坟。

张太公　只怕你儿夫不认真。

合　流泪眼观流泪眼，

断肠人送肠人。

〔并下。

第二十九出

〔蔡伯喈上。

蔡伯喈　（唱）【菊花新】

封书自远到亲闱，又见关河朔雁飞。

梧叶满庭除，还如我闷怀堆积。

（白）【生查子】

封书寄远人，寄与万里亲。

书去神亦去，兀然空一身。

自家昨得家书，报道家中平安，极切自喜。当时亦付一书回去。不知如何？常怀想念，番成忧闷。正是：虽无千丈线，万里系人心，好闷！（坐介）

〔牛小姐上。

牛小姐　（喜）（唱）【意难忘】

绿鬓仙郎，懒拈花弄柳，劝酒持觞。

长颦知有恨，何事苦思量？

蔡伯喈　（唱）些介事，恼人肠。

牛小姐　（唱）试说与何妨？

蔡伯喈　（唱）又只怕伊寻消问息，添我恓惶。

牛小姐　古人云：颦有为颦，笑有为笑。古之君子，当食不嗟，临乐不叹。无事而戚，谓之不祥。相公，你自来此，不明不暗，如醉如痴，镇长忧虑，为着甚么？你还少吃的那

还少穿的？我待道你少吃的呵，

（唱）【红衲袄】

你吃的是煮猩唇和那烧豹胎。

我待道你少穿的呵，

（唱）你穿的是紫罗襕系的是白玉带。

你出去呵，

（唱）我只见五花头踏在你马前摆，

三檐伞儿在你头上盖。

相公，你休怪我说：

（唱）你本是草庐中穷秀才，

如今做着汉家梁栋材。

你有甚么不是只管锁了眉头也，唧唧哝哝不放怀？

蔡伯喈 你道我有穿的呵，

（唱）【前腔】

我穿着紫罗襕，倒拘束我不自在，

我穿的是皂朝靴，怎敢胡去踹？

你道我有吃的呵，

（唱）我口里吃几口慌张张要办事的忙茶饭，

手里拿着个战兢兢怕犯法的愁酒杯。

倒不如严子陵登钓台，怎做得杨子云阁上灾？

只管待漏随朝，可不误了秋月春花也？

枉干碌碌头又白。

牛小姐 （唱）【前腔】

相公，莫不是丈人行性气乖？

蔡伯喈 不是。

牛小姐 （唱）莫不是妾跟前缺管待？

蔡伯喈 不是。

牛小姐	（唱）莫不是画堂中少了三千客？
蔡伯喈	不是。
牛小姐	（唱）莫不是绣屏前少了十二钗？
蔡伯喈	哪里是？不是。（介）
牛小姐	又不是。

（唱）这意儿教人怎猜？这意儿教人怎解？（介）
我今番猜着了，敢只是楚馆秦楼有一个得意情人也，闷恹恹不放怀？

蔡伯喈　不是。

（唱）【前腔】
有个人人在天一涯，我不能够见她，只落得脸销红眉锁黛。

牛小姐　我道什么来？却又是。

蔡伯喈　不是。

（唱）我本是伤秋的宋玉无聊赖，
有甚心情去讣着闲楚台？

牛小姐　有甚事，说与我么？

蔡伯喈　（唱）三分话儿也只恁回，一片心儿也只恁地揣。

牛小姐　有甚事，问着也不说，如何？

蔡伯喈　罢罢。夫人，
（唱）你休缠得我无言，
若还提起那筹儿也，镇扑簌簌珠泪满腮。

牛小姐　由你，由你。待我不劝解，你又只管闷；待我问你，你又不应。我也没奈何。相公，夫妻何事苦相防？莫把闲愁积寸肠。正是：各家自扫门前雪，休管他家屋上霜。
〔牛小姐下。

蔡伯喈　（吊场白）难得我语和她语，未必她心似我心。自家娶妻两月，别亲数年，朝夕相思，番成怨叹。我这新娶媳妇虽则贤慧，累次问及，自家要对她说，也肯教我归去。只是我的岳丈，知我有媳妇在家，必怕我去不来，如何肯放我去？不如姑且隐忍，改日求一乡郡除授，那时却回去见双亲，多少是好。夫人，非是提防你太深，只愁伊父苦相禁。正是：夫妻且说三分话……

〔牛小姐上。

牛小姐 我理会得了，未可全抛一片心。好好！你瞒我也由你，只是你爹娘和媳妇须怨你。

（唱）【江头金桂】

怪得你终朝撅窨，我只道你缘何愁闷深？

教咱猜着哑谜，为你沉吟，那筹儿没处寻。

我和你共枕同衾，你瞒我则甚？

你自撇下爹娘媳妇，屡换光阴，

她那里须怨着你没信音。

笑伊家短行，无情忒甚，到如今，

兀自道且说三分话，不肯全抛一片心。

蔡伯喈 （唱）【前腔】

非是我声吞气饮，只为你爹行势逼临。

怕他知我要归去，将人厮禁，要说又将口噤。

我实瞒你不得，

（唱）我待解朝簪，再图乡任。

他不提防着我，须遣我到家林，双双两个归昼锦。

苦！双亲老景，存亡未审。

我前日附那书回家去，

（唱）只怕雁杳沉鱼。

牛小姐 真个也没一封书回来？

蔡伯喈　　（唱）又不是烽火连三月，真个家书抵万金。

牛小姐　　原来如此。我去对爹爹说道，我和你同去便了。

蔡伯喈　　你休说，你爹爹如何肯放你去？莫说破了。

牛小姐　　不妨。我爹爹身为太师，风化所关，观瞻所系，终不然直恁地无仁义？

蔡伯喈　　休说，不济事枉了。

牛小姐　　不妨，我自有道理，不道他不从。

　　　　　正是：雪隐鹭鸶飞始见，

　　　　　　　　柳藏鹦鹉语方知。

蔡伯喈　　假饶染就绀红色，

　　　　　也被旁人说是非。

〔牛小姐、蔡伯喈并下。

第三十出

〔牛太师上。

牛太师　　（唱）【西地锦】

　　　　　好怪吾家门婿，镇日不展愁眉。

　　　　　教人心下常萦系，也只为着门楣。

入门休问荣枯事，观着容颜便得知。

自家招蔡伯喈为婿，可为得人。只一件，自从到此，眉头不展，面带忧容，为着甚么，必有其故。等俺女孩儿出来，问她则个。

〔牛小姐上。

牛小姐　　（唱）【前腔】

> 只道儿夫何意，如今事理方知。
> 万里家山要同归去，未审爹意何如？

牛太师　孩儿，吾老入桑榆，自叹吾之皓首；汝身乖琴瑟，每为汝而懊怀。夫婿何故忧愁？孩儿必知端的。

牛小姐　告爹爹：他娶妻六十日，即赴科场；别亲三五年，竟无消息。温清之礼既缺；伉俪之情何堪！今欲归故里，辞至尊家尊而同行；待共事高堂，执子道妇道以尽礼。

牛太师　唯，吾乃紫阁名公，汝乃香闺艳质。何必顾彼糟糠妇？岂肯事此田舍翁？彼久别双亲，何不寄一封之音信？汝从来娇眷，安能涉万里之程途？休惑夫言，当从父命。

牛小姐　爹爹，曾观典籍，未闻妇道而不拜姑嫜；试论纲常，岂有子职而不事父母？若重思唱随之义，当同尽定省之仪。彼荆钗布裙，既以独奉亲帏之甘旨；顾金屏绣褥，岂可久恋监宅之欢娱？爹爹高居相位，坐理朝纲。岂可断他人父子之恩，绝他人夫妇之义？使伯喈有贪妻之爱，不顾父母之愆；使孩儿坐违夫之命，不事姑嫜之罪。望爹爹容恕，特赐矜怜。

牛太师　胡说！他既有媳妇在家里了，你去做甚么？

牛小姐　（唱）【狮子序】

> 他媳妇须有之，念奴家须是，他孩儿的妻。
> 哪曾有媳妇不事亲帏？

牛太师　你去有甚么勾当？

牛小姐　若论做媳妇的道理，须当奉饮食，问寒暄，相扶持，苹蘩中馈。

牛太师　便做有许多勾当，既有媳妇在家里了，他孩儿不去也不妨。

牛小姐　爹爹，正是养儿代老，积谷防饥。

| 牛太师 | 既道是养儿代老，何似当原休教来赴举不好？
| 牛小姐 | （唱）【太平歌】
| | 他求科举，指望锦衣归，不想道你留他为女婿。
| 牛太师 | 有缘千里能相会，须强他不得。
| 牛小姐 | （唱）他埋冤洞房花烛夜，哪些个千里能相会？
| | 只要保全金榜挂名时，事急且相随。
| 牛太师 | 不听我说由他。蔡伯喈自闷，叫我如何？
| 牛小姐 | （唱）【赏宫花】
| | 他终朝惨凄，我如何忍见之？
| 牛太师 | 他自伤悲，你须不曾。
| 牛小姐 | 若论为夫妇，须是共欢娱。
| 牛太师 | 不妨，他若在这里，教他做个大官人，也由得我。
| 牛小姐 | 爹爹，他数载不通鱼雁信，枉了十年身在凤凰池。
| 牛太师 | 你听着丈夫的言语，却不听我说，这妮子好痴迷。
| 牛小姐 | （唱）【降黄龙】
| | 须知，非是奴痴迷，已嫁从夫。
| | 怎违公议？
| 牛太师 | 你去不妨，只是我没亲的人，如何放你去得？
| 牛小姐 | 爹犹念女，怎教他爹娘不念孩儿？
| 牛太师 | 不是我不放你去，既道有媳妇在家里，你去时节，只恐怕耽搁了你。
| 牛小姐 | 休提，纵把奴耽搁，比耽搁他的爹娘何如？
| 牛太师 | 怎地，教伯喈自去便了。
| 牛小姐 | 爹爹。那些个，夫唱妇随，嫁鸡逐鸡飞？
| 牛太师 | 孩儿，他是贫贱之家，你如何服侍他家？
| 牛小姐 | （唱）【大圣乐】
| | 婚姻事难论高低，论高低何如休嫁与。

　　　　　　假如亲贱孩儿贵，终不然便抛弃？
牛太师　　他的孩儿撇不得，你怕甚么？
牛小姐　　奴是他亲生儿子亲媳妇，难道他是何人我是谁？
牛太师　　怎地只管把言语来冲撞我？
牛小姐　　（唱）爹居相位，怎说着伤风败俗，非理的言语？
牛太师　　（怒白）这妮子无礼！到将言语来冲撞我。我的言语不中听。孩儿，夫言中听我言违，料想孩儿见识迷。本是将心托明月，谁知明月照沟渠？
〔牛太师先下。
牛小姐　　（白）酒逢知己千钟少，话不投机半句多。我爹好不顾仁义，倒说道奴家把言语冲撞他。当原蔡伯喈教我休说的是，如今何颜见他？免不得在此坐一回，寻思个道理，去回他话咱。
〔蔡伯喈上。
蔡伯喈　　（唱）【称人心】
　　　　　　撇呆打堕，早被那人瞧破，要同归知爹肯么？
　　　　　　料他每，不见许。夫人，你缘何独坐？
　　　　　想你爹爹不肯么？
　　　　　　（唱）伊家道俐齿伶牙，争奈你爹行不可。
牛小姐　　（唱）【前腔换头】
　　　　　　我爹爹，全不怕，人笑呵，这其间只是见差。
　　　　　　祸根芽，从此起，灾来怎躲？
　　　　　　他只道我从着夫言，骂我不听亲话。
蔡伯喈　　（唱）【红衫儿】
　　　　　　你不信我教伊休说破，到此如何？
　　　　　　算你爹心性，我岂不料过。
　　　　　　我为甚胡掩胡遮？

只为着这些。

你直待要打破了砂锅，是你招灾揽祸。

牛小姐　　（唱）【前腔换头】

不想道相捱靶，这做作难禁架。

我见你每每咨嗟要调和，谁知道好事多磨？

起风波，把你陷在地网天罗，如何不怨我？

懊恨只为我一个，却耽搁你两下。

蔡伯喈　　（唱）【醉太平】

蹉跎，光阴易谢。

纵归来已晚，归计无暇。

名牵利锁，奔走在海角天涯。

知么？多应我老死在京华，孝情事一笔都勾罢。

这般摧挫，伤情万感，泪珠偷堕。

蔡小姐　　（唱）【前腔】

非诈，奴甘死也。

纵奴不死时，君去须不可。

奴身值甚么？

只因奴误你一家。

差讹，假饶做夫妇也难和，我心怨你心萦挂。

奴此身拚舍，成伊孝名，救伊爹妈。

相公，妾当初勉奉父命，遣事君子。不想君家有垂白之父母，年少之妻房。致使君家衷肠不满，名行有亏。如今思之：误君之父母者，妾也；误君之妻房者，妾也；使君为不孝薄幸人者，亦妾也。妾之罪大矣！纵偷生于今世，亦公议所不容。昔聂政姊倚死尸以成弟之名，王陵母死伏剑下以全子之节，妾岂爱一身，误君百行。妾当死于地下，以谢君家，小则可以解君之萦挂，大则可以救君之父母，近则可以成孝子之全名，远则可以遗后世之公议，妾死何憾焉？

蔡伯喈　　夫人，你知其一，不知其二。身体发肤，受之父母，不敢毁伤；岂可陷亲于不义？那时节人知，只道你从夫言而弃亲命。此事不可。

牛小姐　　也说得是。

蔡伯喈　　且慢着，怕你爹爹也有回心转意时节。且更宁耐，看如何？

牛小姐　　他虽不从我，也只索说与他人，难道我不是？
　　　　　正是：大家截了梧桐树，

合　　　　自有旁人说短长。

〔牛小姐、蔡伯喈并下。

第三十一出

〔赵五娘上。

赵五娘　　（唱）【月云高】
　　　　　路途劳倦，行行甚时近？
　　　　　未到得洛阳县，那盘缠使尽。
　　　　　回首孤坟，空教我望孤影。
　　　　　他那里谁秋采？俺这里将谁投奔？
　　　　　正是西出阳关无故人，须信道家贫不是贫。
　　　　　（白）【苏幕遮】
　　　　　怯山登，愁水渡。
　　　　　暗忆双亲，泪把罗裙渍。

回首孤坟何处是？

　　两下萧条，一样愁难诉。

　　玉消容，莲困步。

　　愁寄琵琶，弹罢添凄楚。

　　惟有真容时一顾，憔悴相看，无语恓惶苦。

奴家为寻丈夫，在路途上多少狼狈。况独自一身，拿着一个琵琶，背着两个真容，登高履险，宿水餐风，其实难挨。只是一件，去到洛阳，寻见丈夫，相逢如故，也不枉了这遭辛苦；倘或他高车驷马，前呼后拥，见奴家如此蓝缕不认，可不耽搁了奴家？

（唱）【前腔】

　　暗叫思忖，此去好无准。

　　只怕他身荣贵，把咱不认。

　　若是他不瞧，可不空教我受艰辛？

　　没，他未必忘恩。

　　我这里自闲评论，

　　他须记一夜夫妻百夜恩，怎做得区区陌路上人？

（唱）【前腔】

　　只是一件，他在府堂深隐，奴身怎生进？

　　他在驷马高车上，我又难将他认。

　　我有个道理，来到他跟前，只提起他二亲真。

　　又怕消瘦庞儿，他尤难十分信。

　　他不到得非亲却是亲，我自须防人不仁。

正是：哽咽无言对两真，

　　　千山万水好艰辛。

　　　见说洛阳花似锦，

　　　只恐来时不遇春。

〔赵五娘下。

第三十二出

〔牛太师上。

牛太师　（唱）【番下算】
　　　　儿女话难听，使我心疑惑。
　　　　暗中思忖觉前非，有个团圆策。
良药苦口利于病，忠言逆耳利于行。昨日女孩儿要和伯喈归去。同事双亲，自家不放他去。那孩儿少不得几句言语劝解自家，自家登时不胜焦躁。如今寻思起来，她句句有理，节节堪听。自家待要放她去，只是幼长闺门，难涉途路；况兼自家年老无人，如何放她去？如今有个道理，使一个人，多与他些盘缠，教他去陈留，将蔡伯喈爹娘媳妇都取将来便了，多少是好？且待叫出女婿孩儿出来，问他则个。孩儿和女婿过来。

蔡伯喈　（唱）【前腔】
　　　　泪眼滴如珠，愁事萦如织。
牛小姐　（唱）早知今日悔当初，何似休明白。
牛太师　孩儿，你来。夜间我仔细寻思你的言语，都说得有道理。我如今商量来教你去也难的一般。我如今自使两个人去，把伯喈爹娘媳妇都取将过来，你两人心下如何？
牛小姐　这个，随爹爹主张。
蔡伯喈　既然如此，多谢岳丈！
牛太师　院子李旺哪里有？

〔李旺上。

李　旺　　频听指挥黄阁下，忽闻呼唤画堂前。喏喏。
牛太师　　来。我如今使你出去陈留走一遭。
李　旺　　娘咳！陈留且是远，我不去。
牛太师　　休胡说！
李　旺　　去做甚么？若是有钱觅时，李旺便去。
牛太师　　如今蔡伯喈的老员外、老安人、小娘子三人，在陈留郡里，我如今交你去请将这里来。
李　旺　　李旺弗去。
牛小姐　　你去请将来时节，我这里自多多赏你。
李　旺　　娘子如今说道多多赏我，取得来时，娘子又要争大小，厮打时节，不赏李旺了。
牛太师　　李旺，即日便要你去，不得推拒。我如今更差几个后生，伴你一同去。
李　旺　　如此，却又得。
牛太师　　这一封柬子，外有金银钱米与你作盘缠，休要落后了。
蔡伯喈　　李旺，你去须多方询问；若是取得来时节，在路途千万小心承直。
李　旺　　不妨，我出路惯便。
牛太师　　（唱）【四边静】

　　　　　你去陈留仔细询端的，专心去寻觅。
　　　　　请过两三人，途中须好承直。

合　　　　（唱）休忧怨忆，寄书咫尺。

　　　　　眼望旌捷旗，耳听好消息。

蔡伯喈　　（唱）【前腔】

　　　　　饥荒散乱无踪迹，存亡想不测。
　　　　　何意路途间，难禁这劳役。（合前）

牛小姐　　（唱）【福马郎】

　　　　　　李旺，你休说新婚在牛氏宅。

牛太师　　孩儿，说便又待怎地？

牛小姐　　（唱）他须怨我相耽误；归未得，旁人闻，把奴责。

合　　　　（唱）若是到京国，相逢处作个好筵席。

李　旺　　（唱）【前腔】

　　　　　　多与盘缠添气力，万水千山路，曾惯历。（拜介）

　　　　　　辞却恩官去，免忧忆。（合前）

牛太师　　（白）限伊半载望回音。

蔡伯喈
牛小姐　　（合）路上看承须小心。

李　旺　　但愿应时还得见，

合　　　　果然胜似岳阳金。

　　　　　〔李旺、蔡伯喈并下。

第三十三出

〔五戒上。

五　戒　　（白）年老心闲无外事，麻衣草座亦容身。相逢尽道休官去，林下何曾见一人？自家乃是弥陀寺中一个五戒。今日这寺中建一净土会，不拣什么人，或是荐悼双亲，保安身己的，都来这里聚会。真是个好寺院，好道场。怎见得？但见兰若庄严，莲台整肃。大殿嵯峨耀金壁，回廊缭绕画丹青。千层塔高耸侵云，半空中时闻清铎；七宝楼晶光耀日，六时里频响洪钟。松下山门，红尘不到；竹边僧舍，白日难消。阿罗汉圣相威仪，比雪山三十六万亿佛，比丘僧戒行清洁，似祇园千二百五十人。且看幡影石坛高，惟有棋声花院静。休说清净法界，且说严肃道场。只见珠幢宝盖影飘飘，玉磬金钟声断续。龙瓶插九品红莲，开净土春秋不老；凤蜡吐千枝绛蕊，照佛天昼夜常明。齐整整的贝叶同翻，扑簌簌的天花乱坠。旃檀林里，爇着清净香、道德香；香积厨中，献这禅悦食、法喜食。人人在十洲三岛，个个净五蕴六根。击夫法鼓，吹夫法螺，仙乐一时奏动；开甘露门，入甘露城，幽魂尽获超升。寄言苦海林中客，好向灵山会上人。今日寺中建夫会，怕有官员贵客，来此游玩，不免将着疏头，就此抄题几贯钱，添助支费。道犹未了。远远望见两个舍人来到。

〔胡厮、口巠上。

胡厮口巠　（唱）【缕缕金】
　　　　胡厮口巠，两乔才。
　　　　家中无宿火，有甚强迫陪？
　　　　自来妆疯子，如今难悔。
　　　　向丛林深处且徘徊，都来看佛会。

五戒　官人，请坐吃茶。

胡厮口巠　五戒，你这佛会支费多？

五戒　便是。休怪冒渎，今日天与之幸，得遇二位官人到此，免不得求告，抄化几文，添助支费则个。

胡厮　将疏头来看。兄弟，钱是傥来之物，何处不使？哪里不用？

口 坌	是。咱每这般人，哪一日不使几贯钞？
胡 厮	我舍五锭。
口 坌	我也舍五锭。
胡 厮 口 坌	（合）我两人都不曾带得现钱在此，你一霎时随我去取与你。
五 戒	谢得官人！
胡 厮	你不见远远有个婆娘来？生得好！
口 坌	是。有个婆娘来，背着一个琵琶，倒和姐姐厮象。
五 戒	又道是远睹分明。

〔赵五娘上。

赵五娘　（唱）【前腔】

途路上，实难挨。

盘缠都尽了，好狼狈。

试把琵琶拨，逢人乞丐。

荐公婆魂魄免沉埋，特来赴佛会。

可喜已到得洛阳。今日见说弥陀寺中做佛会，只得就此抄化几文，追荐公公婆婆则个。

五 戒	娘子，你休傍前来。
胡 厮 口 坌	你这什么东西？
赵五娘	是奴家公婆真容。
胡 厮 口 坌	恁地，娘子，你从哪里来？
赵五娘	（唱）【销金帐】

听奴诉与：奴是良人妇，为儿夫相耽误。

一向赴选及第，未归乡故。

饥荒丧了，丧了亲的舅姑，我造坟墓。

		今为寻夫来此。
胡厮	口歪	你儿夫在哪里？
赵五娘		（唱）寻夫未知，在何处所？
胡厮		你抱着这个琵琶做什么？
赵五娘		奴家将此弹一两段曲儿，抄题几文，就此寺中追荐公婆则个。
胡厮	口歪	你会弹甚么曲儿？你曾会弹《也四儿》么？
赵五娘		不会。
胡厮	口歪	你会弹《八俏手》么？
赵五娘		不会。奴家只会弹些行孝曲儿。
五戒		二位官人，在此使钱，哪里不用？哪里不使？你就这里好生弹着，厚赏你。
赵五娘		凡人养子，怀抱最艰辛。欲语未能行未得，此际苦双亲。

（介）

（唱）【前腔】

凡人养子，最是十月怀耽苦，更三年劳役抱负。

休言他受湿推干，万千劳事。

真个千般爱惜，千般爱护。

儿有些不安，父母忧惶无措。

直待他可了，可了欢忻似初。

胡厮	口歪	弹得好！是好！
五戒		真个。

胡厮口㔳	钱哪里不使？哪里不用？与你一领好袄子。
赵五娘	儿渐长，父母渐欢忻。教语教行并教礼，一意望成人。 （唱）【前腔】 　　儿行几步，父母欢相顾，渐能言能出路。 　　指望饮食羹汤，自朝及暮。 　　悬悬望他，知他几度？ 　　为择良师，又怕孩儿愚鲁。 　　略得他长俊，可便欢忻赏赐。
胡厮口㔳	弹得好！
五戒	是好。
胡厮口㔳	钱哪里不用？哪里不使？再与你一领好袄子。
五戒	这两个是疯子。
胡厮口㔳	你再弹。
赵五娘	勤教导，暮史及朝经。愿得荣亲并耀祖，一举便成名。 （唱）【前腔】 　　朝经暮史，教子勤诗赋，为春闱催教赴。 　　指望他耀祖荣亲，改换门户。 　　悬悬望他，望他腰金衣紫。 　　儿在程途，又怕餐风宿露。 　　求神问卜，把归期暗数。
胡厮口㔳	弹得好！弹得好！钱哪里不用？哪里不使？再把一领袄子与你。

五　戒	原来里面都是破衣裳。我且问你：官人，你袄子都脱了，身上寒，甚么意思？
胡厮口㠭	寒也自寒，不可坏了我局面。咱每这般人使钞惯，怕甚么寒？再唱。
五　戒	且看他这番把什么与她？
赵五娘	儿在路，须是早回程。五逆儿男和孝子，报应甚分明。

（唱）【前腔】

> 儿还念父母，及早归乡土，念慈乌亦能返哺。
> 莫学我的儿夫，把亲耽误。
> 常言养子，养子方知父慈。
> 算五逆儿男，和孝顺爹娘之子，
> 若无报应，果是乾坤有私。

胡厮口㠭	你弹得自好，唱得自好，我每没甚么与你了。
五　戒	我也道。
胡厮口㠭	（作寒介）这般地走将家去，甚么模样。
口㠭	我只赖五戒取衣裳。
胡厮口㠭	（扯末介）好好！五戒妆局骗我，把我衣裳都剥了。
五　戒	你自把与她，我哪曾妆局骗你？
胡厮口㠭	我叫道好，你便也叫道好，只管撺掇，你不是骗我？
五　戒	娘子。把还他去，要它做甚么？
赵五娘	（介）还你。

胡厮 口巠	钱虽是哪里不使？哪里不用？寒又忍不得。
口　巠	我恰才道你弹得好，唱得好；我如今寻思起来，你弹得也不好，唱得也不好。你不信，再弹再唱看。
赵五娘	我也唱不得。
胡　厮	可知，不敢唱了。
口　巠	尊兄，小子不贪豪富。
五　戒	枉了教人题疏。
赵五娘	你衣裳敢是借来？
胡厮 口巠	（介）可知，我脚下无个布裤。

〔胡厮、口巠并下。

赵五娘	（在场白）一斟一酌，莫非前定。奴家准拟今日抄题得几文钱，追荐公婆，谁知撞着两个疯子，自来蒿恼人一场。远远望见一簇人马，想必是个官员来，不免在此祗侯歇子。

〔五戒、口巠喝道，蔡伯喈骑马上。

蔡伯喈	（唱）【缕缕金】 　　时不利，命何乖！ 　　双亲在途路上，怕他灾。
胡厮 口巠	此是弥陀寺，略停车盖。
合	（唱）办虔心恳祷拜莲台，特来赴佛会。
胡厮 口巠	（打赵五娘介）婆娘躲着，相公采。（打介）
赵五娘	（介白）在他矮檐下，争敢不低头？

〔赵五娘先下。

蔡伯喈	（下马入寺见真容，白）哪得这轴画像？
口　罕	敢是适间道姑的？
蔡伯喈	叫她来还她去。
口　罕	姑姑，画像还你。（介）去远了，不见。
蔡伯喈	既不见，与她收下。（收介）

〔长老上。

长　老	（唱）【前腔】

    能吃酒，会噇斋。

    吃得醺醺醉，便去搂新戒。

    讲经和回向，全然尴尬。

    你官人若是有文才，休来看佛会。

蔡伯喈	（相见介）父母来此，不知路上安否如何？特来就此保护，望长老回向则个。
长　老	原来如此。请相公上香通情音。
蔡伯喈	（上香）（唱）【江儿水】

    如来证明，鉴兹悫启：

    我双亲在途路不知如何的？

    仰惟菩萨大慈悲。

合	（唱）龙天鉴知，龙天护持，护持他赞山渡水。
长　老	（唱）【前腔】

    如来证明，览兹情音。

    蔡邕的父母挚相保庇。

    仰惟功德不思议。（合前）

五　戒	（唱）【前腔】

    我东人尽日，常怀忧虑。

    只愁二亲在途路里，孝思情意真个感神祇。（合前）

口　罕	（唱）【前腔】

	我闻知做会，特来随喜。
	馒头素食多多与，若还不与我自入斋厨。（合前）
口 罕	与佛有缘蒙宠顾。
蔡伯喈	愿亲无事不艰难。
五 戒	因过竹院逢僧话，
口 罕	又得浮生半日闲。

〔五戒、口罕并下。

〔赵五娘上。

赵五娘　（唱）【缕缕金】

原来是，蔡伯喈。

马前那喝道，状元来。

料想双亲像，他每留在。

敢天教，夫妇再和谐，都因这佛会？

恰才这个官人，奴家询问起来，原来是蔡伯喈。好也！也会相见。公婆两个真容，想是他收了分晓。奴家如今竟投他家里去，看如何？大家因此相会，也不见得？呀！莫不是天交相逢是这遭。

正是：不因渔父引，怎得见波涛？

〔赵五娘下。

第三十四出

〔牛小姐上。

牛小姐　（唱）【十二时】

心事无靠托，这几日番成悲也。

父意方回，夫愁稍可。

未卜程途里的如何，教我怎生放下？

不如意事常八九，可与语人无二三。自嫁蔡伯喈之后，此人常是忧闷，奴家妆尽圈套去问他；比及问将来，去对爹爹说，要和他同去，爹爹不肯；及至爹爹肯了，教人去取他爹娘媳妇来，又不知路上如何，为他担了多少烦恼。况兼家里几个后生的都使去了，虽则有几个使唤的，哪里中使？怎生得一个精细的。早晚公婆到来，得他使唤也好。不免叫过院子出来，问他则个。

院　　子	（白）书当快意读易尽，客有可人期不来。世上几人能称意，光阴何况苦相催。喏！夫人有甚使令？
牛小姐	你与我街坊上寻问，有精细的妇人，寻一个使唤咱。
院　　子	这个容易。远远望见一个妇人来，不知是什么人？

〔赵五娘上。

赵五娘	（唱）【绕池游】

凤餐水卧，甚日能安妥？

问天天怎生结果？

牛小姐	（相见介，唱）梳妆淡雅，看丰姿堪描堪画。

是何人教来问咱。

院　　子	（问赵五娘）姑姑，夫人教你傍前来。
赵五娘	夫人万福！
牛小姐	姑姑，你做什么？
赵五娘	贫道教化，望夫人高抬手则个。
院　　子	夫人，这个妇人偏不好？必定是个教化的，何似收留她。
牛小姐	姑姑，你有甚本事？
赵五娘	贫道大则琴棋书画，小则针指工夫，下则饮食肴馔，无所不通，无所不晓。

院　子	夫人，且收留她便了。
牛小姐	姑姑，你在路里教化，也生受一般，何似在我府堂里吃些安乐饭如何？
赵五娘	贫道虽蒙夫人收录，只怕贫道无可称夫人之意。
院　子	也说得是。
牛小姐	姑姑，当原你从小出家，还是有丈夫出家？
赵五娘	实不瞒夫人，奴家丈夫，久出都下，家内连丧了公婆，都是奴家断送，把家私都坏了，身无所倚，特来寻取丈夫。一路上把琵琶教化将来，又寻不见丈夫。
牛小姐	险些错了。
院　子	且问他丈夫是什么人？
赵五娘	如何好？
牛小姐	姑姑，你丈夫姓甚？名谁？
赵五娘	好教夫人得知：奴家丈夫姓蔡，名伯喈。
院　子	姑姑，哪里住来？
赵五娘	住在陈留县。夫人也敢认得？
牛小姐	我哪里认得？院子，她既有丈夫的人，难收留她，与她些钱米，教她去休。
院　子	姑姑，夫人与你些钱米，交你去。
赵五娘	苦也！我不合说道有丈夫，如何好？（介）奴家丈夫，□①路上寻问来，一个个道是牛丞相府廊下住，夫人如何不认得？夫人想是奚落贫道。
牛小姐	我奚落你做什么？院子，是有这个人么？
院　子	没这个人。
赵五娘	一个个道是牛丞相府廊下住，若不在这里，定是死了。

① 此处缺失一个字。

	苦！丈夫，你若死了，教我倚靠着谁为主。（哭介）
牛小姐	可怜这妇人。休休，姑姑只在我家里，我一壁厢教人与你寻丈夫如何？
院　子	夫人也说得是。
赵五娘	谢得夫人！
牛小姐	姑姑，你在我府中，休恁地打扮，我与你改换衣装。院子，你取过妆奁衣服出来。
院　子	领懿旨。

〔院子下。

〔院子上。

院　子	妆奁衣服在此。正是：宝剑卖与烈士，红粉赠与佳人。

〔院子下。

赵五娘	奴家有公婆六年之孝，又替丈夫六年之服，如何便脱了孝服？
牛小姐	不妨。我老相公须忌讳这般打扮。
赵五娘	苦！如何是得？（照镜介）
	（唱）【二郎神】
	容消洒，照孤鸾叹菱花剖破。
牛小姐	你既不梳妆，改换衣服么。
赵五娘	（提衣介，唱）苦！记翠钿罗襦当日嫁，
	谁知他去后，钗荆裙布无些？
牛小姐	你既不梳妆，带钗么？
赵五娘	（提钗起介，唱）苦！他金雀钗头双凤鹥，羞杀人形孤影寡。
牛小姐	不带钗，带些花，别些吉凶。
赵五娘	说甚么簪花，捻牡丹，教奴怨着嫦娥。
牛小姐	（唱）【前腔换头】
	嗟呀，心忧貌苦，真情怎假？

	你为着公婆珠泪堕，姑姑，我公婆自有，不能够承奉杯茶。

你为着公婆珠泪堕，姑姑，我公婆自有，不能够承奉杯茶。

姑姑，你比我没个公婆得承奉呵，不枉了教人做话靶。

我且问伊咱：你公婆，为甚的双双命掩黄沙？

赵五娘　　（唱）【啭林莺】

荒年万般遭坎坷，丈夫又在京华。

糟糠暗吃担饥饿，公婆死卖头发去埋他。

把孤坟自造，土泥尽是我罗裙包裹。

也非夸，手指伤。血痕尚在衣罗。

牛小姐　　（唱）【前腔】

愁人见说愁转多，使我珠泪如麻。

我丈夫亦久别双亲下，他要辞官被我爹蹉跎。

赵五娘　　他家有谁？

牛小姐　　（唱）他妻虽有么，怕不似恁着承爹妈。

赵五娘　　如今在哪里？夫人。

牛小姐　　在天涯，谩去取，知他路上如何？

赵五娘　　（唱）【啄木鹂】

听言语，教我凄怆多，（介）

料想他也应非是埋妒。（介）

（唱）夫人，他那里既有妻房，取将来怕不相和。

牛小姐　　（唱）但得他似你能挝靶，我情愿侍他居他下。

只愁着，程途上辛苦，教人望巴巴。

赵五娘　　（唱）【前腔】

错中错，讹上讹，只管来鬼门前空占卦。

夫人，若要识蔡伯喈的妻房。

牛小姐　　她在哪里？

赵五娘	（唱）奴家便是无差。
牛小姐	（介唱）你果然是他非谎诈，
	原来你为我吃折锉，你为我受波查。
	教你怨我，教我怨爹爹。
	（唱）【金衣公子】
	一样做浑家，
	我安然伊受祸，你名为孝妇我吃旁人骂。
	公死为我，婆死为我，情愿把你孝衣来穿着把浓妆罢。
合	（唱）事多磨，冤家到此，逃不得这波查。
赵五娘	（唱）【前腔】
	他当原也没奈何，被强将来赴选科，辞爹爹不肯听他话。
牛小姐	（唱）辞官不可，辞婚不可。
合	（唱）三不从做成灾社祸天来大。（合前）
牛小姐	姐姐，休怪我说。我教你换了衣裳又不肯，你这般蓝缕，又怕伯喈羞不肯认你。姐姐，伯喈平日好看文章书史，你何似去书馆中写几句言语打动他，交他看了，我与你说合则个。
赵五娘	也说得是。（介）便做得不好也索从他。谢得夫人！凡事全靠夫人。
牛小姐	姐姐，说哪里话！
	无限心中不平事，
	一番清话又成空。
赵五娘	正是：一叶浮萍归大海，
	人生何处不相逢？
	〔并下。

第三十五出

〔堂候官上。

堂候官 少小须勤学,文章可立身。满朝朱紫贵,尽是读书人。自家乃是蔡相公府中一小堂候官。我那相公,虽居凤阁鸾台,常在萤窗雪案。退朝之暇,手不停披。如今晚下,相将回府,免不得洒扫书馆,等候相公回来。怎见得好书馆?但见明窗消洒,净几端严。明窗消洒,碧纱内烟雾轻盈;净几端严,虎皮上尘埃不染。粉壁间挂三四轴古画,石床上安一两张清琴。湘帙缥囊,数起看何止四万卷;牙签犀轴,乘将来勾有三千车。芸叶分香走鱼蠹,芙蓉妆粉养龙宾。凤咮马肝和那鹳鸰眼,无非奇巧;兔毫麋尾和那象犀管,分外精神。积金花玉版之笺,列锦纹铜绿之格。正是:休夸东壁图书府,真个赛过西垣翰墨林。且慢着,我昨日去佛会中拾得一轴画像,不知甚么故事,相公当时教留下,如今也挂在这里。我相公实学多才,怕解得这故事,也不见得?

〔堂候官下。

〔赵五娘上。

赵五娘 (唱)【天下乐】

　　一片花飞故苑空,随风飘泊到帘栊。

　　玉人怪问惊春梦,只怕东风羞落红。

　　摇下落红三四点,错教人恨五更风。

奴家当初只道蔡伯喈贪名逐利,不肯回家,原来被人强留在此。昨日教化来到这里，甚感得牛氏夫人收录；又怕丈夫见奴家蓝缕，不肯厮认，教奴家题几句言语打动那蔡伯喈。奴家只得从她，来到这书院中。且慢着，写在哪里得好？（介）呀！原来公婆真容也挂在此，何似就真容背面题几句便了。（写介）

（唱）【醉扶归】

　　我钉缘结发曾相共，难道是无缘对面不相逢？

　　我凤枕鸾衾也和他同，到凭兔毫茧纸将他讽。

　　休休，毕竟一齐分付与东风，把往事也如春梦。

（写诗）昆山有良璧，郁郁玙璠姿。

　　嗟彼一点瑕，掩此连城瑜。

　　人生非孔颜，名节鲜不亏。

　　拙哉西河守，胡不如皋鱼？

　　宋弘既以义，黄允何其愚！

　　风木有余恨，连理无旁枝。

　　寄语青云客，慎勿乖天彝。

（又唱）【前腔】

　　彩笔墨润鸾封重，只为五箫声断凤楼空。

　　这牛氏夫人，也怕我蓝缕上头，怕伯喈不相认，我须带孝来。

　　还是教妾若为容？

　　我不写诗打动蔡伯喈呵，只怕为你难移宠。（介）

　　纵认不得这丹青怕他貌不同，

　　他若认我翰墨，教心先痛。

未卜儿夫意，聊凭一首诗。

正是：得他心肯日，是我运通时。

〔赵五娘下。

第三十六出

〔蔡伯喈上。

蔡伯喈 （唱）【鹊桥仙】

披香随宴，上林游赏，醉后人扶马上。

金莲花炬照回廊，正院宇梅梢月上。

日晏下彤闱，平明登紫阁。何如在书案，快哉天下乐。自家早朝长乐，夜直严更。召问鬼神，或前宣室之席；光传太乙，时分天禄之藜。惟有戴星冲黑出汉宫，安能滴露研朱点周易？这几日且喜朝无烦政，官有余闲。庶可留志于诗书，从事于翰墨。正是：事业要当穷万卷，人生须是惜分阴。（看书介）这是甚么书？是《尚书》里是《尧典》。（读撇介）这尧典说道："舜父顽母嚚象傲，克谐以孝。"没，他父母那般相待，舜犹自克谐以孝。我父母亏了我什么？到闪了他，不能够厮见。看什么《尚书》？且看《春秋》倒好。（介）"小人有母……未尝君之羹。请以遗之。"没，古人吃一口汤，骨自寻思着娘。我如今做官人，享富贵，如何可把父母撇了？呀！枉看这书，行不得，济甚事？你看文书里哪一句不说着孝义？当原俺爹娘只要俺学些孝义，教我读文书来，谁知道到被文书误？呀！我怎地是那孝？

（唱）【解三酲】

叹双亲把儿指望，教儿读古老文章。

比我会读书的倒把亲撇漾，

少甚么不识字的倒得终养。

书，我只为你其中自有黄金屋，却教我撇却椿庭萱草堂。

还思想，休休，毕竟是文章误我，我误爹娘。

（唱）【前腔】

比似我做了亏心台馆客，到不如守义终身田舍郎。

白头吟记得不曾忘，绿鬓妇何故在他方？

书，我只为你其中有女颜如玉，却教我撇却糟糠妻下堂。

还思想，休休，毕竟是文章误我，我误妻房。

既不看文书，看这壁间山水古画，散闷歇子。（介）这一轴画像，是我夜来在寺中烧香，院子拾得的，怎的也挂在这里？（介）这甚么故事？

（唱）【太师引】

细端详，这是谁笔仗？

觑着他教我心儿好感伤。（细看介）

好似我双亲模样。

没，我看我媳妇会针指生活，便做我的爹娘呵，怎穿着破损衣裳？

他前日书道，别后容颜无恙，怎这般凄凉形状？

谅着我要寄一封书，不能够到，谁往来直将到洛阳？

天下少甚么厮象的，须知仲尼和阳虎一般庞。

（唱）【前腔】

我理会得了：这是街坊，谁劣相，砌庄家形衰貌黄。

比我爹娘呵，若没一个媳妇相傍，少不得也这般凄凉。

（心动介）敢是神图佛像？

更不是，却怎地我正看间，猛可的小鹿儿心头撞？

这也不是神佛样子，敢是当原画的不是了。

丹青匠山他主张，须知汉毛延寿误正嫱。

且慢着，若是个神佛，背面必有标题。（见诗介）呀！这诗不是它在先有的，墨迹兀自不曾干，敢是却才题的。（猜介）什么人入我书房里来做甚么？（叫介）

〔牛小姐上。

牛小姐 （唱）【夜游湖】

惟恐他心思未到，教他题诗句暗中指挑。

翰墨开心丹青入眼，强如把语言相告。

蔡伯喈 （怒）好怪么！

牛小姐 有甚怪？

蔡伯喈 谁人入我书房里来？

牛小姐 没人。

蔡伯喈 我昨日去寺里烧香，拾得一轴画儿挂在这里，什么人去背后题着一首诗。

牛小姐 敢是当原画的题？

蔡伯喈 哪里是？墨迹不曾干，却写来的。

牛小姐 （背云）我理会得了。相公，且读一番与我听咱。

（蔡伯喈再读介）

牛小姐 你解说与我，交我省得也好。

蔡伯喈 上面引着几个故事。

牛小姐 故事怎地说？

蔡伯喈 这西河守的，便是战国时吴起，魏文侯交做西河郡守，母死不奔丧，这皋鱼乃是春秋时人，只为周游天下，他父母死了，后来回归，自刎而亡。

牛小姐 更有甚么故事？

蔡伯喈	宋弘是光武官里时节，要把胡阳公主嫁与他，宋弘不肯，回官里道：贫贱之交不可忘，糟糠之妻不下堂。黄允的便是桓帝时人，司徒袁隗要把从女嫁与黄允，黄允休了自的媳妇，去取那袁氏。
牛小姐	（介）相公，不奔丧和那自刎的，哪一个孝道？
蔡伯喈	那不奔丧的乱道。
牛小姐	那不弃前妻和那休了妻求娶的，哪一个正道？
蔡伯喈	这休了妻求娶的乱道。
牛小姐	你肯学哪一个？
蔡伯喈	（介）我父母知他存亡如何？我须决不学那休妻求娶妻的。
牛小姐	你虽不学那休妻求娶的，似你这般富贵，假如有糟糠之妻，蓝缕丑恶，可不辱邈了你，莫不也索休了。
蔡伯喈	怎道丑恶蓝缕杀，也只是我妻房，义不可绝。

（怒唱）【铧锹儿】

你说得好笑，可见心儿窄小。

我决不学那黄允的，没来由漾却苦李，再寻甜桃。

古人云：弃妻有七出之条，

她不嫉不淫与不盗，终无去条。

你道那弃妻的，众所诮；那不弃妻的，人所褒。

纵然她丑貌，怎肯相休去了？

牛小姐	（唱）【前腔】

虽然如此，伊家富贵，那更青春年少。

看你紫袍着体，金带垂腰。

做你的媳妇呵，应须有封号，金花紫诰。

必俊俸，须媚娇。

若还她丑貌，相公，怎不相休去了？

蔡伯喈	（唱）【前腔】

     你言颠语倒，恼得我心儿焦躁。

     呵呵，莫不是你把咱奚落，特骨的妆乔？

     引得我泪痕交，扑簌簌这遭。

   夫人，题诗的是谁？

牛小姐 你待怎地？

蔡伯喈 他把我嘲，难恕饶。说与我知道，怎肯干休住了？

牛小姐 （唱）【前腔】

     我心中忖料，想不是个薄情分晓。

     管教分夫妇会合，定在今朝。

     相公，你认得题诗的人么？

蔡伯喈 我不认得。

牛小姐 （唱）伊家枉然焦，骨自未瞧。

     这题诗的呵，是伊大嫂，身姓赵。

     正要说与你知道，怎肯干休住了？

〔赵五娘上。

赵五娘 （唱）【赚】

     听得闹吵，敢是我儿夫看诗啰唣。

牛小姐 姐姐出来。

赵五娘 （唱）是谁忽叫姐姐？料想是夫人召，必有分剖。

牛小姐 （介唱）是她题诗你还认得否？

蔡伯喈 夫人，她却哪里来？

牛小姐 （唱）她从陈留为你来寻讨。

蔡伯喈 （认介，唱）是你怎地穿着破袄，衣衫尽是素缟？

     呀！莫是我的，双亲不保？

赵五娘 （唱）【前腔换头】

     从别后，遭水旱，

蔡伯喈 是水旱来。

赵五娘	（唱）两三人只道同做饿莩。
蔡伯喈	张太公曾周济你么？
赵五娘	（唱）只有张公可怜，叹双亲别无倚靠。
蔡伯喈	如何？
赵五娘	（介唱）两口相继死，我剪头发卖钱来送伊妣考。
蔡伯喈	（介）曾葬了不曾？
赵五娘	（唱）把坟自造，土泥都是我罗裙裹包。
蔡伯喈	（唱）听得你言语，教我痛杀噎倒。（倒介）
	（赵五娘救醒介）
蔡伯喈	（起拜真容哭介）（唱）【山桃红】

  蔡邕不孝，把父母相抛。

  爹爹，妈妈，我与别时，也不恁地。

  早知你形衰耄，怎留汉朝？

  娘子，你为我受烦恼，你为我受劬劳。

  谢你送我爹，送我娘，你的恩难报也！

  又道养子能代老。

合	（唱）这苦知多少，此恨怎消？天降灾殃人怎逃？
赵五娘	（唱）【前腔】

  仪容想象，是我亲描。

  叫化把琵琶拨，怎禁路遥？

  丈夫，说甚么受烦恼？说甚么受劬劳？

  不信看你爹，看你娘，比别时尚兀自形枯槁也，

  我的一身难打熬。（合前）

牛小姐	（唱）【前腔】

  说着圈套，被我爹相招。

  逼为东床婿，怎行孝道？

  姐姐，你为我受波查，你为我路途遥。

	丈夫，是我误你爹，误你娘，误你名为不孝也，做不得妻贤夫祸少。（合前）
蔡伯喈	（唱）【前腔】 抟却巾帽，解却衣袍。
赵五娘	（唱）你急上辞官表，只这两朝。
牛小姐	（唱）丈夫，我岂敢惮烦恼？岂敢惮劬劳？ 归去拜你爹，拜你娘，亲把坟茔扫也，与地下亡魂添荣耀。（合前）
合	（唱）【尾声】 几年分别无音耗，奈千山万水迢遥。 只为三不从生出这祸苗。
蔡伯喈	我明日和她同归去，拜守奴亲坟台，行须孝道，你意下如何？
赵五娘	只怕他爹爹不肯。
牛小姐	我爹爹见你这般行孝道，如何不肯？
蔡伯喈	只为君亲三不从， 致令骨肉两成空。
合	今宵剩把银釭照， 犹恐相逢是梦中。
	〔蔡伯喈、牛小姐、赵五娘并下。

第三十七出

〔张太公上。

张太公　　（唱）【虞美人】

琵琶记

仪容想象,是我亲描。
叫化把琵琶拨,怎禁路遥?

青山今古何时了，断送人多少！

孤坟谁与扫苍苔？

邻冢阴风吹送纸钱来。

（白）【玉楼春】

冥冥长夜不知晓，寂寂空山几度秋。

泉下长眠人醒未，悲风萧瑟起松楸。

老汉曾蒙赵五娘之所托，教我与她看管这坟台。这几日有些贫冗，不及来看。呀！怎地？

（唱）【步步娇】

只见黄叶飘飘把坟头复。

（逐介）厮赶的皆狐兔。

（望介）敢是谁斫了木头，怎地松楸渐渐疏？

（滑倒介）苔把砖封，笋迸着泥路。

休休，罢罢，只恐你难保百年坟，教凭谁看你三尺土。

远远望见一个汉子来，不知甚么人？

〔李旺上。

| 李　旺 | （唱）【前腔】 |

渡水登山多劳苦，到得这荒村坞。

远观见一老夫，试问他家，住在何处。

趱步向前行，却是一所荒坟墓。

张太公	哥哥。你哪里来？
李　旺	我是京都来。
张太公	谁家里？
李　旺	我是蔡相公家里人也。
张太公	蔡相公，是哪里蔡相公？教哥哥来这里，有甚么勾当？
李　旺	我是蔡伯喈相公差我来这里，取老员外、老安人和小娘

	子，一同到洛阳去。（介）
张太公	（发怒唱）【风入松】
	你不须提起蔡伯喈，说他每哏歹！
李　旺	他有甚歹处？老子无礼来。
张太公	（唱）他中状元做官六七载，撇父母抛妻不睬。
李　旺	他父母在哪里？
张太公	（唱）只兀的砖头土堆，是他双亲的在此中埋。
李　旺	原来老员外、老安人死了。不知为甚的死了？
张太公	（唱）【前腔】
	一从他别后遇荒灾，更无人倚赖。
李　旺	却是谁承直这两人？
张太公	（唱）亏他媳妇相看待，把衣服和钗梳都解。
李　旺	解也须会尽。
张太公	便是。
	（唱）这小娘子解得钱来，
	籴米做饭与公婆吃，
	她魃地耻把糟糠自挺，
	公婆的倒疑猜。
李　旺	公婆只道她背地里吃了好物事。
张太公	便是。
	（唱）【犯衮】
	她公婆的亲看见，双双死，无钱送，剪头发卖买棺材。
李　旺	她那般无钱，如何筑一所坟台？
张太公	（唱）她在空山里，把裙包上，血流指，感得神明助与她筑坟台。
李　旺	这小娘子如今在哪里？

张太公　　（唱）【风入松】

　　　　　　她如今直往帝京来。

李　旺　　她把甚么做盘缠？

张太公　　（唱）她弹着琵琶做乞丐。

李　旺　　苦！蔡相公特教我来取，老员外、老安人又都死了，小娘子却又去了，交我空走了这一遭。

张太公　　（叫介）老员外、老安人，你孩儿做官，教人来取你。

　　　　　（唱）苦！叫他不应魂何在？

　　　　　　空教我珠泪盈腮。

李　旺　　我如今回去，教相公多做些功果，追荐他便了。

张太公　　（笑介）他生不能事，死不能葬，葬不能祭，

　　　　　（唱）这三不孝逆天罪大，空打醮枉修斋。

　　　　　你相公如今在哪里？

李　旺　　见今赘居在牛丞相府里。

张太公　　（唱）【犯朝】

　　　　　　你如今便回，道张老的道与蔡伯喈。

李　旺　　道什么？

张太公　　（唱）道你拜别人爹娘好美哉，亲爹娘死不直你一拜。

李　旺　　公公，休错埋冤了人。他要辞官，官里不从；辞婚，牛丞相不肯。如今好生要归，又不可得。

张太公　　怎地那呵，

　　　　　（唱）【风入松】

　　　　　　原来他也只是无奈，怎地好似鬼使神差。

　　　　　　便是他当原在家辞赴选，他父母也不从他，这是三不从把他厮禁害。

　　　　　　怎的呵，三不孝亦非其罪。

李　旺　　公公，险些错枉冤了人。

张太公　　（唱）这只是他爹娘福薄运乖，人生里都是命安排。
　　　　　总领哥。老汉不是别人，张太公的便是。当原蔡伯喈临去之时，把爹娘分付与我来。你如今路上见一个道妆的妇人，拿着一个琵琶，背着一个真容的，便是蔡伯喈娘子，你把盘缠与她，一路上承直她去。你传示相公，道张太公道来：你的双亲死了两无依，便做今日回来也是迟。

李　旺　　夜静水寒鱼不食，满船空载月明归。
　　　　　〔并下。

第三十八出

〔牛太师上。

牛太师　　（唱）【风入松慢】
　　　　　女萝松柏望相依，况景入桑榆。
　　　　　他椿庭萱室齐倾弃，怎不想家山桃李？
　　　　　中雀误看屏里，乘龙难驻门楣。
　　　　　只因一着错，输了一炮落。自家当初不仔细，一时定要招蔡伯喈为婿。谁想道他爹娘都死了，如今他媳妇来此取他。见说我的女孩儿也要和他同去，不知是否？待俺唤院子过来问他则个。

〔院子上。

院　子　　纹犀欲下意沉吟，棋局频看仔细寻。
　　　　　犹恐中间差一着，教人错用满枰心。
　　　　　喏！复相公：有何钧旨？

牛太师　　院子，说道蔡状元的小娘子来，我的小娘子要和他同去，

		还是如何？
院　子	男女也是如此说，这事怕老姥姥知道详细。
牛太师	老姥姥过来。

〔老姥姥上。

老姥姥	（唱）【光光乍】

女婿要同归，岳丈意何如？

忽叫奴家缘何的？想必与他作区处。

牛太师	老姥姥来。我的小娘子要和蔡状元同去，还是如何？
老姥姥	果然如此要去。他家里爹娘都死了，都是一个媳妇支持，今日只是教小娘子去坟上拜祭，有何不可？
牛太师	不中，我的女孩儿，如何与别人带孝？
老姥姥	（唱）【女冠子】

媳妇事舅姑合体例，怎不教女孩儿同去？

当初是相公相留住，今日里怨着谁？

牛太师	我不教女孩儿同去，又待怎地？
老姥姥	（唱）事须近理，怎挟威势？

休道朝中太师威如火，更有路上行人口似碑。

合	（唱）想起，此事费人区处。
院　子	（唱）【前腔】

我相公只虑多娇女，怕跋涉万山千水。

相公，女生向外从来语，况既已做人妻。

夫唱妇随，不须疑虑。

相公，这是蓝田种玉结亲误，

今日里到海，沉船补漏迟。（合前）

牛太师	（唱）【前腔】

当初是我不仔细，谁知道事成差池？

念深闺幼女多娇媚，怎跋涉万余里？

　　　　　　我嫡亲有谁，怎生分离？
　　　　　　休休，不教爱女扭烦恼，也被旁人道是非。（合前）
　　　　（白）老姥姥，由他去，我管甚么闲是非？

老姥姥　　都来了。
　　　　〔蔡伯喈、牛小姐、赵五娘上。
蔡伯喈
牛小姐　　（合唱）【五供养】
赵五娘　　　　终朝垂泪，为双亲教我心疼。
牛小姐　　（唱）坟头须共守，只得离宸京。
蔡伯喈　　（唱）商量个计策，犹恐你爹心不肯。
牛小姐
蔡伯喈　　（合唱）若是他不从，只说道君王有命。（相见介）
牛太师　　这便是蔡伯喈的媳妇？
赵五娘　　奴家便是。
牛太师
院　子　　（合）贤哉！贤哉！
老姥姥
牛小姐　　孩儿有一事拜复爹爹：古人云，娶妻所以养亲，是谓奉事舅姑者。孔夫子云，生事之以礼；死葬之以礼，祭之以礼。这姐姐之为蔡氏妇，生能竭力奉事公姑，死能购资送之礼，葬能尽封树之劳。孩儿之为蔡氏妇，生不能供甘旨，死不能尽擗踊，葬不能事窀穸，何以为人？得罪于舅姑，有愧于姐姐多矣。今特请于爹爹之前，愿居于姐姐之下。
牛太师　　贤哉！我女。
院　子
老姥姥　　（合）也说得是。
赵五娘　　怎道人有贵贱，不可概论？娘子是香闺绣阁之名姝，奴

	家是荆钗布裙之贱妾；况承君命而成婚，难让妾身而居右。
牛太师	你来。你今日既无父母，又无公姑，你便是我孩儿一般；况你婚先归于蔡氏，年又长于我儿；不必多辞。
蔡伯喈	你两个只做姊妹相呼便了。
众　人	这个说得极是。
蔡伯喈	女婿今日拜辞岳丈，领二妻同归故里，共行孝道。待服满之后，都得再来。
牛太师	孩儿，其实不舍得你去，今日你爹娘既如此了，我也难留你。
牛小姐	爹爹，孩儿暂别慈颜，实出无奈。爹爹善保尊体，不必挂牵。孩儿此去，想是三年之期。
牛太师	（哭介）孩儿，你如今去拜舅姑的坟台。
牛小姐	爹爹且放心。
牛太师	休休，女孩儿终身是外向，兀的不痛杀我！
众　人	相公放心。
蔡伯喈	（拜辞，唱）【催拍】
	念伯喈为双亲命倾，遭不孝逆天罪名，今辞了汉廷。
	感岳丈深恩，非敢忘情。欲待不归，又负他亡灵。
合	（唱）辞别去同到坟茔，心戚戚泪盈盈。
赵五娘	（唱）【前腔】
	念奴家离乡背井，谢相公教孩儿共行。
	非独故里荣，我阴世公婆，死也目暝。
	我自看待你孩儿，不须可咛。（合前）
牛太师	（唱）【前腔】
	辞别去你的吉凶未凭，再来时我的存亡未明。
	伯喈，吾今已老景。毕竟你没爹娘，我没亲生。

	若念骨肉一家，须早办回程。（合前）
牛小姐	（唱）【前腔】
	觑着爹颜衰鬓星，痛点点教别泪暗零。
	爹爹，我左难右难：误了公婆，被人讥评；
	撇了亲爹，又没人看承。（合前）
蔡伯喈	（唱）【一撮棹】
	宽心等，何须苦牵萦？
牛太师	（唱）把音书写，但频频寄邮亭。
牛小姐	（唱）老姥姥，爹年老，我去呵，伊家须好看承。
合	（唱）程途里，只愿保安宁。
	死别全无准，生离又难定。
	今去也，何日到京城？
牛太师 蔡伯喈	（白）孩儿，你三人去，途中须当保重。
牛小姐 赵五娘 合	（合）谢得爹爹！ （唱）【哭相思】
	最苦生离难拚舍，知他别再会何时也？

〔蔡伯喈、牛小姐、赵五娘并下。

第三十九出

〔李旺上。

李 旺	（唱）【柳穿鱼】
	心忙似箭走如飞，历尽艰辛有谁知？

夜静水寒鱼不食,满船空载月明归。

归来后到庭除,未知相公在何处?

李旺蒙老相公使将陈留去,寻取这蔡相公的老员外、老安人、小娘子。原来两个老的都死了,这小娘子走将来了,教小人空走一遭。且慢着,未对老相公说,只去与蔡相公说。(介)怎的房门都闭了?呀!敢是蔡相公出朝去了,小娘子要幽静,自闭了门。(叫介)开门。怎地都没人应,静悄悄的?老相公也出哪里去?怎的都不见人呵?

〔牛太师上。

牛太师　（唱）【玩仙灯】

　　门外有人声,是谁来喧哗闹吵?

（白）呀!李旺,你归来了。

李　旺　告相公:小人归来了。

牛太师　我小娘子和蔡相公都去了,

李　旺　哪里去?

牛太师　家里去了。

李　旺　蔡相公的媳妇曾到这里么?

牛太师　我见了。是他爹娘死了么?

李　旺　怎的不是?

　　（唱）【凤帖儿】

　　到得陈留,逢一个故老,在他每爹娘坟上拜扫。

　　他爹娘呵,果然饥荒都死了;

　　他媳妇,也来到;枉教人走这遭。

牛太师　（唱）【前腔】

　　我如今去,朝廷上表,说蔡氏一门孝道。

　　管取吾皇降丹诏,加封号,把他召。

　　我自去陈留走一遭。

李　旺	（白）告相公：这个赵氏，其实难得。
牛太师	便是，一家都难得：蔡伯喈不忘其亲，赵氏五娘孝于舅姑，我的小娘子能成人这美，如何不旌表？
	正是：管取一封天子诏，表出四每孝贤名。
	〔李旺、牛太师并下。

第四十出

〔蔡伯喈上。

蔡伯喈	（唱）【梅花引】
	伤心满目故人疏，看郊墟尽荒芜。
	〔赵五娘、牛小姐上。
赵五娘 牛小姐	（合唱）惟有青山，添得个坟墓。
	恸哭无由长夜晓，问泉下有人还听得无？
蔡伯喈	（白）【玉楼春】
	他乡万点思亲泪，不能滴向家山里。
	如今有泪滴家山，山里双亲见无计。
牛小姐	荒荒衰草连寒烟，苍苔黄叶飞苹蘩。
	欲听鸡声来问寝，忽惊蚁梦先归泉。
赵五娘	人生自古谁无死？嗟君此恨凭谁语？
合	可怜衰绖拜坟茔，不作锦衣故里。
蔡伯喈	（浇奠，唱）【玉雁子】
	孩儿相误，为功名相误了父母。
	都是孩儿不得归乡故，怎便归到黄土？

	爹爹，妈妈，乾坤岂容不孝子？
	名亏行缺不如死，呀！只愁我死缺祭祀。
合	（唱）对真容形哀貌枯，想灵魂悲忆痛苦。
牛小姐	（唱）【前腔】
	不孝的媳妇，恨当初耽搁我夫。
	吃人笑谈生何补？
	我待死呵，又羞见公姑。
	公公，婆婆，我生前未能相奉事，何如事你向黄泉路？
	只一件，我死呵，家中老父，教谁看顾？（合前）
赵五娘	（唱）【前腔】
	今来庐墓，望双亲相与保扶。（介）
	亲还有灵歆受此，望恕我儿夫。
	呀！空劳死后没祭祀，何如在日供喉嗉？
	知他享么？知他居何所？（合前）

〔张太公上。

张太公	（唱）【前腔】
	楼台银铺，遍青山犹如画图。
	乾坤似你衰素，添个缟带飞舞。
	你擗踊痛哭直恁苦，那堪雪片添凄楚。
	休恁地哭，且逆来顺受么。抑情就理通今古。（合前）
蔡伯喈	张太公来了。多多谢得公公周济！卑人正欲拜扫了，和贱累都来拜谢公公。
张太公	岂敢受此！东流逝水几时还，破镜难修枉再看。
赵五娘	要把孤身承重祀，休将恸哭送残年。
牛小姐	云横峻岭家何在？雪拥深林马不前。
蔡伯喈	知是远来应有意，好收吾骨此坟边。
张太公	相公休恁么。老汉无可相慰劳，见天道煞寒，只有一杯

	淡酒，请相公且饮一杯。
蔡伯喈	（唱）【玉山供】
	公公尊赐，念天寒特来问吾。
	公公，我双亲受三载饥寒，我怎不禁一日凄楚？
张太公	请请。
蔡伯喈	（唱）心中想慕，谩有这香醪难度。
合	（唱）感此恩情厚，这酒难辞，念取踏雪也来沽。
牛小姐	（唱）【前腔】
	劳公尊步，念天寒特来问奴。
张太公	夫人，请请。
牛小姐	（唱）公公，这里是冢上坟间，比不得暖阁红炉。
	这般天气呵，谁人将护？
	将护我家中亲父。（合前）
赵五娘	（唱）【前腔】
	钗荆裙布，谢得公公诸般应副。
	叹奴身未得报深恩，如今再蒙相顾。
	非奴独感德，我爹娘也衔恩在阴府。（合前）
张太公	（唱）【前腔】
	人生如朝露，论生死荣枯有定数。
	相公，休只管恸哭爹娘，也须要继承宗祖。
	况腰金背紫，不枉了光荣门户。（合前）
蔡伯喈	
赵五娘	甚劳公公，却当厚谢。
牛小姐	多谢深恩怎敢违。
张太公	相公，开怀宽解免伤悲。
合	休道世情看冷暖，

果然人面逐高低。

〔张太公、蔡伯喈、赵五娘、牛小姐并下。

第四十一出

〔牛太师上。

牛太师　（唱）【刘衮】

乘驿骑，乘驿骑，陈留去开旨。

〔李社长、里正上。

李社长
里　正　（合唱）略请行轩，到此少住。

牛太师　（唱）唯，此间是何处？住此还怎地？

李社长
里　正　（合唱）此间站里，待将鞍马来换取。

牛太师　这是站里，换了马者。

李社长
里　正　（合）（介白）站官哪里？

〔末扮作站官上。

站　官　（唱）【前腔】

闻知道，闻知道，相公忽来至。

喏！不及迎接，万乞罪恕。

牛太师　（唱）不索要讲礼，疾忙与分例。

站　官　（唱）同去便与，不敢稽违。

站　官　总领哥，不敢拜问：这相公还是去哪里勾当？

李社长 里　正	（合）你不理会得，这是太师牛丞相。
站　官	如今哪里去？
里　正	将着诏书，去陈留旌表孝子门间。
牛太师	站赤，你疾忙与分例鞍马者。
站　官	领钧旨。
里　正	兀剌赤，俺路上要吃得些介分例，俺哪里吃得够，须索多讨些个。
里　正	有道理。待小人取了，总领偷将去，只道不曾与便了。
站　官	（与介）酒四瓶，肉三斤，米两斗。
里　正	（收净偷介）告相公：站官不与分例。
牛太师	唤那厮来。
	（里正拖站官跪告介）
里　正	（指站官）却是你拿将去了。
牛太师	站赤，大体例与咱分例，你主甚么意不与？你不怕哪！
站　官	小人取来。
里　正	哪里有？
站　官	兀剌赤将去了。
里　正	小人不知。
牛太师	打这蛮驴！
	（李社长打站官介）
站　官	小人与。
牛太师	监那厮去。
	（站官再支与里正收介）
李社长	兀剌赤，还有甚么来将去？
里　正	只说道不与，剥了衣裳，挦了头巾便打。（偷分例介）好！不与分例，俺剥了衣裳，挦了头巾。

站　官	告相公：
	穷站官吃剥了衣服。
牛太师	这泼祗候只为口腹。
里　正	大丞相不管是与非，
李社长	破头巾且将来裹肉。
	〔李社长、牛太师、站官、里正并下。

第四十二出

〔蔡伯喈、赵五娘、牛小姐上。

蔡伯喈 赵五娘 牛小姐	（合唱）【逍遥乐】 　　寂寞谁怜我，空对孤坟将泪堕。 　　光阴拈指过三春，幽魂渺渺，夜府沉沉，谁与招魂？
蔡伯喈	夫人，你见么？两木连枝谁手栽？
牛小姐	相驯白兔走坟台。
赵五娘	无情动植呈祥瑞，否极应须会泰来。
	〔末扮作张太公上。
张太公	一封丹诏从天下，忽听传闻动郊野。 说道旌表门闾，未卜何人也呀！ 怎的？只见坟旁白兔真稀诧，连理木分枝两跨。唧唧，毕竟孝道感将来，此事如何假？相公，贺喜咱！
蔡伯喈 赵五娘 牛小姐	（合）贺甚喜？公公。

张太公	外厢传有诏书,旌表孝子门闾,府中已接了,想必为相公而来分晓。
蔡伯喈	人之孝者亦多,卑人何足称孝?假如周公、曾子之孝,亦是人子分内当为之事,何足旌表?
赵五娘 牛小姐	(合)敢不是?
张太公	夫人,你说着哪里话?古人云:孝弟之至,通于神明,光于四海,无所不通。见古木生连理之枝,白兔有驯扰之性。祥瑞如此,吉庆必来。
张太公	(唱)【六么令】 　　连枝异木,见这坟台,兔走如驯。 　　禽虫草木尚怀仁,这一封诏,必因君。
合	(唱)料天也会相怜悯,料天也会相怜悯。
蔡伯喈	(唱)【前腔】 　　皇恩若念臣,我也不图,禄及吾身。 　　只愁恩不到双亲,空孤负,这孤坟。(合前)
赵五娘	(唱)【前腔】 　　知他假和真?谢得公公,报说殷勤。 　　公公,空教你为我受艰辛, 　　今日有谁,旌表你门庭。(合前)
牛小姐	(唱)【前腔】 　　来的是甚人? 　　闷中无由,一声询问。
蔡伯喈	闷中问甚么?
牛小姐	(唱)无由询问我家尊, 　　知他安与否,死和存?(合前) 〔丑扮作县官上。

县　　官　（唱）【前腔】
　　　　　　敕书已来近，闹得街坊上，人乱纷纷。
　　　　　　我每听得便忙奔，
　　　　　　　办香案，接皇恩。（合前）

蔡伯喈　何方宰相，直到此间？

县　　官　好教足下得知：今日牛丞相亲自赍擎诏书，到此开读。道旌表足下门闾，加官进职；二位夫人，皆有封号赏赐。小官特来铺设，请相公夫人改换吉服。

蔡伯喈
赵五娘　（合）不可。
牛小姐

县　　官　先王制礼，贤者俯而就之，不贤者跂而及之。今足下服制已过，有何不可？

蔡伯喈
赵五娘　（合）也说得是。不是一番寒彻骨，争得梅花扑鼻香？
牛小姐

蔡伯喈　远远望见一簇人马来了，想必诏书到也，不免迎接则个。
〔牛太师、里正上。

牛太师
里　　正　（唱）【前腔】
　　　　　　风霜满鬓，玉勒雕鞍，走遍红尘。
　　　　　　今日到此喜忻忻，重相见，解愁闷。（合前）

牛太师　这是哪里？
里　　正　这是蔡家庄，请相公下马。
　　　　　（牛太师下马介）
　　　　　〔蔡伯喈、赵五娘、牛小姐换衣上。

蔡伯喈 赵五娘 牛小姐	（合唱）【前腔】 心荒步紧，想着皇恩，已到寒门。 披袍秉笏更垂绅，冠和帔，一番新。（合前）
牛太师	跪听宣读：朕惟风俗为教化之基，孝义者风俗之本。去圣逾远，淳风日漓。彝伦攸斁，朕甚悯焉。其有克尽孝义，劝励风化者，可不奖劝，以勉四方？议郎蔡邕，笃于孝行。富贵不足以解忧，甘旨常关于想念。虽违素志，竟遂佳名。退官弃职，厥声尤着。其妻赵氏，独奉舅姑。服劳尽瘁，克终养生送死之情，允备贞洁韦柔之德。糟糠之归，今已见之。牛氏善谏其亲，义相夫子。罔怀嫉妒之心，实有逊让之美。曰孝曰义，可谏兼全。斯三人者，朕实嘉之。使四海亿兆，皆能仪刑斯人，取法将来。风移俗易，教美化行，唐虞三代，诚可追配。是用宠赐，以彰孝义。蔡邕授中郎将，妻赵氏封陈留郡夫人，牛氏封河南郡夫人，限日下到京；父蔡从简赠十六勋，母秦氏赠秦国夫人。于戏！风木之情何深，允为教化之本；霜露之思既极，宣沾雨露之恩。服此休嘉，慰汝悼念。谢恩！（拜兴介）
蔡伯喈	（拜牛太师介）荷蒙褒表，何以克当！
牛太师	说哪里话？
牛小姐	自别尊颜，且喜无恙。
牛太师	孩儿，且喜自保安康，再得相见。（指县官介）这是差来官。
蔡伯喈	（见介）重蒙军骑，特降寒门。
牛太师	（指张太公介）这是谁？
蔡伯喈	是张太公，多谢得此人。
牛太师	（相见介）太公，我女婿的爹娘，多蒙扶持，未克报恩。

	伯喈，我有金子一锭，聊为报答这公公七德之万一。
蔡伯喈	如此，感蒙！
张太公	大人，救灾恤邻，古之道也，何劳尊赐？
蔡伯喈	且自收下，卑人自效犬马之报。
张太公	说哪里话？（收金介）
牛太师	（唱）【一封书】

  我亲奉帝旨，涉程途千万里。

  念亲亲的意美，探这孩儿并女婿。

  孩儿，数载艰辛虽自苦，一旦荣华人怎知？

合 （唱）耀门闾，进官职，孝义名传天下知。

蔡伯喈 （唱）【前腔】

  儿不孝有甚德？蒙岳父特主维。

  呀！何如免丧亲，又何须名显贵？

  可惜二亲饥寒死，博换得孩儿名利归。（合前）

赵五娘 （唱）【前腔】

  把真容再画取，如今日封赠伊。

  把这眉头放展舒，只愁瘦容难做肥。

  岂特奴心知感德，料他也衔恩泉世里。（合前）

牛小姐 （唱）【前腔】

  从别后痛哀戚，况家中音信稀。

  为公姑多怨忆，为爹行又长垂泪。

  本见公姑无愧色，又得与爹行相倚依。（合前）

张太公
县　官　（唱）【永团圆】
里　正

  名传四海人怎比？岂独是耀门闾？

  人生怕不全孝义，圣明世岂相弃。

  这隆恩美誉，从教管领何所愧，万古青编记。

　　　　　如今便去，相随到京畿。
　　　　　拜谢君恩了，归庭宇，一家贺喜。
　　　　　共设华筵会，四景常欢聚。
（唱）【尾声】
　　　　　显文明开盛治，说孝男并义女。
　　　　　玉烛调和，圣主垂衣。

蔡伯喈　　自居墓室已三年。
赵五娘　　今日丹书下九天。
张太公　　要识名高并爵贵，
里　正　　须知子孝与妻贤。

〔剧终〕

附 录

《中华戏曲剧本集萃》

剧本整理、人物表编制与校点者

戏文系2019级研究生：

周辰浩（导师：谢柏梁）

1. 《红灯记》　　　　　　（剧本整理：戏文系2016级同学）
2. 《杨门女将》　　　　　（剧本整理：戏文系2016级同学）
3. 《白蛇传》　　　　　　（剧本整理：戏文系2016级同学）
4. 《唐明皇秋夜梧桐雨》　（剧本整理：戏文系2016级孙丹阳）
5. 《裴少俊墙头马上》　　（剧本整理：戏文系2016级孙丹阳）
6. 《张平叔智勘魔合罗》　（剧本整理：戏文系2016级同学）
7. 《包待制智勘灰栏记》　（剧本整理：戏文系2016级同学）
8. 《地藏王证东窗事犯》　（剧本整理：戏文系2016级王仡琪）
9. 《苏秦衣锦还乡》（剧本整理：戏文系2016级常洁妮、邓黎乔生、李文凯、邱美瑶、王俣、王盈、张乐、商笑宇）

石　瑞（导师：谢柏梁）

1. 《四郎探母》　　　　　（剧本整理：戏文系2016级同学）
2. 《智取威虎山》　　　　（剧本整理：戏文系2016级同学）
3. 《锁麟囊》　　　　　　（剧本整理：戏文系2016级同学）
4. 《打渔杀家》　　　　　（剧本整理：戏文系2016级同学）
5. 《曹操与杨修》　　　　（剧本整理：戏文系2016级同学）
6. 《破幽梦孤雁汉宫秋》　（剧本整理：戏文系2016级水光生）
7. 《半夜雷轰荐福碑》　　（剧本整理：戏文系2016级水光生）

8.《临江驿潇湘夜雨》　　　　（剧本整理：戏文系2016级同学　）

9.《相国寺公孙合汗衫》　　　（剧本整理：戏文系2016级同学　）

10.《迷青琐倩女离魂》　　　　（剧本整理：戏文系2016级同学　）

允　昂（导师：谢柏梁）

1.《连升店》　　　　　　　　（剧本整理：戏文系2016级同学　）

2.《看钱奴买冤家债主》　　　（剧本整理：戏文系2016级同学　）

3.《琵琶记》　　　　　　　　（剧本整理：戏文系2016级同学　）

4.《黑旋风双献功》　　　　　（剧本整理：戏文系2016级同学　）

5.《赵氏孤儿大报仇》（剧本整理：戏文系2016级李佳祺，邱鸿亮，张强，谢昕恬，潘玥洁，侯蔺珂，郭旭呈，郭浩宇）

6.《沙门岛张生煮海》　　　　（剧本整理：戏文系2016级同学　）

7.《梁山泊李逵负荆》　　　　（剧本整理：戏文系2016级同学　）

焦翔宇（导师：谢柏梁）

1.《崔莺莺待月西厢记》　　　（剧本整理：戏文系2016级同学　）

2.《江州司马青衫泪》　　　　（剧本整理：戏文系2016级同学　）

3.《邯郸道省悟黄梁梦》　　　（剧本整理：戏文系2016级同学　）

4.《西华山陈抟高卧》　　　　（剧本整理：戏文系2016级杨茗　）

5.《同乐院燕青博鱼》　　　　（剧本整理：戏文系2016级同学　）

6.《洞庭湖柳毅传书》　　　　（剧本整理：戏文系2016级同学　）

7.《说鱄诸伍员吹箫》　　　　（剧本整理：戏文系2016级同学　）

8.《鲁大夫秋胡戏妻》　　　　（剧本整理：戏文系2016级同学　）

庄富蓉（导师：赵锡淮）

1.《风雨像生货郎旦》　　　　（剧本整理：戏文系2016级王俣　）

戏文系2020级研究生：

郭泽莹（导师：谢柏梁）

1.《赵盼儿风月救风尘》　（剧本整理：戏文系2016级郭浩宇）

2.《邓夫人苦痛哭存孝》　（剧本整理：戏文系2016级郭浩宇）

3.《关大王独赴单刀会》　（剧本整理：戏文系2016级商笑宇）

4.《宝剑记》（剧本整理：戏文系2016级王翰琳、陈雪晴、郭田聪）

5.《红拂记》（剧本整理：戏文系2016级朱梓莹、蒋国婷）

6.《鸣凤记》（剧本整理：戏文系2016级姚雪、王盈、乐恩汝、胡韵涵、刘宇慧、孙泽月、苏萌、张旭、李敏、张乐、尹鑫鑫）

7.《浣纱记》（剧本整理：戏文系2016级曹蕴祺、屈相宜、王晴）

杨万奇（导师：谢柏梁）

1.《闺怨佳人拜月亭》　（剧本整理：戏文系2016级李文凯）

2.《杜蕊娘智赏金线池》　（剧本整理：戏文系2016级郭旭呈）

3.《望江亭中秋切鲙》　（剧本整理：戏文系2016级郭旭呈）

4.《长生殿》（剧本整理：戏文系2016级邱鸿亮、刘宇慧、姚雪）

5.《桃花扇》（剧本整理：戏文系2016级胡韵涵、乐恩汝）

6.《雷峰塔》（剧本整理：戏文系2016级杨凯月、水光生、王韦岩、孙丹阳、李文凯、邱美姚、邓黎乔生、常洁妮、商笑宇、王俣）

潘玥洁（导师：谢柏梁）

1.《温太真玉镜台》　（剧本整理：戏文系2016级李文凯）

2.《感天动地窦娥冤》　（剧本整理：戏文系2016级邱美瑶）

3.《包待制智斩鲁斋郎》　（剧本整理：戏文系2016级邱美瑶）

4.《玉簪记》（剧本整理：戏文系2016级王铎霖、侯振翔）

5.《紫钗记》（剧本整理：戏文系2016级李敏、张旭、苏萌）

6.《牡丹亭》（剧本整理：戏文系2016级何雨琦、潘玥洁、张乐）

孙泽月（导师：赵锡淮）
1.《玎玎珰珰盆儿鬼》　　（剧本整理：戏文系2016级同学）
2.《河南府张鼎勘头巾》　　（剧本整理：戏文系2016级同学）

张舒睿（导师：赵锡淮）
1.《孟德耀举案齐眉》　　（剧本整理：戏文系2016级同学）
2.《东堂老劝破家子弟》　　（剧本整理：戏文系2016级同学）

王子建（导师：颜全毅）
1.《包待制陈州粜米》　　（剧本整理：戏文系2016级同学）

张　强（导师：颜全毅）
1.《朱太守风雪渔樵记》　　（剧本整理：戏文系2016级唐宏）

李代鹏（导师：刘小梅）
1.《玉箫女两世姻缘》　　（剧本整理：戏文系2016级同学 ）
2.《醉思乡王粲登楼》　　（剧本整理：戏文系2016级同学 ）

李碧萱（导师：吴新苗）
1.《宦门子弟错立身》　　（剧本整理：戏文系2016级同学 ）
2.《小孙屠》　　（剧本整理：戏文系2016级同学 ）

辛晨曦（导师：吴新苗）、王振坤（导师：冉常建）
1.《张协状元》（剧本整理：戏文系2016级韩雨晴、张潇潇、柳彦青）